아르제스 전기

ARƷES

마그놀리아 판타지 장편 소설

아르제스 전기 5

마그놀리아 판타지 장편 소설

초판 1쇄 찍은 날 § 2007년 3월 14일
초판 1쇄 펴낸 날 § 2007년 3월 24일

지은이 § 마그놀리아
펴낸이 § 서경석

편집장 § 문혜영
편집책임 § 문정흠
편집 § 최하나

펴낸곳 § 도서출판 청어람
등록번호 § 제1081-1-89호
등록일자 § 1999. 5. 31
어람번호 § 제1-0809호

주소 § 경기도 부천시 원미구 심곡1동 350-1 남성B/D 3F (우) 420-011
전화 § 032-656-4452 팩스 § 032-656-4453
http://www.chungeoram.com
E-mail § eoram99@chollian.net

ⓒ 마그놀리아, 2006

ISBN 978-89-251-0603-8 04810
ISBN 89-251-0300-1 (세트)

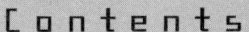

Contents

[오류를 정정합니다.]

3권, 97페이지, 첫째 줄과 두 번째 줄의 내용 중,
'급료 문제와 퇴직금 문제, 그리고 대출 이자의 상한선에 관한 법률'을 '군인들의 처우 개선에 대한 문제와 금융업 관행 개선에 대한 법률'로 정정합니다.

3권, 146페이지, 7째 줄의 내용 중,
'너희들은 서쪽과 동쪽에'를 '너희들은 동쪽에'로 정정합니다. 그리고 동일 페이지 10째 줄의 내용 중 '강의 서쪽 상류와 동쪽 하류에서'를 '강의 동쪽 하류에서'로 정정합니다.

3권, 176페이지, 5째 줄에서 6째 줄의 내용 중,
'사실 아르제스의 입장에서는 분통이 터질 법도 하였다.'를 삭제합니다.

3권, 264페이지, 첫째 줄의 내용 중,
'토르피우스는'을 '클라텔로는'으로 정정합니다.

4권, 40페이지, 16째 줄의 내용 중,
'징집은 의무이니까 징집병의'를 '지원은 선택이니까 지원병의'로 정정합니다.

4권, 72페이지, 두 번째 단락 첫 번째 줄의 내용 중,
'12미터나 되는 돛대에'를 '12미터 높이나 되는 가로대에'로 정정합니다.

4권, 126페이지, 4째 줄의 내용 중,
'베르티손 족, 켈리 족'을 '켈리 족, 베르티손 족'으로 정정합니다.

4권, 250페이지, 17째 줄의 내용 중,
'전하'를 '저하(低下)'로 정정합니다.

4권, 263페이지, 두 번째 단락 1째 줄의 내용 중,
'메카나 지방에서'를 '토르카 지방에서'로 정정합니다.

4권, 314페이지, 10째 줄의 내용 중,
'시아노 족이 도강 지점의'를 '암브로스 족이 도강 지점의'로 정정합니다.

4권, 315페이지, 4째 줄 내용 중,
'카바리노스가 약속한'을 '비브오락테스가 약속한'으로 정정합니다.

더 많은 오탈자가 있으나, 내용상 혼선을 줄 수 있는 부분만을 정정하여 공지합니다. 좀 더 꼼꼼히 신경 쓰지 못한 점 독자 여러분들께 정중히 사과드립니다.

제1장

악소나 공방전

아르제스 전기

    소나기가 그치자마자 켈틸과 암포도릭스는 병사들을 동원해 공성 도구의 제작을 서둘렀다. 그들이 공성에 사용하기 위해 제작한 도구는 섶나무 단, 7미터 길이의 사다리, 공성용 갈고리, 그리고 투척 병기들로부터 자신들을 보호하기 위한 엄호판 등이었다.

    섶나무 단은 잎과 잔가지가 많은 나뭇가지를 골라 1.5미터 정도의 길이로 자른 다음, 가지를 반대 방향으로 교차해 가며 어른이 양팔로 겨우 안을 수 있을 정도의 단으로 묶은 것이다. 이런 섶나무 단들은 부피가 크면서도 무겁지 않아 운반하기가 쉽다. 이것은 임시로 참호를 매우고, 참호에 설치된 함정으로부터 아군을 보호해 주는 역할을 한다. 일단 이 섶나무단들이 참호를 가득 메우게 되면 그 위로 널빤지를 걸치거나 흙 따위를 덮어 참호를 완전히 메우게 되는 것이다.

엄호판은 가로 4미터, 새로 2미터가량 되게 목재를 격자 모양으로 얽은 다음, 그 위에 물을 적신 두꺼운 가죽이나 나무 껍질을 덧대거나 혹은 뗏장을 덮어 만든다. 이것은 해자와 호를 메울 때, 작업을 수행하는 병사들을 투척 병기로부터 보호하기 위한 도구였다.

이런 도구들은 단순한 것처럼 보여도 이케니아 군 숙영지의 방어선을 공략하는 데는 무척이나 효율적이었다.

적들이 본격적인 공성 준비에 한참인 동안, 아르제스도 결전을 위한 준비를 착실히 수행하고 있었다. 그는 북쪽 주진문 왼편의 토벽 부분을 20미터 간격마다 5미터의 너비로 해체하도록 지시했다(이케니아 주진지의 방책, 혹은 방벽이라고 불리는 방어 시설은 흙으로 높이 3미터, 너비 4미터가량의 토벽을 쌓은 다음 그 위에 목재로 흉벽을 친 형태였다). 다만 밖에서는 전혀 눈치 채지 못하게 안쪽에서 바깥쪽으로 9할만 파고들어 가게 했다. 그리고 흙이 제거된 부분의 방벽 위로는 좌우로 널빤지를 걸치게 해 방책을 수비하는 병사들을 계속 배치할 수 있게 했다. 이렇게 하자 마치 터널이 뚫린 것 같은 모양이 되었다.

이렇게 만들어진 터널은 모두 3군데였다.

편안한 휴식이나 배부른 식사는 기대도 할 수 없는 상황이었다. 병사들은 2교대로 끊임없이 작업에 투입되어야 했고, 식량은 이제 이틀치도 남지 않았다. 사실 군단의 식량 사정은 일반 병사들에게 공개되는 정보가 아니다. 하지만 지금껏 열흘에 한 번씩 10일치의 식량을 배급해 왔던 것이 하루에 한 번씩 하루어치의 식량만 배급되게 되면 병사들도 식량 사정을 모를 수가 없게 된다. 식량마저 부족한 상태에서 다수의 적들에 의해 포위되어 있는 데다, 사령관은 적극적인 공격 명령마저 내리고 있지 않았다. 병사들에게는 이처럼 괴로운 경우도 없었다. 언제 항명이 일어나도 이상하지 않을 상황이었지만, 병사들은 묵묵히 사령관의 지시를 수행하고 있었다. 게다가 아르제스는 병사들이 쓸데없는 생각에 빠질 여유조차 주지 않았다. 병사들이 교대로 쉬는 동안에도 아르제스는 끊임없이 수비선 곳곳을 돌아다니며 병사들을 독려했다. 그리고 그런 사령관의 얼굴에서는 불안감 따위는 찾아볼 수도 없었다.

8월 23일 아침.

적은 이른 아침부터 공세를 펼치지는 않았다. 이케니아 병사들의 입장에서 볼 때는 얄밉도록 느긋한 적들이었다. 게다가 오후가 되자 습기를 잔뜩 머금은 공기와 뜨겁게 내리쬐는 늦여름의 태양이 초조한 이케니아 군을 괴롭혔다. 하지만 아르제스는 적들이 이대로 오늘을 보내지는 않을 것이라고 생각하고 있었다. 어차피 시간을 끌고 싶지 않은 것은 피차 마찬가지일 터였다. 그리고 그의 예상은 맞아떨어졌다. 사령관 막사 옆 깃대가 동쪽으로 긴 그늘을 만들 즈음 적의 움직임이 갑자기 분주해진 것이다.

뿌우우—! 뿌우오—!!

둥! 둥! 둥!

잔잔한 풀벌레 소리만 들리던 초저녁의 고요함은 곳곳에서 울리는 뿔나팔 소리에 의해 깨어졌다. 이케니아 군 주진지 주변으로는 횃불이 띠를 이루며 빛을 밝혔고, 북소리에 맞춘 시아노—카나이 족 병사들의 함성은 전장의 초조함을 극도로 높여갔다. 요란하게 기세를 올리는 적들에 비해 이케니아의 병사들은 굳은 표정으로 전장을 주시하고 있었다. 그들도 오늘의 일전이 이 공방전의 분수령이 될 것이란 것을 직감적으로 느끼고 있었다. 공격하는 쪽이 기세로 밀고 들어온다면, 막는 쪽은 뼈가 시릴 정도의 침착함으로 대응해야만 했다.

"오늘은 유난히도 긴 밤이 되겠군."

동쪽 진문의 수비탑 위에서 적의 본진을 바라보던 아르제스는 나직이 혼잣말을 중얼거렸다. 객관적인 관점에서 지금은 아군에게 상당히 불리한 상황이었다. 하지만 아르제스는 그다지 위기감을 느끼고 있지 않았다. 단 1할의 가능성만을 가지고 싸웠던 우티카 공방전에서도 일반 병사들과 같이 방패를 나란히 했던 그였다. 그에 비해 이번 전투는 최소 5할의 승부는 자신하고 있었다.

"행운의 여신이 함께하시길."

보통의 장수였다면 당연히 승리의 여신에게 올렸어야 할 기도를 아르제스는 행운의 여신에게로 돌리고 있었다. 다만 그의 생각에는 승리의 여신의 미소보다 행운의 여신의 미소가 더 현실적으로 느껴졌을 뿐이다. 그가 생각하는 행운은 주사위를 몇 번 던져 같은 숫자가 몇 번 나오느냐 하는 따위의 확률을 의미하는 것이 아니었기 때문이다. 그리고 그 순간, 아르제스의 혼잣말을 듣기라도 했다는 듯 적들의 본격적인 공성이 시작되었다.

"가장 먼저 적의 방책을 넘는 병사에게는 말 10필을 상으로 내릴 것이고, 적의 깃발을 빼앗는 자에게는 은화 한 항아리를 상으로 내릴 것이다. 그대들 눈앞에 있는 적들은 거대한 전리품 더미에 불과하다! 모든 것은 그대들의 용맹에 달려 있다!"

"와아아아!!"

켈틸의 짧은 연설에 병사들은 전의를 불태우며 사기를 높였다. 그들은 스스로의 용맹에 자신감을 가지고 있었고, 누구도 패배를 염두에 두고 있지 않았다.

적진에서 우레와 같은 함성이 들려오자 이케니아 군의 수비 진영도 바빠졌다.

"온다!! 절대 방심하지 마라! 한 사람이 물러서면 방책 전체가 무너진다고 생각해라!! 알겠는가? 우리의 임무는 이 방책 너머로 한 놈의 적도 넘어오지 못하게 하는 것이다!"

지휘관들은 본격적인 전투에 앞서 병사들의 전의를 높이느라 여념이 없었다. 그리고 그와 동시에 적군의 전진이 시작되었다. 그들은 한 발 한 발 옮길 때마다 특유의 함성을 내지르고 있었다.

"으업! 아이, 아이, 아이! 으업! 아이, 아이, 아이."

적들의 이질적인 구호와 함성은 이케니아 군의 귀를 거슬리게 하기에 충분했다.

"젠장! 듣기 싫은 소리군."

병사들의 입에서는 불만에 찬 신경질적인 말들이 튀어나왔다. 그때, 한 대대장이 칼을 들고 방패를 힘차게 내려치며 말했다.

"질 수 없지 않은가!! 우리도 멋진 소리로 응대하자!!"

터―엉!! 터―엉!!

한 사람의 소리로 시작된 소리는 곧 여러 사람의 소리로 번져 나갔다. 보통은 지휘관들이 병사들의 집합을 알릴 때 쓰는 방법이었지만, 지금의 소리는 낮고 무거우면서도 느려서 마치 심장이 뛰는 것 같은 울림이 일었다.

터―엉! 텅! 텅!! 텅!!

방패 울리는 소리가 점점 빨라졌다. 그리고 그 소리에 자극이라도 받는 듯, 시아노―카나이 족 병사들의 발걸음도 점점 빨라졌다. 공성전에서도 회전과 마찬가지로 적절한 돌격 거리가 있다. 그 거리인 100미터가 되자 시아노 족과 카나이 족의 병사들은 지금까지의 리듬 있는 구호를 버리고, 그야말로 전의를 폭발시키는 함성을 뿜어내었다.

"으아아아압!!"

주변의 숲이 요동칠 정도의 함성이었다. 가장 먼저 방책으로 접근한 병사들은 궁병들이었다. 3, 4열로 긴 띠를 이루며 접근한 궁병들은 방책에서 30여 미터 접근한 곳에 이르자 일제히 시위에 살을 매겼다.

"방패를 머리 위로 들고 방책에 몸을 붙여라! 명령이 있을 때까지는 절대 방패를 내리지 마라!!"

적의 궁병들이 시위를 매기자 방책의 지휘관들은 일제히 병사들의 엄폐를 명령했다. 적들과는 달리 이케니아 군의 주요 장거리 전력은 투창과 투석 등 활에 비하면 상대적으로 짧은 병기들이 대부분이었다. 지금으로서는 최대한 몸을 숙여 피할 수밖에 없는 상황이었다.

피잉! 퉁! 퉁!

수천 명의 궁수들이 쏘아대는 화살들은 이케니아 병사들이 한동안 방책 위로 고개를 내밀지 못할 정도의 기세로 쏟아부어졌다. 그리고 그사이, 방패와 엄호판을 뒤집어쓴 채 저마다 섶나무 단을 짊어진 병사들이 개미 떼처럼 방책 밑으로 몰려들었다. 그리고 화살에 의한 공격이 잠잠해질 때쯤에는, 이미 방책 아래가 적들의 병사들로 가득 차버렸다.

"전투는 지금부터다!! 막아라!!"

"투척이다! 방책에는 손도 못 대게 해라!"

적들이 방책 아래로 접근하자 이번에는 이케니아 병사들의 투척이 시작되었다. 하지만 방패와 엄호판으로 무장한 적병사들은 그 사이로 파고드는 투창에 찔려 쓰러지긴 했어도 꿋꿋하게 전선을 유지하고 있었다. 그리고는 가져온 섶나무 단으로 순식간에 해자를 메우기 시작했다. 해자가 메워진다는 것은 단순히 1차 방어선이 무력화된다는 의미에서 그치지 않는다. 해자가 메워지게 되면 해자와 연결된 방책의 상대적 높이가 낮아진다는 뜻도 되기 때문이다.

"해자를 메워라!!"

시아노 족의 병사들은 계속해서 섶나무 단을 옮겨왔다. 섶나무 단을 나르다 이케니아 군의 투척 무기에 맞고 쓰러지는 병사들도 있었지만, 그런 병사들마저 시체로써 해자를 메우는 꼴이 되고 말았다. 기본적으로 이케니아 군 주진지의 방어선은 종심이 얕은 것이 약점이었다. 그런 상황에서 해자마저 메워지자 방책은 금방이라도 점령당할 것 같이 위태위태해 보였다. 하지만 이케니아 군도 그냥 당하지만은 않았다.

"갈고리 창을 가져와!! 수비탑의 궁수들은 정면이 아닌 측면을 노려라!!"

병사들은 칼만 휘두를 줄 아는 단순한 장기판 위의 졸이 되어서는 안 된다는 것이 아르제스와 발가르의 지론이었다. 말단 군단병이라도 상황에 맞게 전술적인 판단을 내릴 줄 알아야 하는 것이다. 전장의 일선을 지휘하는 대대장들과 백인대장들은 지금의 상황을 정확히 파악하고 있었다.

"화살을 더 가져와!! 너희들은 궁병들을 엄호해라!"

방책 뒤에 30미터 간격으로 설치된 수비 탑의 화력이 불을 뿜었다. 수비 탑마다 2대씩 배치된 소궁기(거치대에 고정시켜 사용하는 기계식 석궁의 일종)와 궁병들이 일제히 사선으로 교차 사격을 시작한 것이다. 소궁기의 숫자도 제한적이었고, 궁병들의 숫자도 수비 탑마다 5, 6명 남짓밖에 배치되

지 않은 이케니아 군이었지만, 명중률만은 놀라울 정도로
높았다.

"으억!"

"끄아!"

사격과 함께 적들의 비명이 잦아지기 시작했다.

드륵! 딸깍! 퉁!

톱니바퀴가 당겨지고, 화살이 매겨진 다음 고정된다. 그리
고는 걸쇠가 풀리면 시위가 퉁긴다. 화살의 몸통이 짧은 데다
깃도 넓지 않아 사정거리는 짧지만 50미터 내에서의 명중률
과 관통력은 놀랍도록 높은 무기가 소궁기였다. 게다가 화살
은 방패로 막을 수 없는 측면으로 집중되고 있었다. 그렇게
측면의 병사들이 죽어나가기 시작하자 시아노 족 병사들의
대형이 무너지기 시작했다. 몸을 움츠리다 엄호판의 한쪽이
기울어지는 경우도 있었다. 그리고 이케니아 군 병사들의 공
격은 거기서 그치지 않았다.

"갈고리창으로 방패를 젖혀라!"

방책 위의 이케니아 병사들은 저마다 4, 5미터씩 되는 긴
창을 쥐고 있었다. 창끝은 3갈래로 갈라진 금속제 고리가 달
려 있었다.

"당겨라!!"

마치 갤리선의 노마냥 적들의 바다에 던져진 갈고리창은

방패와 엄호판의 모서리 부분을 노리고 파고들었다. 그리고 는 목표가 걸리자 창이 힘껏 끌어당겨졌다. 그리고 그렇게 드러난 약점 사이로는 병사들의 투창과 투석이 날아들었다. 게다가 갈고리창의 창대에는 날카로운 못이 박혀 있어서 시 아노 족의 병사들은 드리워진 창을 쉽게 끌어당길 수도 없었 다.

덕분에 해자를 무력화시킨 시아노 족의 병사들도 쉽게 방 책에 직접 달라붙거나 사다리를 걸 수 없었다. 이와 같은 선 전에 힘입어 동쪽 면의 방책은 시아노 족의 압도적인 기세에 도 밀리지 않을 수 있었다.

문제는 남쪽 면의 방책이었다. 이 방면의 지형은 공격 측에 서 수비 측으로 완만한 내리막을 이루고 있었다. 즉, 다른 방 면에 비해 돌진이나 무기를 투척할 때 공격 측이 유리하다는 의미였다. 게다가 이 방면의 공격에 켈틸은 보병 전력의 6할 이상을 투입하였다. 그리고 공성전에는 쓸모가 없는 대부분 의 기병들까지 말에서 내리게 해 이곳 전장에 보병으로 투입 시켰다. 결과적으로 300미터 남짓한 남쪽 면의 방책에 시아 노 족 병사 1만 7천여 명이 달라붙은 꼴이었다.

"젠장!! 죽여라!!"

적이 던진 돌이 뺨 보호대를 때려 얼굴에서 피를 흘리면서도 구역을 책임진 대대장은 독려를 멈추지 않았다. 이곳 남쪽 면의 방책을 지키기 위해 배치된 병력은 모두 5개 대대로 동쪽이나 북쪽 면을 지키는 4개 대대보다야 많았지만, 그래도 적에 비하면 1/6밖에 되지 않는 수였다. 3교대로 병사들의 체력을 비축하며 공격할 수 있는 상대에 비해 이케니아 군은 병사들에게 휴식을 허락할 수 있는 처지가 아니었다. 방책을 직접 수비하는 병사 이외에도 돌이나 흙, 역청, 방책에 붙은 불을 끄기 위해 물 따위를 나르느라 전 병력이 좁은 진지 안을 바쁘게 움직여야 했기 때문이다. 방어선 하나를 경계로 해서 양측 간에는 치열한 교전이 펼쳐졌고, 부상자가 속출하고 있었다.

"크아악!!"

한 군단병이 얼굴에 화살을 맞고 쓰러졌다. 왼쪽 뺨을 뚫고 들어간 화살은 이빨을 부러뜨리며 목구멍에 박혔고, 그는 얼굴을 감싸 쥐고 쓰러졌다. 하지만 옆에 있던 동료 병사는 그를 돕기 위해 방패를 내릴 틈조차 없었다.

"누가 이 녀석을 후방으로 데려가!! 그리고 너! 빈자리를 메워라!"

어제부터 이어진 전투로 어차피 방책을 지키는 병사들 중에 가벼운 상처라도 입지 않은 사람은 아무도 없었다. 싸울 수 없을 정도의 부상자만 후방의 의사에게로 옮겨지고, 나머지 부상자들은 붕대로 대충 상처를 감싸는 정도가 전부였다.

고통에 몸부림치며 후송되는 동료를 애처로운 눈으로 바라보던 병사는 곧 상념에서 깨어나야 했다.

텅!

화살 하나가 요란하게 방패를 팅기고 지나가자 그 병사의 입에서는 자연스럽게 욕설이 튀어나왔다.

"빌어먹을!! 백부장님, 도대체 언제까지 이래야 되는 겁니까?!"

하지만 질문을 받은 백인대장의 대답도 똑 부러지지는 않았다.

"내가 알 게 뭐냐! 죽을 때까지 버텨라! 사령관님의 명령은 그것뿐이었어!"

"농담하십니까?! 죽고 나면 버티는 의미가 없지… 아! 제길!!"

불만 어린 말투로 항변하듯 말하던 병사는 방책 틈 사이로 보이는 적들의 모습에 또다시 욕설을 내뱉고 말았다. 어스름한 달빛에 비친 전방으로 방책 전체를 덮어버릴 정도로 엄청난 수의 사다리들이 앞 다투어 다가오고 있었기 때문이다. 그것은 투척전이 끝나고 본격적인 백병전이 시작될 것임을 알리는 신호였다.

"전원 전투 대형으로 정렬! 기수는 자리를 지켜라!"

지휘관들의 명령 아래 이케니아의 병사들은 창과 검을 고쳐 쥐며 대열을 정비하기 시작했다. 하지만 이번이 첫 실전인 '징집병'들의 얼굴에는 복잡한 심경들이 드러나 있었다. 잔뜩 긴장한 탓에 시선의 초점이 흐려지고, 서 있기만 하는 데도 숨이 차오르고 있었던 것이다. 그들도 오늘의 전투는 어제의 전투처럼 서로가 서로의 전력을 탐색하는 수준에서 끝나지 않을 것임을 잘 알고 있었다. 게다가 오늘의 공격을 막아 낸다고 하더라도 아군에겐 더 이상 식량이 없는 상황이었다. 발가르의 보급 부대가 무사히 도착한다고 해도 그것은 3, 4일 후의 일이었다. 그들이 두려움을 가지는 것은 당연했고, 그런 그들을 이끄는 것은 역시 고참병들의 역할이었다.

"온다!!"

수비 탑에서의 외침과 함께 방책 전체를 무너뜨릴 것 같은 기세로 사다리가 걸쳐지기 시작했다. 방책의 높이가 낮다는 것은 여러모로 불리했는데, 사다리에 대한 수비에서도 그랬다. 방책이 낮은 만큼 사다리를 쉽게 밀어낼 수가 없었던 것이다. 사다리를 통해서 순식간에 적병들이 넘어오기 시작하자 방책 뒤편의 좁은 공간은 치열한 격전의 장소가 되었다.

"물러서지 마라! 물러서면 옆의 동료가 쓰러진다!!"

이런 근접전에서 창은 필요없다. 투척전은 수비탑의 병사들에게 맡기고 군단병들은 백병전에 돌입했다. 방책을 막 건너오려는 적병을 향해 창을 던져 거꾸러뜨리고서 병사들은 저마다 글라디우스를 뽑아 들었다.

터─엉!

"끄아악!!"

병장기들이 교차하며 처절한 비명 소리를 만들어내었고, 흘러내린 피는 흙을 검붉게 물들여 갔다. 양측 모두 한 치도 물러서지 않는 접전이었지만 백병전의 우세는 명백히 이케니아 군의 것이었다.

"대열을 유지하라! 눈앞의 적만 신경 쓰면 된다!"

선두에 선 고참 병사들은 상황에 맞게 간단명료한 지시를 내렸다. 일단 백병전이 시작되자 이케니아 군은 억지로 모든 방책을 사수하려고 하지 않았다. 대신 방책을 수비하던 병사들은 10여 명씩 모여 등을 맞대고 방진을 짰고, 방책을 넘어오는 적병의 측면을 공격했다. 그리고 방책을 넘어 진지로 진입한 적병들은 뒤쪽에서 3열 전투 대형을 갖추고 대기하고 있던 군단병들의 몫이었다. 게다가 수비 탑에서의 공격도 방책 바깥의 적병들보다는 방책 안으로 진입한 적병들에게 집중되었다. 말 그대로 완벽한 포위 공격이자 각개격파인 셈이었다. 이런 상황이 되자 수적으로 압도하는 시아노 족의 병사

25

들도 수비선을 무너뜨리지 못하고 있었다.

*   *   *

가장 치열한 전장은 남쪽임에도 불구하고 아르제스는 북쪽 방책의 주변을 오가며 전장을 바라보고 있었다. 어차피 남쪽과 동쪽 전장의 총지휘는 부장인 메텔로에게 일임하기도 했지만, 아르제스가 이곳에 있는 이유는 이곳이야말로 이 공방전의 승부를 결정지을 장소였기 때문이다.

북쪽 방책의 상황은 다른 전장에 비하면 무척이나 이케니아 군 측에 유리하게 돌아가고 있었다. 암포도릭스가 가볍게 생각했던 북쪽 소진지와 2중 참호가 훌륭한 역할을 수행하고 있었기 때문이다. 어제와는 달리 아르제스는 이곳의 수비 탑에 배치할 궁수를 줄여가면서까지 전체 궁수의 절반을 배치했다. 이렇게 되자 북쪽 소진지와 그를 이어주는 2중 참호는 카나이 족 병력의 복부를 찌르고 있는 칼이 되어버렸다. 북쪽 방책을 직접 공격하자니 측면에서 화살이 날아오는 데다, 이 '칼' 때문에 북쪽의 포위망이 2등분 되는 꼴이 되었기 때문이다.

암포도릭스로서도 공격 대상을 수정할 수밖에 없었다.

"소진지를 먼저 점령한다. 모든 병력을 그쪽으로 돌려라!"

그는 잔뜩 화가 난 표정으로 거칠게 명령했다. 분명 초반에 결정지어졌어야 할 승부가 점점 이상한 방향으로 꼬이고 있는 것 같은 기분이 들었기 때문이다.

암포도릭스의 명령과 함께 북쪽 소진지와 참호는 순식간에 격렬한 전장으로 바뀌어 버렸다. 불과 3개 대대가 지키고 있는 곳으로 1만 명의 병력이 공세를 가했기 때문이다. 아르제스가 이곳에 정예 중에서도 정예인 병사들을 골라 배치한 것도 이런 전개를 예상해서였다.

사실 지금 주진지와 북쪽 소진지의 수비를 담당하고 있는 병력은 전부 17개 대대였고, 어제 남쪽 소진지에서 퇴각한 8개 대대의 병력과 기병은 전투에 투입되지 않은 채 고스란히 남아 있는 상태였다.

하지만 그는 그 병력을 수비에 추가로 투입할 생각이 없었다. 물론 전투의 전개 상황으로 보아 남은 병력을 수비에 총동원시킨다면 오늘의 공격은 충분히 막아낼 수 있을 것이다. 그러나 아르제스는 이 괴로운 공방전을 더 이상 연장시킬 마음도 없었고, 지지 않는 싸움으로 만족할 여유도 없었다. 그는 이기는 전투를 해야만 했고, 그러기 위해서는 남은 병력은 기회가 올 때까지 아껴두어야만 했다. 이 순간 아르제스의 적은 초조해지는 마음과 바닥을 드러내기 시작한 인내심이었다.

이런 심정은 '터널'이 뚫린 북쪽 방책 뒤에서 밀집 대형으로 집결한 채 대기하고 있는 300기의 기병대와 8개 대대의 군단병들도 마찬가지였다. 눈앞에서 다른 동료들이 적병의 칼에 맞아 쓰러지는 상황에서도 그들은 전투 준비만 갖춘 채 마냥 사령관의 명령을 기다릴 수밖에 없는 상황이었다.

참다못한 게릭토스가 선두에서 말없이 하늘을 바라보고 있는 아르제스에게 다가갔다.

"사령관님! 어서 전투 명령을!"

하지만 아르제스는 손을 들어 그의 말을 가로막았다.

"구름도 없는데 비를 바랄 수는 없지 않겠나? 모든 것에는 때가 있다. 잠자코 내 명령을 기다려라. 지금 너희가 할 수 있는 최선은 기다리며 체력과 투지를 비축하는 일이다."

고개조차 돌리지 않은 채 아르제스는 전장의 분위기에 어울리지 않는 절제된 말투로 말했다.

"…알겠습니다."

아르제스가 이토록 침착하게 말하자 게릭토스도 군례를 취하고 순순히 제자리로 돌아갔다. 여전히 병사들을 등진 상태로 아르제스는 나직이 혼잣말을 뇌까렸다.

"앞으로 몇 시간일까……."

전투에는 흐름이 있기 마련이고, 사람의 체력은 무한하지 않다. 이미 공방전이 시작된 지 3시간 가까이 되었고, 아르제스는 몇 시간 안에 한 번은 아군 쪽으로 흐름이 넘어올 것이라고 생각하고 있었다. 사실 누구보다 초조한 것은 아르제스 그 자신이었다.

전투 5시간째.

해질녘부터 시작된 전투는 자정에 가까워진 시간까지 계속되고 있었다. 시아노 족과 카나이 족의 맹공에도 불구하고 이케니아 측의 수비선은 무너지지 않고 있었다. 비록 몇 곳은 방책이 무너져 내렸지만, 그런 곳은 병사들이 진형을 짜고 칼과 방패로 직접 적을 막았다.

공격하는 쪽이나 수비하는 쪽이나 서서히 체력의 한계에 부딪힐 시점이었다. 체력적 부담은 수비하는 이케니아 측이 더했지만, 오히려 그런 면이 이케니아 병사들의 정신력을 강하게 유지시켜 주고 있었다. 하지만 적들은 달랐다. 아무래도 공격하는 쪽이 수비하는 쪽보다 심정적으로는 덜 절박하기 마련이다. 그들의 마음속에는 이미 오늘의 전투는 이쯤에서 끝내고 싶다는 심정이 자리 잡아가고 있었다. 게다가 이케니아 군의 주진지는 4개의 진문 중 서문은 앞쪽에 펼쳐진 습지대 때문에, 북문은 소진지와 연결된 2중 참호 때문에 사실상 없는 것이나 마찬가지였다. 남쪽과 동쪽이 사실상의 주전장인 상황에서 그들은 역습에 대한 걱정은 전혀 하고 있지 않았다.

아르제스는 이런 적의 약점을 파고들 생각이었다. 처음부터 적을 도발해 진지를 놓고 싸우는 공방전을 유도한 것은 크게 2가지 이유 때문이었다. 하나는 적의 주력을 무력화시키기 위해서였다. 보병끼리의 전투라면 군단 체계의 유연성과 포진의 묘미만으로도 2, 3배의 병력 차이 정도는 극복이 가능하다. 무장이나 훈련 수준 등의 면에서 이케니아 병사들의 전투력이 상대를 능가하기 때문이다. 하지만 적의 압도적인 기병 전력만은 아르제스로서도 쉽게 생각할 수 없었다. 회전에서 보병으로 기병을 제압하기 위해서는 행운과 더불어 상대에 비해 '비대칭적으로 우위'인 요소들이 필요하기 때문이다. 지금의 아르제스로서는 기대하기 힘든 조건이었다. 하지만 공성전이라면 기병의 효용은 퇴각하는 적을 추격하는 일 말고는 전무하다시피 해진다. 자연스럽게 적의 가장 큰 장점을 포기하게 만들 수 있는 것이다.

두 번째 이유는 전투의 주도권을 쥐기 위해서였다. 일방적인 공세가 항상 주도권을 의미하는 것은 아니다. 그 공세가 강제된 것이라면, 그것은 이미 주도권이 아니다. 과정이 괴롭긴 했지만 전장은 아르제스의 생각대로 흘러가고 있었다. 그에 비해 상대는 신나게 공격하다가 제풀에 지쳐 가고 있는 꼴이었다. 그리고 적들의 기세가 누그러진 틈을 아르제스는 놓치지 않았다.

"기병들은 돌격 대형으로 정렬!!"

"군단병들은 기병 뒤에서 정렬해라!"

이윽고 대기하고 있던 병사들에게 아르제스의 출전 준비 명령이 떨어졌다. 회전을 벌이기에는 부족하지만 좁은 전장의 선봉에서 적을 기습하기에는 3백 기의 기병도 충분히 훌륭한 전력이었다. 게다가 지금 카나이 족의 병사들은 북쪽 소진지와 참호를 공략하는 데 집중하고 있었다. 즉, 이케니아 군에게 고스란히 옆구리를 내어주고 있는 셈인 것이다. 그리고 적들은 이런 이케니아 군의 의도를 전혀 모르고 있었다.

"가로목을 무너뜨려라!"

'터널'의 입구를 가리고 있는 것은 토벽의 흙이 흘러내리는 것을 막기 위해 쌓아둔 가로목뿐이었다. 흙은 이미 제거된 상황에서 가로목마저 허물어지자 순식간에 3개의 새로운 진문이 생겨난 꼴이 되었다. 게다가 새로운 진문 앞을 가로막고 있던 해자와 바깥쪽 방책은 친절하게도 적군이 이미 무력화해 둔 상태였다.

기병을 지휘하고 있는 게릭토스는 지금 이 순간이 얼마나 중요한 시점인지 잘 알고 있었다. 그는 기병대의 선두에 서서 창을 높이 들고 크게 외쳤다.

"귀관들! 기병대의 긍지를 보여주자! 돌격!"

히이이—잉!

말의 투레질 소리와 함께 3개의 터널을 통해 300기의 기병이 일제히 돌격을 시작했다. 기병들은 군단병들과는 달리 사회적·경제적 지위가 높은 집안의 자제들이 태반이다. 하지만 그들의 용맹은 군단병들에게 뒤지지 않았다.

두두두—둑!

거친 말발굽 소리와 함께 무너진 방책 사이로 뛰쳐나온 이케니아 기병대의 모습은 카나이 족 병사들에게 경악, 그 자체였다.

"으아악!"

"기, 기병대다!"

1만이나 되는 카나이 족의 병사들은 3백 기에 불과한 기병대의 공격에 당장 큰 혼란에 빠져 버렸다. 예상치 못한 시점에 예상치 못한 장소에서의 공격이었기 때문이다. 방책 앞에서 시위하던 소수의 경장보병들을 순식간에 몰아낸 기병대는 곧바로 넓게 포진하며 카나이 족의 측면을 강하게 밀어붙이기 시작했다.

"측면이다!! 진형을 돌려라! 창병들은 앞으로!!"

하지만 늦게나마 카나이 족의 병사들도 대응을 하기 시작했다. 급습에 크게 당황하긴 했지만 어차피 상대의 기병은 3백에 불과했고, 그 정도의 기병이라면 일부의 병사들을 돌리는 것만으로도 기병대의 돌파를 막아낼 수 있을 터였다.

그러나 이케니아 기병대의 목적은 돌파에 있지 않았다. 중기병이라기보다는 경기병에 가까운 이케니아 기병대들은 우직한 돌파보다는 기동성을 살리는 전술에 더 적합했다.

"전 기병대! 서쪽으로 우회한다!!"

적들이 진형을 잡으며 압박해 올 기미를 보이자 게릭토스는 기병대의 우회를 지시했다. 어차피 기병대의 목적은 후위에 따라올 중장보병들이 포진할 공간을 만들어주는 데 있었던 것이다.

"대대! 앞으로!!"

기병대가 빗질을 하듯 쓸고 간 공간으로 대기하고 있던 8개 대대의 중장보병들이 터널을 통과해 쏟아져 나왔다. 그리고는 적이 방해할 틈도 없이 순식간에 3열 전투 대형을 갖추었다.

"이 공방전의 승부는 딱 1시간! 바로 우리들의 활약에 달렸다!"

지휘관들은 병사들을 독려하며 전의를 높였다. 이미 이틀에 걸친 공방전에서 전투를 금지당한 채 용맹과 죄책감을 억누르고 있었던 병사들의 머릿속에는 적에 대한 두려움 따위는 없었다. 바로 이런 기회를 만들어주기 위해서 그 많은 동료들이 피를 흘린 것이 아닌가?

"돌격!!"

선두에 선 백인대장들의 명령과 함께 이케니아의 중장보병들은 어깨를 나란히 하고 적들을 향해 달려나갔다. 그들의 기세는 6시간이나 되는 공성전에 지친 카나이 족의 그것과는 비교도 되지 않았다. 게다가 이케니아 군은 북쪽 소진지와 그에 이어진 2중 참호로 적의 좌익을, 그리고 우회한 기병대들은 적의 우익을 압박하고 있는 상황이었다. 전투에서 수가 많다는 것은 굉장한 이점이지만, 그것은 그 병력을 모두 다 이용할 수 있을 때의 이야기이다. 3면에서 포위당한 카나이 족의 병사들은 무기를 휘두를 공간도 확보하지 못한 채 바깥쪽에서부터 차례로 죽어나갈 뿐이었다.

"뭐, 무엇이냐?! 당황하지 마라! 적은 소수에 불과하다!"

이케니아 군의 반격은 꿈에도 생각지 못했던 암포도릭스는 얼굴이 창백하게 질릴 정도로 놀라고 말았다. 북쪽 소진지의 방어탑이 거의 무력화되어 가고 있던 터라 내심 방심하고 있던 그에게는 너무나도 의외의 공격이었다. 하지만 그의 발악에 가까운 명령에도 불구하고 카나이 족의 진형은 이미 무너져 가고 있었다. 그리고 진형이 무너진 병사들은 이케니아 군의 맹공에 속절없이 무너질 수밖에 없었다.

"젠장!! 뒤로 물러서라!! 물러서서 진형을 다시 잡으란 말이다!"

이미 기세에서 밀려 적들을 멈추기에는 늦었다는 생각에 병사들을 일단 뒤로 물려 재정비하려고 내린 명령이었지만, 결과는 병사들의 패주로 이어졌다. 통제 불능이 된 병사들이 느끼는 두려움은 실제의 위협보다 훨씬 크기 마련인 것이다. 불과 30여 분 만에 암포도릭스는 병력의 절반을 잃어버렸다. 이케니아 군에게 직접 당한 병사들보다는 자중지란 중에 아군에게 깔려 죽은 병사들이 더 많았다. 그리고 이케니아 군의 공격은 거기에서 그치지 않았다. 북쪽 방책의 좌측을 제압한 후 지체없이 바로 우측으로 칼끝을 돌렸기 때문이다.

"멈추지 마라!! 이 기세로 몰아붙여라!!"

아무리 힘이 센 장사라도 한가운데를 잡고서는 바닥에 깔려 있는 양탄자를 들어 올릴 수 없다. 하지만 모서리부터 아주 조금씩 말아간다면 6살 먹은 여자 아이라도 양탄자를 굴릴 수 있다. 지금 이케니아 군의 방법이 그랬다. 한번 말리기 시작한 양탄자는 지름이 커지면서 점점 더 쉽게, 그리고 빨리 말리기 시작한다. 북쪽 소진지에 의해 2등분되어 있던 북쪽 포위망은 수적으로 절반도 되지 않는 이케니아 군의 공격에 순식간에 무너져 버렸다. 이케니아 군의 공격은 철저한 포위 공격이었다. 진행 방향의 우측은 주진지의 방책이 가로막고, 좌측은 우회한 기병대가 가로막은 상황에서 강력한 중장보병의 공격력은 전방으로만 집중되었다. 그리고 이런 아군의 활약에 고무된 방책의 수비 병사들도 함성을 지르며 기세를 올렸다.

혼란스러운 전장의 상황과 짙게 깔린 어둠, 그리고 지휘권이 분리되어 있었던 탓에 켈틸이 이케니아 군의 역습을 알게 된 것은 카나이 족의 주력이 거의 붕괴된 시점이었다.

"무엇이?! 아, 암포도릭스의 병력이 패주하고 있다니?!"

하지만 소식을 전한 전령도 분노에 찬 켈틸의 반문에 아무런 대답을 할 수 없었다. 갑자기 나타난 이케니아의 병사들이 북쪽 전장을 제압하고 노도와 같은 기세로 이곳을 향해 다가오고 있다는 사실만이 그가 알고 있는 전부였기 때문이다.

"아……."

켈틸은 순간적으로 공황 상태에 빠져 버렸다. 평소에는 침착한 성격의 그였지만, 지금으로서는 현실을 냉정하게 판단할 수 없었다. 그리고 그런 심정은 비단 켈틸뿐 아니라 다른 장로들도 마찬가지였다.

현재 시아노 족의 병사들은 남쪽 방책을 공략하기 위해 집중되어 있었다. 한쪽 방면에 너무 많은 병사들이 몰려 있는 탓에 그곳은 진형을 재정비할 공간조차 없었다. 회전의 핵심 전력인 기병은 방책의 공략을 위해 대부분을 보병으로 만들어 버린 상황이었고, 그럼에도 불구하고 아직 이케니아 군 주진지의 수비선을 단 한 곳도 뚫지 못한 상황이었다. 시아노―카나이 족 연합군이 가지고 있던 모든 장점들이 사라진 상태였던 것이다.

'승부는 결정났다!'

후방에서 군단병들을 격려하며 적들을 밀어붙이던 아르제스는 카나이 족의 병사들을 패주시킨 이후부터 이미 승리를 확신하고 있었다. 시아노 족의 병사들은 마치 늑대들에 의해 구석으로 몰린 양 떼와 같았다. 기세, 진형, 체력 모든 면에서 우세인 이케니아 병사들 앞에서 시아노 족의 병사들은 어둠 속에서 혼란조차 수습하지 못하고 무너져 갔다. 이미 통제 불가능에 빠진 상황에서 많은 병사는 오히려 독으로 작용하였다.

"퇴, 퇴각하자!"

켈틸은 남은 기병대를 이끌고 급히 전장을 벗어났다. 그도 이런 상황에서 싸워봐야 절대 이길 수 없다는 것 정도는 알고 있었다. 하지만 아르제스는 도주하는 켈틸을 추격하지 않았다. 역시 기병 전력이 한정되어 있기 때문이기도 했지만, 남겨진 시아노 족 병사들을 빠르게 제압할 필요가 있었던 것이다.

켈틸이 직접 지휘하던 동쪽 전장을 제압한 아르제스는 남쪽 방책을 공격하던 시아노 족 병사들의 측면을 공격했다. 총지휘관마저 도주한 상태에서 그들은 무기를 내던지고 유일한 도주로인 남쪽으로 패주하기 시작했다. 하지만 남쪽으로는 모르사 강이 그들을 가로막고 있었다. 결국 2만에 가까운 패주병들 중 절반 이상이 강에 빠져 죽고, 4천에 가까운 병사들은 포로로 잡히고 말았다. 강을 헤엄쳐 도망치는 데 성공한 시아노 족 병사들은 소수에 불과했다.

그에 비해 이케니아 군은 사망자가 150여 명 정도에 그쳤다. 철저하게 효율적인 전투를 했다는 증거였다. 아르제스가 처음 이곳에 도착했을 때 급습을 통한 회전을 포기하고, 괴롭지만 공성전을 유도한 것도 병사들의 희생을 최소화하기 위한 선택이었다. 하지만 이것은 단순히 인도적인 측면에서의 결정이 아닌 지극히 현실적인 판단이었다. 지금의 아르제스는 믿을 만한 중장보병의 충원이 불가능한 상태였고, 장기적인 관점에서 빠른 승리보다는 희생이 적은 승리가 더 절실한 상황이었다.

다만 치열한 격전이었던지라 부상자의 수만은 놀랍도록 많아 전체 군단병의 절반 이상이 크고 작은 부상을 입은 상태였다. 그 덕에 도망친 켈틸과 암포도릭스는 본영에 남겨졌던 나머지 병사들을 이끌고 황급히 퇴각할 수 있었다.

*   *   *

전투에서 승리한 아르제스는 아침이 밝자 부상병들을 포함한 1개 군단을 진지에 남겨두고, 나머지 병사들을 이끌고 계곡을 건넜다. 시아노 족의 주둔지가 있던 곳은 켈틸이 도망가며 지른 불로 이미 잿더미가 되어 있었지만, 주변의 경작지는 미처 파괴할 시간이 없었는지 그대로였다. 이로써 발가르가 보내올 식량까지 합하면 당장의 식량 걱정은 사라진 셈이었다.

공방전이 끝난 3일 후, 부상자들의 치료와 전사자들의 장례 절차가 끝난 뒤에도 아르제스는 도망친 적들을 곧바로 추격하지는 않았다. 그것보다는 이번 승리를 최대한 '정치적'으로 이용하는 것이 더 중요하다고 생각한 까닭이다.

티투스나 아누이 왕국의 속셈은 아직 알 수 없었지만, 한 가지 확실한 것은 아르제스나 비브오락테스나 이미 돌이킬 수 없는 강을 건넜다는 것이었다. 일단 시작한 싸움은 이겨야만 했다. 전쟁은 그 자체로도 비극이지만, 패자에겐 훨씬 더한 비극인 까닭이다.

3일의 시간은 부상병들의 치료를 위한 시간이기도 했지만, 격전을 치른 병사들에 대한 일종의 포상이기도 했다. 그리고 그 포상이 끝나자마자 아르제스는 다시금 토목공사를 지시했다. 아르제스가 발가르에게 배운 것들 중 가장 중요하게 생각하고 있는 것은 사실 전투에 직접 연관된 전술이 아니었다. 아무리 전술에 능한 장수도 전투에서는 질 수 있지만, 평범한 장수가 이끌더라도 병참이 확실한 군대라면 전투에서는 질망정 전쟁에서는 쉽게 지지 않는다는 것이 아르제스의 생각이었다. 다만 아르제스가 그 '전술'에 의존할 수밖에 없었던 것은 그가 지금껏 치러왔던 싸움들이 비정상적일 정도로 극적이었던 경우가 대부분이었기 때문이다.

　그는 이곳에 제2의 주둔지를 건설할 작정이었다. 즉, 병사들과 함께 이곳을 거점으로 삼아 다가올 겨울을 보낼 생각이었던 것이다. 근처에 있는 시아노 족 마을의 이름을 따 '악소나 주둔지'라고 이름붙인 이 진지가 중요한 이유는 역시 이곳의 지리적 위치가 절묘했기 때문이다. 이곳은 시아노족의 영토이지만 카나이 족, 암브로스 족, 베르티손 족의 도시를 모두 사흘 거리 안에 두고 있는 위치였다. 하지만 이런 지리적 위치를 이용하는 것도 전투에서의 승리가 있었기 때문에 가능한 일이었다.

승리를 최대한 이용하기 위해 아르제스는 곳곳으로 사절을 파견했다. 옥토로눔에 있는 발가르에게는 승전보와 함께 1개 군단의 추가 병력을 보내어 사멘티아를 위협할 것을 명령했다. 하지만 겨우 1.5개의 군단 병력으로 사멘티아를 무리해서 공략할 생각은 전혀 없었다. 다만 패배로 충격에 빠져 있을 사멘티아를 압박함으로써 아르제스의 의도를 실현시킬 시간을 벌기 위한 속셈이었다.

브로타의 주둔지로도 사람을 보내 새로운 지시를 담은 서찰과 함께 승전보를 알리게 했다.

그리고 베르티손 족에게는 식량의 지원을 요청했다. 사실 전투에서의 승리로 이케니아 군의 식량 압박은 이미 사라진 상태라 식량이 절실한 상황은 아니었다. 그러나 베르티손 족에 대한 식량 지원 요청은 상징적인 의미가 컸다. 베르티손 족이 아르제스의 요구를 들어준다면 그들은 카나이 족과는 등을 돌릴 수밖에 없다. 암묵적으로 아르제스의 권위를 인정하는 꼴이 되기 때문이다. 하지만 베르티손 족이 아르제스의 요구를 묵살할 가능성은 낮았다. 그들이 지금껏 아르제스의 권위를 인정하지 않았던 것은, 라인 제국의 실제적인 지배력이 전혀 미치지 않는 상황에서 실력이 검증되지 않는 이케니아 군의 요구가 전혀 위협적이지 않았기 때문이다. 하지만 이제는 달랐다. 다수를 맞이한 불리한 전투에서 압도적인 결과로 승리한 이케니아 군을 무시할 수 있는 상황이 아니었기 때문이다. 게다가 아르제스에게는 라인 제국의 총독 대행관이라는 명분이 있었다. 아무리 자존심 강한 베르티손 족이라도 '식량 지원'이라는 은근한 형태로 내밀어오는 아르제스의 손을 뿌리칠 이유가 없었다. 그들이 근본적으로 원하는 것은 쓸데없는 분란에 휘말리지 않는 것이었다.

그에 비해, 시아노 족에게는 별도로 사절을 파견하지 않았다. 오르바나 항구에서 아리시오투스의 반응을 시험해 보던 것과 같은 방법이었다. 그리고 시아노 족의 사절단은 8월 28일, 전투가 끝난 지 닷새가 되어서야 모습을 드러내었다.

"의외로 불쾌하진 않으신 모양이군요."

아르제스는 연병장 가운데 놓인 의자에 사령관의 정식 복장을 하고 앉아 있었고, 게릭토스와 메텔로는 그의 좌우에 서 있었다.

"후후, 카바리노스로서도 속이 탔을 테지."

메텔로의 질문에 아르제스는 여유있는 표정으로 말했다. 확실히 시기는 늦었지만 사절로서 카바리노스가 직접 왔다는 것이 중요했다. 카바리노스의 입장에서는 아르제스나 켈틸, 그 어느 쪽의 압승도 원치 않았을 것이다. 하지만 결과는 아르제스의 압승이었고, 아르제스에게 구원을 요청한 것은 카바리노스 자신이었다. 그로서도 아누이 왕국의 군대가 오바쿰의 포위도 풀지 않은 상황에서 아르제스에게 머리를 숙이지 않을 재간이 없었다. 아르제스를 중심으로 연병장 좌우로는 군단기와 대대기를 앞세운 완전무장을 한 군단병들이 긴 통로를 만들며 도열해 있었다. 그 사이로 카바리노스와 바르바나, 그리고 몇몇 장로들이 말에 탄 채 천천히 아르제스가 있는 낮은 단상으로 다가오고 있었다.

그들이 단상 근처에서 말을 멈추자 당직사관이던 대대장이 오른손을 칼집에 올린 자세로 목청을 높여 말했다.

"이케니아 연맹의 왕가인 가이우스 가문의 가주이자 이케니아 파병군의 사령관이며, 라인 제국 에레냐드 속주의 총독 대행관이신 아르제스 네모 가이우스 각하이시다. 암브로스 족의 족장인 바르바나와 섭정인 카바리노스는 예를 취하라!"

이 말에 카바리노스는 씁쓸한 표정을 애써 감춰야만 했다. 불과 얼마 전, 눈앞의 젊은이와 대등한 입장에서 회담을 가졌던 것과 비교해 지금의 처지가 너무나 한심하게 되었기 때문이다. 그에 비해 바르바나는 긴장한 표정이기는 했어도 훨씬 밝은 표정이었다.

카바리노스를 비롯한 모든 일행은 일제히 말에서 내렸다.

그리고는 바닥에 무릎을 꿇고 고개를 깊숙이 숙였다. 모습만 본다면 마치 전제 군주가 신하들의 예를 받는 것 같은 모습이었다. 하지만 아르제스는 그들의 마지막 자존심마저 짓밟을 생각은 없었다. 그는 자리에서 몸을 일으켜 카바리노스와 바르바나를 직접 일으켜 세웠다.

"이곳까지 오느라 고생이 많았겠군. 자, 안으로 들어가지."

아르제스는 친근한 미소를 지으며 일행들을 사령관의 막사로 안내했다. 그토록 원했던 암브로스 족의 세력을 손에 넣은 이상, 이들과는 할 이야기가 아주 많았다. 그리고 아르제스가 막사 안으로 사라지자 연병장에서는 당직사관의 큰 목소리가 울려 퍼졌다.

"해산!"

*   *   *

서찰과 함께 아르제스가 승리를 알리기 위해 보낸 전령이 브로타의 주둔지에 도착하기도 전부터 악소나 공방전이라고 불린 전투의 결과는 이미 전 에레냐드에 퍼진 상태였다. 하지만 승패와는 상관없이 칼쿨루스와 섹티우스의 지휘 아래 브로타 주둔지는 완전히 새롭게 지어지고 있었다.

새로운 주둔지 건설은 진지 축소를 중심으로 이루어졌다.

처음부터 4개 군단 이상의 주둔을 예측하고 지었던 주둔지를 남겨진 1개 군단으로 방어한다는 것은 불가능했기 때문이다. 하지만 단순한 축소에 그치는 공사는 아니었다. 진지의 위치도 아예 옮겨 브로타 외곽으로 방어선을 구축하는 공사였기 때문이다.

공사의 주된 내용은 브로타 외곽으로 5개의 소진지를 반원형으로 건설하고, 각 소진지를 참호와 방책으로 연결시키는 것이었다. 만만치 않은 공사였지만 브로타 족의 적극적인 도움을 받아 공사는 빠르게 진척되었다. 브로타 족의 입장에서 이케니아 군은 희망이자 운명 공동체였다. 카나이 족과 켈리 족의 주도로 반란이 일어난 이상, 켈리 족과 적대적 관계이던 그들이 믿을 상대라고는 이케니아 군밖에 없었던 것이다. 때문에 아르제스의 대승 소식에 누구보다 기뻐한 것도 그들이었다. 다만 아르제스의 명령대로 민간인의 군영 출입은 엄격히 통제되었다. 적에게 정보를 흘리고 있는 첩자를 잡아낼 수는 없었지만, 최소한 추가 정보는 주지 말아야 했다.

하지만 두 지휘관인 칼쿨루스와 섹티우스에게 주어진 중요한 임무는 또 있었다. 바로 이케니아 연맹과 라인 제국과의 교섭이었다. 타국도 아닌 자신의 나라와 교섭한다는 것이 이상할 법도 했지만, 그것이 파병군의 현실이었다. 파병군 자체가 이케니아와 라인 제국 간의 타협의 산물이었고,

타협이 만장일치의 찬성을 전제로 하는 것은 아니었기 때문이다.

아르제스가 칼쿨루스에게 맡긴 일은 추가 병력 파병에 관한 일이었다. 이케니아 귀족회의가 결의한 파병군의 한도는 4만이었기에, 아직 아르제스는 1만 명의 추가 편성권을 가지고 있었다. 북부 에레냐드의 반란이 가시화된 이상 아르제스가 데려온 3만 남짓한 병력으로는 군사작전을 펼치기에 부족한 감이 있었던 것이다. 확실히 이 일에는 칼쿨루스가 적임자였다. 물론 칼쿨루스 자신의 입장은 조금 난처하겠지만, 귀족의회의 주도권을 쥐고 있는 바렌 가문과 그다지 사이가 좋지 않은 아르제스보다는 바렌 가의 기대주로 촉망받고 있는 칼쿨루스 쪽이 이야기를 풀어가기가 쉬울 것이기 때문이었다. 그는 아르제스의 지시를 받는 즉시, 섹티우스에게 지휘를 맡기고 이케니아 본국으로 향했다.

섹티우스의 주요 임무에는 원로원으로 보낼 보고서를 작성하는 일도 포함되어 있었다. 전쟁이 시작된 후로는 단순한 정기 보고서에서 수시로 보내는 전황 보고서로 바뀌긴 했지만 보고서를 작성하는 그의 심정은 복잡하기 이를 데 없었다. 그는 에레냐드에 도착한 이후 이곳의 불온한 정황을 몇 번이나 본국에 알린 적이 있었다. 하지만 되돌아온 것은 늘 '귀관의 재량에 맡긴다'는 대답뿐이었다. 정보 수집에 그토록 열

중인 원로원이나, 치밀하기 이를 데 없는 황제 티투스가 이곳의 사정을 과소평가할 리는 없을 터인데 말이다. 일전에 아르제스가 이야기한 것처럼 장기판의 말이 된 기분이랄까? 마치 아르제스와 티투스 사이에서 자신만 아무것도 모르는 것 같아 착잡하기 이를 데 없는 섹티우스였다.

제2장

대리인

아르제스 전기

"그래?"

악소나 공방전의 결과를 전해 듣는 팔라미쿠스의 표정은 시큰둥했다. 한여름의 더위는 끝나고 피나세아 산맥의 산간에는 서늘한 늦가을의 기운마저 느껴지고 있었지만, 아누이의 군대를 이끄는 팔라미쿠스는 포위망을 굳히는 것 말고는 마치 휴양이라도 나온 듯한 태도로 일관하고 있었다.

"전투 결과에 꽤나 흥미를 가지신 게 아니셨습니까?"

발카자르는 의외라는 생각이 들었다. 왕자가 아르제스라는 인물에 대해 얼마나 흥미를 가지고 있는지 모르지 않았기 때문이다.

"홍! 멍청한 퀠틸 같으니. 진수성찬을 차려주었는 데도 먹기는커녕 식탁을 뒤엎어 버리다니. 역시 그 정도밖에 안 되는 놈이었어."

그는 왼손으로 턱을 괸 채 오른손 검지로는 칼의 손잡이 끝을 탁탁 치며 짐짓 불만 어린 표정을 지었다. 하지만 그를 바라보는 발카자르는 은근한 미소를 머금었다.

"후후, 하지만 그리 기분 나빠 보이는 표정을 아니십니다만?"

그 말에 팔라미쿠스는 발카자르를 매서운 눈매로 흘겨보았지만 발카자르는 시선을 피하지 않았다.

"기분 나쁜 녀석."

자신의 마음을 번번이 꿰뚫어 보는 발카자르가 맘에 안 들 때도 있었지만, 부왕이 붙여준 감시자치고는 유능한 부하임이 분명하였다. 실력도 없는 녀석이 건방지다면 당장에 목을 쳤겠지만, 발카자르는 건방질 자격 정도는 갖춘 인물이었다.

"겨울은 본국에서 보내겠다. 철수 준비를 해라!"

팔라미쿠스는 이미 비브오락테스와의 약속을 지켰다. 퀠틸과 암포도릭스가 패배한 것은 어디까지나 그들의 무능함 때문이라고 생각하는 팔라미쿠스가 이곳에 남아 있을 이유는 없었다.

"알겠습니다. 하지만 이대로 영원히 물러서실 생각은 아니 시겠지요?"

"물론이다. 화려한 일전을 준비하기에는 겨울이 너무 가까 워졌을 뿐이야."

*   *   *

아르제스는 더 이상 카바리노스를 평등한 입장에서 대하지 않았다. 아르제스는 협상이 아닌 자신의 요구에 대한 일방적인 수락을 강요했다. 그로서는 이전처럼 망설이거나 주변의 정세를 걱정할 이유나 여유가 없었던 것이다.

개인적으로는 카바리노스를 그리 좋게 생각하지 않음에도 아르제스는 그의 지위를 박탈하지 않았다. 섭정으로서의 권위를 인정하고, 그에게 주어진 부족의 실권도 그대로 유지시켰다. 아르제스도 바르바나가 족장의 지위를 감당하기에는 아직 어리다고 생각했다. 그러나 이것은 카바리노스에게는 희소식이 아니었다. 아르제스가 인정한 것은 그야말로 '섭정'으로서의 권한이었고, 그 말은 언젠가 바르바나에게 족장의 모든 권한을 인계해야만 한다는 의미였기 때문이다.

그리고 아르제스는 3천에 이르는 기병의 제공을 요구했다. 암브로스 족이 동원할 수 있는 전체 기병의 1/3에 해당하는 숫자였다. 그러나 아무리 기병이 중요한 전력이라도 남의 부족 병사에게 당장 충성을 기대하긴 힘들었다. 따라서 아르제스는 기병대의 부장으로 바르바나를 임명했다. 물론 바르바나에게 실질적인 지휘를 맡길 생각은 없었지만, 암브로스 족 기병들을 움직이는 데 이보다 좋은 명분도 없을 터였다. 더불어 징집된 기병대에는 카바리노스의 아들을 포함한 부족 유력자들의 자제가 다수 포함되어 있었다. 즉, 암브로스 족의 기병대는 실전에 투입될 전력임과 동시에 볼모이기도 했던 것이다.

하지만 아르제스는 이것만으로 카바리노스에 대한 대책이 충분하다고 생각하지 않았다. 그는 암브로스 족에 대한 영향력을 굳힐 수 있는 또 다른 방법을 생각하고 있었다.

＊　　　＊　　　＊

악소나 공방전에서의 참패 소식은 비브오락테스에게 충격을 가져다주기에 충분했다. 이케니아 군이 그토록 신속하게 이동했으리라고는 비브오락테스도 예상치 못했지만, 다행스럽게도 시아노 족의 암브로스 족 공략을 돕기 위해 미리 사멘티아로 병력을 파견해 놓은 상태에서 벌어진 전투가 악소나 공방전이다. 그런데 그런 행운에도 불구하고 패배한 것이다.

악소나 공방전에서의 패배로 에레냐드 북동부 지방의 주도권을 아르제스에게 넘겨준 결과가 되었다. 더구나 철저하게 중립을 지키던 베르티손 족마저 이케니아 군과 호의적인 관계로 돌아서면서 사방에서 이케니아 군을 압박하려던 비브오락테스의 계획은 실행도 하기 전에 물거품이 되고 말았다. 하지만 이것이 비브오락테스에게 치명적인 타격은 아니었다. 아르제스가 악소나 공방전에 모든 힘을 투입하는 동안, 그는 이미 켈리 족과 연합해 주변 군소 부족의 세력까지 모조리 끌어모은 상태였다. 그렇게 모인 병사들은 모두 12만 명에 이르렀고, 아누이 왕국도 비브오락테스와의 동맹이 확고함을 다시 한 번 확인해 주었다. 게다가 라인 제국도 북부 에레냐드의 반란에 아무런 조치도 취하지 않고 있었다.

그에겐 명성과 자신감, 그리고 독립의 쟁취라는 대의명분이 있었다. 하지만 그도 당장 반격에 나설 생각은 없었다. 벌써 9월 중순에 접어든 시점이었다. 가을이 짧은 곳임을 감안하면 전쟁이 가능한 계절이 한 달 반도 채 남지 않았다. 그는 내년 봄부터 시작할 총반격을 준비하며 올해의 남은 시간엔 힘을 비축할 작정이었다.

비브오락테스의 이런 마음가짐은 일종의 방심일 수도 있었지만, 아르제스도 그런 방심을 이용할 처지는 못 되었다. 아직 혹독한 추위에 적응하지 못한 병사들로 무리한 원정을 치를 수도 없는 일이었고, 지금으로선 후방의 안정화가 더 시급하다고 생각했기 때문이다. 결과적으로, 그해의 전황은 실질적인 휴전에 접어들었다.

*　　　　*　　　　*

악소나 전투의 결과가 이케니아 연맹에 알려진 것은 9월 15일 경이었다. 하지만 이케니아 군의 대승 소식에도 불구하고 모든 의원들이 기뻐하는 것은 아니었다.

"이것이 네모 가이우스 사령관의 무능함을 보여주는 증거가 아니고 무엇이겠소!"

긴급 소집된 귀족의회에서 카시우스는 아르제스를 맹렬히 비난했다.

"이런 승리가 무슨 소용이 있다는 말입니까? 파병군의 수장을 맡은 인물이라면 처음부터 반란이 일어나지 않게 했어야만 합니다. 세노아 전쟁이 끝나고 겨우 평화가 찾아온 이케니아가 아닙니까? 그런데 또다시 전쟁을, 그것도 남의 나라 땅에서 치를 수는 없습니다. 의원 여러분! 네모 가이우스 사령관이 보내온 이 편지에서 그는 더 많은 이케니아 시민들의 피를 원하고 있습니다. 이것은 명백한 월권행위입니다. 그리고 더욱 큰 문제는 그가 이런 월권을 저지른 것이 처음이 아니라는 사실입니다. 저도 그가 뛰어난 군인이며 지휘관이라는 점에서는 이견이 없습니다. 하지만! 바로 그렇기 때문에 더욱 위험합니다. 공인으로서의 책임감이 없는 자에게 더 이상 군사력을 맡길 수는 없습니다."

카시우스는 한 손에 아르제스가 보내온 서신을 들고 열변을 토하고 있었다. 하지만 회의장 앞줄에서 존장의 연설을 듣고 있는 칼쿨루스의 심정은 복잡하기만 했다. 그는 분명 바렌 가문의 사람이었고, 그가 부사령관, 즉 수석 부장으로 임명된 것도 아르제스를 견제하기 위한 카시우스의 속셈이 영향을 미친 것이었다. 하지만 카시우스가 간과한 것은 칼쿨루스가 가문의 명예보다는 공인으로서의 책임감에 더 충실한 인물이라는 사실이었다.

"후우."

칼쿨루스는 절로 한숨이 나왔다. 이곳에 모인 의원들은 모두 훌륭한 인재들이었지만 전장의 사정은 전장에서 직접 보고 느껴야만 정확히 인식할 수 있는 법이다. 군무 경험조차 없는 의원들이 의자에 앉아서 말로 판단할 수 있는 문제가 아닌 것이다. 칼쿨루스 스스로도 아르제스의 정세 판단이 전혀 틀리지 않았다고 생각하고 있었다.

어찌 보면 이것은 전쟁을 바라보는 관점의 차이였다. 이케니아 민족은 대대로 침략을 당한 쪽이었지, 전쟁을 일으키는 입장이 아니었다. 강대한 세력에 둘러싸인 지정학적 위치도 한 이유가 되겠지만, 교역에 뛰어난 이케니아 민족으로서는 굳이 전쟁이 아니더라도 충분한 번영을 누릴 수 있었던 것도 한 이유였다. 때문에 에레냐드 북부의 반란이 이케니아에 얼마나 큰 위기이자 기회가 될 수 있는지 꿰뚫어 보고 있는 사람은 소수에 불과했던 것이다. 하지만 칼쿨루스는 이런 자신의 생각을 쉽게 입 밖으로 낼 수 없었다.

다만 다행이라면 카시우스의 폭주를 막을 수 있는 인물이 존재한다는 점이었다.

"카시우스 의원님의 연맹을 생각하는 깊은 우려에는 동감을 표시합니다. 하지만 국가 간의 약속은 물건을 사고팔 때나 하는 흥정의 대상이 아닙니다. 세노아 전쟁에서의 승리가 평화를 가져다주었다면, 지금의 전쟁은 번영을 가져다줄 것입니다. 물론 저도 전쟁이 가진 본질이 모두에게 얼마나 잔인한지를 모르지는 않습니다만, 그렇다고 북부 에레냐드의 반란을 진압하는 것이 의미가 없다고는 할 수 없는 것입니다."

"옳습니다."

짝짝짝!

토르피우스의 연설에 찬성하는 의원들은 지지의 박수를 보냈다.

"으으음."

꼬박꼬박 자신의 말에 토를 다는 토르피우스의 반론에 카시우스의 노안이 가늘게 경련했다. 사실 이 두 사람이 정치적 이견으로 대립해 온 것은 상당히 오래전부터였지만, 근래 들어서는 확실히 그 정도가 심해지고 있었다.

수많은 의원들 중에 오직 그들 두 사람만이 의견과 반박을 주고받고 있었다. 이케니아 중앙 정계를 양분하고 있는 이들 두 사람의 격론은 말 그대로 양 진영의 의견을 대표하고 있었다. 아르펜 가문의 명목상 대표는 연맹 왕 아르테우스였지만 그는 좀처럼 표면에 나서는 일이 없었다. 아이러니하지만 그것이야말로 아르테우스가 오랫동안 집권할 수 있었던 이유이기도 했다. 어찌 보면 토르피우스를 전면에 내세워 방패막이로 쓰는 아르테우스야말로 진정 교묘한 처세술의 소유자일지도 몰랐다. 하지만 처세술에 비하면 정치적 추진력이 약한 것도 사실이었다.

어찌 되었든 이들 두 사람이 맞서게 되자 좀처럼 추가 파병안에 대한 의견 일치를 볼 수가 없었다. 합리적 합의를 도출하기에는 회의장의 분위기가 너무나도 비이성적으로 흘렀기 때문이다.

카시우스는 일전의 파병 동의안에 대한 표결을 거부했던 것처럼 이번 추가 파병안에 있어서도 표결 자체를 거부했다. 하지만 그에 맞선 토르피우스는 지난번처럼 민회의 소집을 들먹일 수 없었다. 그때는 그의 편이 되어줄 라인 제국의 사절단이라도 있었지만 지금은 사정이 달랐다. 귀족의회 의원들은 민회라는 말에 지나칠 정도의 과민 반응을 보일 수밖에 없다. 유명무실한 상태이긴 해도 엄연히 법률에 보장된 이 민회의 권리가 활성화될 경우, 자칫 귀족의회의 권위가 추락할까 우려했기 때문이다. 그리고 정치적 균형 감각을 중시하는 토르피우스가 연이어 '민회 소집'이라는 강수를 쓰는 것은 모양새가 좋지 않았다.

그나마 다행이라면 추가 파병안이 지금 당장 통과되어야 할 안건은 아니라는 점이었다. 병력을 소집해서 무장을 지급하고 에레냐드까지 수송하는 데는 많은 시간이 걸린다. 벌써 가을에 접어든 시점에서 법안이 통과되더라도 이미 올해는 늦은 감이 있었다.

결국 긴급 소집된 회의에서는 법안의 상정과 통과보다 아르제스에 대한 탄핵과 지지 연설이 오고 간 꼴이 되고 말았지만 토르피우스는 서두르지 않기로 했다. 아무리 완고한 카시우스라도 교섭이 전혀 통하지 않을 정도로 꽉 막힌 인물은 아니었다. 시간이 충분한 이상, 타협의 가능성은 얼마든지 남아있다고 판단했다.

*　　　　*　　　　*

왕궁이라고는 해도 이케니아의 왕궁들은 거주의 목적보다는 행정 업무의 공간 제공이나 집회 등의 공공의 목적을 더 염두에 두고 지어진 건물이다. 그것은 연맹 왕이 있는 카라카스의 왕궁도 다르지 않아서 아르테우스도 자택에서 출퇴근을 하고 있었다. 물론 왕궁에도 관사가 딸려 있긴 했지만 굳이 그곳을 사용할 이유가 없었다. 그래서 보통 관사는 공무로 방문한 손님용으로 쓰이고 있었다.

　가을 축제의 개막을 알리는 행사로 바쁜 하루를 보낸 아르테우스는 토르피우스와 함께 자택으로 돌아오고 있었다.

　"자네와 함께 이렇게 걸어보는 것도 참으로 오랜만이군."

　"그렇군요. 하긴 요즘은 제가 꽤나 바빴으니까요."

　"허! 마치 나는 한가하게 지냈다는 것처럼 말하는군."

　아르테우스는 조금은 장난스러운 제스처를 취하며 너무하다는 표정을 지었다. 하지만 토르피우스의 대답은 냉담했다.

　"그리 틀린 말도 아니지 않습니까?"

　"하하하."

　왕궁에서 아르테우스의 자택까지는 그리 멀지 않은 거리라 담소를 나누며 걷는 동안 금방 도착할 수 있었다. 그리고 자택에 도착했을 때는 이미 저녁 만찬 준비가 완료되어 있었다. 아르테우스는 토르피우스와 함께 오랜만에 느긋한 저녁 식사를 하고 싶어 그를 초대했던 것이다.

아르펜 가문의 가풍 자체가 검소함을 미덕으로 삼고 있었기에 아르테우스의 생활도 최고 권력자답지 않게 수수한 편이었다. 다만 한 가지 면에서는 아니었는데, 그것은 그가 상당한 미식가였기 때문이다. 그래서 아르테우스 내외와 토르피우스만의 식사임에도 불구하고 식탁은 꽤나 화려하고 풍성했다. 그리고 토르피우스도 아르테우스의 이 유일한 사치에 기꺼이 동참할 줄 아는 인물이었다.

남자들 간의 대화가 오고 가며 술잔도 같이 오고 갔다. 하지만 아르테우스의 아내는 남편의 과음을 불만스러운 눈초리로 쳐다보았다.

"여보! 그만 드시는 게 좋겠어요."

아르테우스의 아내인 율리아는 술잔을 집는 그의 손을 단호하게 제지했다. 그리고 술병을 들고 있던 노예도 손짓으로 물러가게 했다.

"허허, 이제는 술도 마음껏 못 마시게 하는군. 너무하지 않소."

"그래서 불만이세요?"

"흠흠, 아니오. 다 나를 걱정해 주는 당신의 배려가 아니겠소."

항변하듯 말한 아르테우스였지만 율리아의 날카로운 눈빛

에는 결국 입을 다물고 말았다. 스스로는 애처가라고 우기지만, 실제로는 공처가에 가까운 그였다. 명문가 출신인 데다 젊어서부터 대단한 미인으로 소문났던 그녀이니만큼 기가 무척이나 드세다는 까닭도 있었지만, 정치판에서 드러나는 그의 유들유들한 성격이 부부 관계에서도 그대로 적용된 이유도 있었다. 하지만 이혼을 그다지 수치로 생각하지 않았던 시대에 30년이 넘게 불화 한 번 없이 살아온 것을 보면 둘의 부부 관계는 유달리 화목하다고 생각하는 것이 옳았다.

"하하하, 두 분은 여전하시군요."

그런 모습에 토르피우스는 유쾌하게 웃었다. 정치적 성향이 동일하지 않음에도 불구하고 그가 아르테우스에 대한 지지를 확고히 하고 있는 것에는 아르테우스의 이런 인간적인 면모에 호감을 느낀 이유도 있었다.

"그건 그렇고, 카시우스가 자네를 어지간히 괴롭히는 모양이더군?"

"뭐, 하루 이틀 된 일도 아니지요."

"지난번 선거에서 진 이후로 그 영감이 노망이 든 거지. 너무 심각하게 생각하지는 말게. 그렇게 매일같이 벌에 쏘인 망아지마냥 날뛰고 있으니 늙은이의 체력도 오래 버티진 못할걸세. 허허허."

볼 살이 두둑한 얼굴에 친근한 미소를 지으며 아르테우스는 토르피우스의 어깨를 가볍게 다독여 주었다. 하지만 토르피우스는 짐짓 인상을 쓰며 말했다.

"흠, 말만 하지 마시고 숙부님께서 좀 나서주신다면 저의 괴로움이 좀 덜어질 텐데 말입니다."

"내가 무슨 능력이 있겠는가. 내가 이렇게 왕위에 올라 있는 것도 다 자네의 덕이 아니던가?"

그의 능청스러운 말에 토르피우스도 쓴웃음을 지을 수밖에 없었다. 어려운 일에는 항상 토르피우스를 앞에 내세우는 아르테우스였지만, 오히려 그런 기회 덕에 토르피우스가 이른 나이로 정치계의 최고 실력자가 될 수 있었던 것도 사실이다.

정치가들의 저녁 식사였던 만큼 자연스럽게 정치 이야기가 대화의 주제가 되었지만, 식사라는 행위 자체는 정치적일 수 없었다. 그들은 편안한 분위기 속에서 늦게까지 이야기를 나누었고, 토르피우스는 자정이 다 되어서야 돌아갔다. 하지만 내일 아침이면 모든 것이 바뀌어 있으리라고는 그 누구도 예상하지 못했다.

*　　　*　　　*

정치적 명성에도 불구하고 토르피우스는 귀족의회의 선임

의원 직 말고는 아무런 관직에도 적을 두고 있지 않았다. 아르테우스 정권의 실무 책임자로서 여러 가지 일들을 수행하려면 고유한 업무가 부여된 관직은 없는 편이 좋았기 때문이다.

어쨌든 중대한 외교적 사안이 있을 때마다 '전권 특사'의 중책을 담당하는 것은 대부분 그의 몫이었고, 따라서 그의 생활은 한가함과는 거리가 멀었다

그래도 관직이 없다는 점 덕분에 출근 시간에 맞추어 새벽에 일어날 필요는 없었다. 더구나 전날 아르테우스와 함께 늦은 밤까지 연회를 즐기느라 피곤했던 그는 노예가 대령한 아침 식사도 물린 채 단잠에 빠져 있었다.

"여보, 일어나 보셔야겠어요."

"으음?"

아내 사비아가 몸을 흔들어 깨우자 토르피우스는 잠에서 덜 깬 눈으로 되물었다.

"무슨 일이오? 특별한 일이 없으면 3시(오전 9시)까지는 자겠다고 하지 않았소."

하지만 이렇게 묻는 토르피우스도 무언가 큰일이 일어났음을 눈치 챌 수 있었다. 사비아의 표정이 너무나도 심각했기 때문이다. 그리고 사비아로부터 자초지종에 대한 이야기를 들었을 때는 이미 잠이 싹 달아날 정도로 놀라고 말았다.

"옷을 가져다주시오. 바로 가보아야겠소."

토르피우스는 몸을 일으키며 굳은 목소리로 말했다.

급히 외출 준비를 마친 토르피우스는 아내와 함께 믿을 만한 노예 2명만 이끌고 급히 길을 재촉했다. 그가 향하는 곳은 다름 아닌 아르테우스의 자택이었다. 자택 앞에 이르자 건장한 노예 여럿이 잔뜩 굳은 표정으로 문 앞을 지키고 있었다. 하지만 토르피우스가 다가오자 황급히 허리를 숙였고, 그는 거침없이 대문을 통과해 자택 안으로 들어갔다.

"오! 토르피우스, 사비아!"

안뜰에서 초조한 표정으로 오가던 율리아는 토르피우스 내외를 반갑게 맞이하였다. 그녀도 크게 놀란 기색이 역력해서, 잠옷에 외투 하나만 걸친 옷차림에 풍성한 곱슬머리는 눌리고 흐트러져 있었다.

그런 율리아를 진정시키려는 듯, 토르피우스는 그녀의 손을 꽉 잡아주며 낮은 목소리로 물었다.

"숙모님, 숙부님은?"

"그대로 침실에 있어요. 따라오세요."

그녀는 굳은 표정으로 앞장섰다. 아르테우스의 침실로 들어서자 의사와 그의 조수인 듯한 2명의 인물이 아르테우스가 누워 있는 침상 앞에 서 있었다.

"으음."

토르피우스는 침통한 신음을 흘리며 침상 머리맡에 무릎을 꿇었다. 거기에는 핏기 하나 없는 창백한 얼굴로 숨이 멎은 아르테우스가 누워 있었다.

"숙모님, 이 사실을 누가 또 알고 있습니까?"

"이 의사 분과 몇몇 노예들 말고는 토르피우스, 그대를 처음 부른 거예요. 아직은 아이들에게도 알리지 않았어요."

당황하긴 했어도 율리아는 사태를 냉정하게 바라보고 있었다. 남편의 죽음이 개인에게는 슬픔이지만 그의 죽음이 의미하는 정치적 의미를 모를 만큼 율리아는 경박하지 않았다. 그래서 남편이 신뢰하던 토르피우스만을 은밀히 불러왔던 것이다.

"숙부님의 사인은 무엇이오?"

아르테우스에게서 시선을 떼지 않은 채 토르피우스는 의사에게 사인을 물었다.

"외상도 없으시고, 고통에 괴로워한 표정도 아닙니다. 독극물을 드신 정황도 없으니 아무리 보아도 자연사라고밖에는 할 수 없습니다."

"그래? 자연사라……."

그나마 다행이라면 다행이었다. 하긴 세 번에 걸쳐 연맹 왕의 지위를 누리고 있는 사람치고는 유난히 정적이 적었던 아르테우스였다. 원한을 살 이유도 없을뿐더러, 자택의 침상에서 평온한 얼굴로 죽음을 맞이했으니 타살을 의심할 이유는 아무것도 없었다.

"일단 숙부님의 죽음을 공표하는 데는 문제가 없겠습니다. 이런 문제는 빠르게 처리하는 것이 좋으니 친척들에게 알리고, 귀족의회에도 바로 알리는 것이 좋겠습니다."

아르테우스의 죽음은 토르피우스에게도 슬픔이었지만, 그에게는 슬픔에 잠겨 있을 여유가 없었다. 그의 죽음은 이케니아 정치계에 큰 파장을 가져올 것임이 틀림없었기 때문이다.

"알겠어요. 친척들에게는 제가 알리겠어요. 나머지 일은 부탁드리겠어요."

율리아는 고개를 끄덕이며 의사와 함께 황급히 침실을 벗어났다. 아르테우스의 죽음이 공식화된 이상, 이것은 더 이상 개인의 문제가 아니게 되었기에 그녀도 슬픔의 시간을 조금 미뤄둘 수밖에 없었다.

그리고 홀로 남은 토르피우스는 평온한 아르테우스의 얼굴을 보며 나직이 혼잣말로 중얼거렸다.

"운명의 신이시여, 이번은 장난이 지나치시군요."

*   *   *

아르테우스의 죽음이 대중에게 공표되자 시민들은 크게 슬퍼하며 그의 죽음을 애도하였다. 그는 개인으로서 큰 업적을 남긴 인물은 아니었지만, 시민들에게는 무척이나 평판이 좋았던 왕이다. 하지만 시민들의 애도와는 대조적으로 유력자들의 관심은 그가 남긴 유언장에 집중되어 있었다.

같은 관직이라도 라인 제국과는 달리 이케니아의 고위 관직은 상대적으로 임기가 긴 편이다. 물론 임기가 긴 것과 짧은 것에도 각기 장단점은 있다. 임기가 길면 정책의 연속성의 보장되고, 잦은 선거로 인한 사회적 비용 낭비가 줄어든다. 그에 비해 여러 사람이 공직을 경험해 볼 수 있는 기회가 적어지고, 공직자의 부패를 가져올 수도 있다는 것은 단점이다.

그리고 또 하나의 단점이라면 아르테우스의 경우처럼 임기 도중에 공직자가 사망하였을 경우에 발생하는 혼란이었다. 그래서 병약한 사람일 경우에는 아무리 정치적 경력이 화려하더라도 단독직('최고 행정관'이나 '연맹 왕'과 같은 복수 관직이 아닌 공직) 선거에서는 좀처럼 표를 얻기 힘든 것도 사실이었다. 하지만 적당히 살이 오른 체격에 혈색이 좋기로 유명했던 아르테우스가 60세도 되지 않은 나이에 이렇게 급사하리라고는 누구도 예측하지 못한 일이었다. 그리고 아르테우스는 아직 임기의 절반밖에 채우지 못한 상태였다. 이럴 경우 다음 선거일까지 전임자가 미리 작성한 유언장에서 지명한 사람이 대리인으로서 왕의 책임과 권한을 승계받는다. 모든 선거는 4월 달에 치르도록 규정되어 있기 때문에, 대리인은 6개월이 넘는 기간 동안 대권을 손에 쥐는 셈이다. 유력자들의 관심이 쏠리는 것도 당연하였다.

9월 28일. 아르테우스의 장례는 국장(國葬)으로 연맹 왕으로서의 격식을 충분히 갖추어 치러졌다. 이틀에 걸친 장례 절차가 끝난 후, 유언장의 공개가 다음날로 다가왔다.

연맹 역사상 임기의 절반도 채우지 못하고 왕이 죽은 선례가 없기도 했지만, 세노아 전쟁의 종식 이후 점점 악화되어만 가는 아르펜 가와 바렌 가의 정치적 대립에 이번 사건이 어떤 영향을 미칠지 중인들의 관심이 집중되어 있는 것도 사실이었다.

10월 1일. 아르테우스의 유언장이 공개될 왕궁 앞의 포룸엔 많은 사람들이 몰려들었다. 이들 중 유언자의 내용에 가장 촉각을 곤두세우고 있는 사람은 다름 아닌 카시우스였다. 그의 입장에서 가장 걱정되는 시나리오는 아르테우스가 토르피우스를 대리인으로 지명하는 경우였다. 하지만 막상 토르피우스 스스로는 자신의 대리인 임명을 전혀 고려하지 않고 있었다. 원래 유언장의 내용은 극비에 속하지만, 대리인에 대해서는 아르테우스에게 언질을 들은 적이 있었기 때문이다. 물론 정확히 누구인지까지 아는 것은 아니었지만, 최소한 자신이 아니라는 것은 알고 있었다.

그때 사제복을 입은 한 노인이 위병의 호위를 받으며 회랑에 모습을 드러내었고, 사람들의 시선은 일제히 그쪽으로 향하였다. 노인은 다름 아닌 카라카스의 최고 제사장이었고, 유언장의 위탁인이기도 했다. 그는 양손에 봉인된 상자를 들고 천천히 걸음을 옮겼다. 그리고 그가 연단 앞에서 발걸음을 멈추자 웅성거리던 좌중은 쥐 죽은 듯 조용해졌다.

"전 연맹 왕이신 아르테우스 카라카스 아르펜님의 유언장을 공개하겠습니다!"

최고 제사장은 노인 특유의 컬컬한 목소리로 외친 후 밀랍으로 된 상자의 봉인을 뜯었다. 그리고는 작은 두루마리를 꺼내어 문서의 봉인도 마저 풀고는 목청을 가다듬었다.

"흠흠, 유언을 발표하겠소. 나의 명의로 된 재산의 절반은 두 아들과 아내 율리아에게 동등하게 유증한다. 단, 네모 시에 있는 겨울 별장과 카라카스 외곽에 있는 여름 별장은 시민에게 유증한다……."

유언장의 초반부는 보통의 것들처럼 재산의 유증과 관련된 개인 입장에서의 내용이었다. 그리고 후반부가 되어서야 중인들이 진짜로 궁금해하는 '정치적 유언'이 발표되기 시작했다.

"…모든 유언의 집행인으로는 토르피우스 카라카스 아르펜을 지명한다. 내가 임기 도중 직무를 수행하지 못하게 되었을 경우, 대리인으로는 아킬라 카라카스 아르펜을 지명한다. 아킬라마저 직무를 수행하지 못하게 될 경우 아르펜 가의 선임 의원들 중 가장 연장자에게 책임과 권한을 승계한다."

최고 제사장의 유언자 발표가 끝나자 좌중에서는 낮은 웅성거림이 일었다.

"잠깐, 그러면 뭐가 어떻게 되는 거지?"

"아킬라님은 올해 5월에 돌아가시지 않았는가?"

"그럼 아르펜 가의 최연장 선임 의원이… 포티우스님이신가?"

"아니지. 포티우스님은 얼마 전 정계에서 은퇴하셨지."

"그럼?"

복잡한 수를 짚어보던 사람들의 시선은 하나둘 한쪽 구석에 서 있는 토르피우스에게 집중되었다. 하지만 막상 토르피우스는 사람들의 시선을 눈치 채지 못한 채 유언장에서 지명한 집행인으로서의 일을 어떻게 처리할까 하는 생각에 골몰해 있었다.

"축하하네! 토르피우스!"

그의 상념은 아르펜 가의 한 원로가 어깨를 두드리고 나서야 깨어졌다.

"아! 네?! 무엇을 말입니까?"

정신을 차린 그는 조금은 어리둥절한 표정으로 좌우를 둘러보았다. 그리고 그제야 사람들의 눈이 자신에게로 집중되어 있음을 알았다.

"연맹 왕의 대리인이자 유언장의 집행자가 된 것을 축하하네."

"아!!"

토르피우스는 그때서야 무슨 일이 벌어졌는지 깨달을 수 있었다. 항상 선임 의원으로서는 가장 젊은 나이였던지라 연장자라는 말과는 거리가 멀었던 그이다. 하지만 아르펜 가 출신의 선임 의원이면 이야기가 달라진다. 아르펜 가 출신의 3명의 선임 의원들 중 2명이 일신의 이유로 의원 직을 내놓았기 때문이다. 물론 아르펜 가는 전통적으로 왕을 제외하고도 3석의 선임 의원 의석을 배정받고 있었기에 아킬라와 포티우스의 후임자가 결정되어 있긴 했다. 하지만 그들이 정식으로 선임되는 시점은 내년 4월이었다. 결국 유언장이 공개된 시점에서의 유일한 자격자는 토르피우스밖에 없었던 것이다.

"그렇군요. 제가 잠시 넋이 빠져 있었군요."

토르피우스는 애써 태연한 목소리로 말했지만 심정은 복잡하기 이를 데 없었다.

그는 원래 정치적 균형 감각을 가장 우선시하던 사람이었다. 그 덕에 평판도 좋은 편이었지만, 그런 균형 감각이 모두에게 통하는 것은 아니었다. 그 대표적인 인물이 바렌 가의 카시우스였다. 60대 중반에 접어든 이 인물은 3번이나 자신을 누르고 연맹 왕에 오른 아르테우스보다는 토르피우스를 더 눈엣가시처럼 여기고 있었다. 특히나 에레냐드 파병군 문제에서 대립한 이후로, 카시우스의 토르피우스에 대한 태도는 단순한 정치적 견제를 넘어서고 있었다.

토르피우스가 염려하고 있는 부분도 이 점이었다. 그래도 자신이 카시우스와 같은 선임 의원의 입장이라면 그와의 대화 가능성은 언제나 열려 있었다. 하지만 자신이 잠시나마 대권을 손에 쥔다면 다음 선거를 마지막 기회로 노리고 있는 카시우스가 순순히 협상에 응할 리가 없었다. 아르제스가 요청한 추가 파병안 등의 처리해야 할 문제가 산재해 있는 상황에서 토르피우스가 대리인으로 임명된 것은 악재임이 분명했다.

그리고 유언장에서도 알 수 있듯이 아르테우스도 토르피우스를 대리인으로 지명할 생각은 없었다. 아직 젊고 능력도 충분히 인정받은 토르피우스에게 대리인과 같은 민감하면서도 어정쩡한 임무를 맡길 생각은 없었던 것이다. 그는 토르피우스라면 머지않아 정식으로 연맹 왕에 선출될 것이라고 확신하고 있었다. 그랬기에 유언장에서도 토르피우스를 단지 집행인으로 지목했던 것이다. 유증인이 직접 유언을 집행하지 않고 집행인을 따로 두는 것은 귀족층의 일반적인 관례였다.

분명 유언장은 언제라도 갱신이 가능하니 아킬라가 죽고 포티우스가 정계에서 은퇴했을 당시 바로 유언장을 수정했더라면 이런 일은 벌어지지 않았을 터였다. 하지만 아르테우스는 자신의 건강에 완벽한 자신감을 가지고 있었다. 결국 그의 '자만심'과 '게으름'이 사태를 이렇게 몰고 온 셈이 된 것이다.

'참으로 곤란한 유산을 남기셨군요.'

주위의 축하에 '감사합니다'라는 말로 일일이 화답하고는 있었지만, 속으로는 이런 생각에 씁쓸한 웃음을 지을 수밖에 없었다. 토르피우스나 아르테우스나 누구도 원하지 않았던 일이지만 결과적으로는 토르피우스가 연맹 왕의 대리인으로 지목되어 버린 것이다.

"우리는 이만 떠나는 게 좋겠군!"

이 모든 광경을 불편한 심기로 지켜보고 있던 카시우스는 굳은 표정으로 바렌 가의 유력자들을 이끌고 포룸을 떠났다. 마음에 들건 그렇지 않건 유언장의 발표도 장례식의 연장이다. 고인을 추모해야 할 장례식에서 불만을 드러낼 수는 없는 일이었다.

　마치 승자와 패자, 그리고 기회를 엿보는 제3자가 얽힌 것 같은 분위기 속에서 토르피우스는 다시 한 번 나직한 혼잣말을 중얼거렸다.

　"운명의 신이시여, 이번에는 정말 장난이 지나치시군요."

　　　　　*　　　　*　　　　*

　"제법 쌀쌀해졌군."

　올해 봄에 이곳으로 온 후 벌써 반년가량이나 지난 셈이었다. 그동안 티투스가 취한 군사적 행동이라고는 기병대를 통한 간접적 공격뿐이었지만, 그렇다고 성과가 없는 것은 아니었다. 물론 군사적 성과라기보다 원로원이 주도한 외교적 성과가 주가 되었지만, 외교적 성과도 티투스가 군대를 이끌고 있기 때문에 가능한 것이었다.

　"이제 곧 겨울이 닥치겠군요."

　티투스의 뒤에서 그림자처럼 서 있던 보레이누스는 황제의 혼잣말에 옅게 웃으며 대답했다.

　"겨울은 라인에서 지내실 생각이십니까?"

　"한 번은 라인에 들러야겠지만 겨울은 이곳에서 지내야겠지?"

"라트비아님이 서운해하시겠군요."

"후후, 나 같은 사내를 연인으로 둔 여인의 숙명이지."

나직한 웃음을 터뜨린 티투스는 한동안 말없이 멀리 동쪽으로 보이는 아수스 산의 만년설을 응시했다.

"아, 그건 그렇고, 이케니아의 연맹 왕이 죽었다지?"

"네, 폐하. 대리인으로는 토르피우스가 임명되었다 하더군요."

"그래? 의외로군. 물론 자격은 충분하지만 말이야. 하여간 이케니아도 한동안 시끄럽겠군."

"감찰관으로 파견된 섹티우스의 보고에 대해서는 어떻게 처리하실 작정입니까?"

이미 북부 에레냐드의 반란은 기정사실화되었다. 그런데도 별다른 조치를 취하지 않는 황제의 속셈을 보레이누스는 전혀 짐작할 수 없었다.

"이케니아에 맡겼으니 끝까지 그쪽에서 책임지게 해야지. 그리고 첫 전투에서도 승리했다지 않았는가? 아쉽군. 그자의 전투를 한번 보고 싶은데 말이야."

"하지만 그자가 정말 반란을 진압할 수 있겠습니까? 폐하께서도 잘 아시지 않습니까? 에레냐드의 반란이 성공한다면, 그 여파가 전 토르카 지방으로 퍼질지도 모릅니다."

어쩌면 아티아 족의 위협보다 에레냐드의 반란이 훨씬 더

큰 위협이 될 가능성이 높았다. 하지만 우려 섞인 보레이누스
의 말에 티투스는 의미를 알 수 없는 웃음만을 지었다.

그날 밤, 티투스는 주위를 모두 물리고 아비아노를 불렀
다.

"네가 다시 한 번 북으로 '상단'을 이끌어야겠다."

상아에다 금을 덧씌워 화려하게 세공된 지휘봉을 습관처
럼 만지작거리며 티투스는 낮은 목소리로 말했다.

아비아노는 흠칫 놀라며 되물었다.

"상단을 말입니까?"

"그렇다."

"출발은 언제로 하는 것이 좋겠습니까?"

"내가 라인에 잠시 들르는 시점이 좋겠군. 너는 병을 핑계
로 이곳에 남아 필요한 준비를 하거라. 원로원의 눈과 귀는
내가 가려주지. 가서 밀약의 내용을 다시 한 번 확인시켜 주
고 오너라."

"알겠습니다."

이렇게 말하는 아비아노의 얼굴에서 평상시의 능청스러움
은 찾아볼 수 없었다.

*   *   *

발가르는 아르제스가 지시한 사항들을 충실하게 수행하였다. 아르제스가 보내준 1개 군단의 병력을 접수하자마자 사멘티아로 진군한 것이다.

악소나 공방전에서 겨우 도망쳐 온 암포도릭스는 성벽을 높게 쌓고 성문을 단단히 걸어 잠갔을 뿐, 감히 회전을 치를 엄두도 내지 못했다. 그러나 발가르도 사멘티아를 적극적으로 공략할 생각은 없었기에 도시를 포위한 상태에서 남아 있는 일대의 경작지에서 식량을 확보하는 데 주력했을 뿐이다. 그리고 아르제스가 암브로스 족의 세력을 손에 넣고 그 일대를 안정화시켰다는 판단이 서자 포위를 풀고 옥토로눔을 불사른 후 지체없이 병력을 물렸다.

9월 15일. 아르제스는 귀환하는 발가르를 성대한 환영식으로 맞아들였다. 그날은 병사들에게도 충분하게 음식을 풀어 전투에서의 승리를 축하하게 했다. 전리품은 브로타에 주둔 중인 병사들까지 포함해서 적절하게 분배되었다. 전리품 목록은 문서화되어 종군 상인들을 통해 이케니아의 가족들에게 전해질 터였다.

며칠 후, 오바쿰을 포위하고 있던 아누이 왕국의 군대가 포위를 풀고 퇴각했다는 소식이 전해졌다. 그리고 첩보를 통해 올해는 카나이 족이 더 이상 군사적 행동을 취할 생각이 없음을 확신하게 되었다. 악소나 공방전에서의 손실을 만회하기 위해서는 비브오락테스 측에서도 시간이 필요할 터였다.

아르제스는 악소나 주둔지를 떠나 브로타 주둔지로 향할 생각이었다. 악소나 주둔지는 발가르에게 맡기고, 자신은 그곳에서 겨울을 나면서 내년의 전쟁을 준비할 생각이었다. 하지만 그전에 해결 지을 문제가 있었다.

*　　　*　　　*

아르제스의 부름으로 브로타 주둔지를 떠나 악소나 주둔지에 도착해 있던 에르시아는 가벼운 흥분에 들떠 있었다. 악소나 공방전에서 아르제스가 일방적으로 승리하면서 실질적으로 동생 바르바나의 권위가 회복되었기 때문이다. 게다가 카바리노스에 대해서는 섭정의 권위를 인정해 줌으로써 부족의 내분으로 인한 유혈 사태도 벌어지지 않았다. 영리한 그녀는 이런 아르제스의 처사가 얼마나 현명했는지 모르지 않았다.

브로타로 떠나기로 한 전날 밤, 주위를 물린 아르제스는 에르시아를 막사로 불렀다.

"부르셨습니까?"

"그러지 말라고 하지 않았소? 일일이 일으켜 주어야 하는 내 입장도 좀 생각해 주시오. 무척이나 귀찮단 말이오."

자신을 보자마자 엎드려 예를 취하려고 하는 에르시아에게 아르제스는 푸념에 가까운 농담을 내뱉었다.

"그러겠습니다."

어색한 미소를 지어 보인 그녀는 곧 허리를 곧게 폈다. 그러자 자연스레 기품이 우러나오는 여인이 되었다.

아르제스가 말했다.

"나는 내일 이곳을 떠날 예정이오. 그전에 그대의 거취에 대해 몇 가지 결정할 문제가 있어서 이렇게 불렀소."

"말씀하십시오."

"일단 그대는 이제 더 이상 볼모의 신분이 아니오. 하긴, 처음부터 그대는 볼모 자체로서의 가치는 없었던 것이 사실이니 그다지 달라질 것도 없겠군."

에르시아가 물었다.

"그럼 저를 왜 볼모로 삼으셨던 것입니까?"

"흠, 내가 대답해 주어야 할 의무는 없지만 이번만은 특별히 예외로 하지. 원래는 그대를 이용해 암브로스 족에 대한 개입의 명분을 만들려고 했소. 그전에 카바리노스가 원군을 요청해 와서 그럴 필요가 없었던 것일 뿐이지. 하지만 그렇다고 그때 쓰려고 했던 방법이 쓸모가 없어진 것은 아니오. 다만 일의 선후가 바뀌었을 뿐이랄까."

에르시아는 아르제스의 말을 선뜻 이해할 수 없었다.

"그 말씀은……?"

"나는 명분을 중요시하는 사람이오. 정당한 이유가 없이 힘으로 굴복시킨 상대는 언젠가는 등을 돌리게 마련이기 때문이지. 내가 비록 정통 후계자인 바르바나를 지지하고 있다 곤 하지만, 아직 그대의 동생은 부족민들의 큰 지지는 받지 못하고 있는 것으로 아오. 내 말이 틀렸소?"

조금은 뼈아픈 말이었지만 가감없는 사실이었다.

"…그렇습니다."

"내가 보기에도 그대의 동생은 아직 유약하더군. 그에 비해 카바리노스는 나름대로 추진력은 있는 지도자이지."

그의 말은 그녀를 당황스럽게 하기 충분했다.

"그, 그런!"

"착각하지 마시오. 지도자로서의 덕목과 한 개인으로서의 덕목이 반드시 일치하는 것은 아니오. 아니, 오히려 상반되는 부분도 없지 않지."

순간 그녀는 눈앞의 이 젊은 사령관이 얼마나 냉정해질 수 있는 인물인지 새삼 깨달았다.

아르제스가 이어 말했다.

"하지만 그리 좋지도 않은 건강에도 불구하고 쉽지 않은 야전 생활을 마다하지 않는 것을 보면 바르바나에게도 근성은 있다고 생각하오. 자기 자신을 바꾸는 일은 무척이나 힘든 일인데, 최소한 그럴 마음을 먹을 용기는 있다는 증거지. 그에게 가능성은 충분하다고 생각하오. 그래서 내가 그에게 시간을 주겠소. 그에게 지도자로서의 자질이 있다면 3천의 암브로스 기병은 그의 든든한 지지자가 될 터이지. 결론은 내가 사령관으로 있는 한, 바르바나의 후원자가 되어주도록 약속하겠다는 것이오."

에르시아로서는 짧은 시간에 지옥과 천당을 동시에 경험한 기분이었다.

"현명하신 판단에 깊이 감사드립니다. 약속하건대 절대 후회하지 않으실 것입니다."

"아직 고마워하기에는 이르오. 거기에는 조건이 있으니까. 말했듯이 나는 명분을 중요시하오. 그래서 내가 바르바나에 후원자가 되기 위해서는 좀 더 확실한 명분이 필요하지. 그리고 그 명분을 위해서는 그대의 결단이 필요하오."

그녀는 의연한 태도로 물었다.

"제가 할 일은 무엇입니까?"

"이케니아 파병군의 부장이자 가이우스 가의 가신이며, 나의 스승인 발가르님과의 약혼 발표요."

아르제스의 갑작스런 말에도 불구하고 그녀는 감정을 밖

으로 드러내지 않았다. 처음부터 조건이 무엇이든 간에 수락하기로 마음먹었던 까닭에 놀랄 이유가 없었던 것이다. 그리고 아르제스는 혼인이 아니라 약혼 발표라고 했다. 그녀는 그 의미를 정확하게 이해하고 있었다.

아르제스가 말했다.

"이케니아 민족은 가족과 약속을 소중하게 여기오. 발가르님과 그대의 결혼이 공식화된다면 나도 암브로스 족 내부의 일에 관여할 확실한 명분을 얻게 되는 것이오. 간단하고 명확하지 않소?"

그녀는 깊이 생각하지 않았다.

"수락하겠습니다."

"명쾌해서 좋군. 그럼 거래는 성립된 것으로 하지. 이야기는 끝났으니 나가봐도 좋소."

아르제스는 서탁 위의 서류로 눈을 돌리며 축객령을 내렸다. 하지만 에르시아가 막사 밖으로 나가자 서류에서 눈을 떼고서는 고개를 뒤로 젖히며 말했다.

"거 보십시오. 제가 승낙할 거라고 말하지 않았습니까?"

사령관의 막사는 꽤나 넓은 편이어서 용도에 따라 몇 개의 방으로 구분되어 있었다. 발가르는 처음부터 칸막이 뒤에서 아르제스와 에르시아의 대화를 듣고 있었던 것이다.

모습을 드러낸 발가르가 말했다.

"내가 그녀의 입장이라도 수락할 수밖에 없게 말하더군. 사실 자네가 말하는 그 명분이란 이유는 너무 과장된 게 아닌가?"

"훗, 그럼 어떻습니까? 과장되었더라고 아주 틀린 말은 아니지요. 게다가 발가르님을 노총각 신세에서도 구제해 주는 일이니 이거야말로 한 개의 돌로 여러 마리의 새를 잡는 것이 아니겠습니까?"

"나에게 거부권은 없는 겐가?"

"속으로는 좋으신 거 다 압니다. 그녀는 좋은 여자입니다. 제가 다리는 놓아드렸으니 이 기회를 확실히 잡으십시오. 아, 그리고 이것은 가이우스 가문의 가주가 가신에게 내리는 명령입니다. 파직당한 채 반역죄로 라인 본국으로 송환되고 싶지 않으시면 순순히 받아들이십시오."

"거참, 무서운 협박이구먼."

발가르는 짐짓 불만 어린 표정을 지었다. 하지만 평소답지 않게 더 이상 꼬투리를 달진 않았다.

다음날, 발가르와 에르시아의 약혼은 군단병들이 지켜보는 가운데 정식으로 발표되었다. 발가르는 멋쩍은 표정으로 군단병들의 장난끼 가득한 야유를 견뎌야만 했다.

라인 제국에서는 복무 중인 군단병의 경우 정식 결혼을 금지하고 있었지만, 다년제 복무가 법제화되지 않은 이케니아에서는 그런 전례조차 없었다. 게다가 발가르는 일반 병사가 아닌 장교의 신분이다. 법적으로 문제될 것은 하나도 없었다. 아르제스는 두 사람의 약혼을 가이우스 가의 신인 풍요의 여신의 이름으로 축복했다.

그런 후, 아르제스는 악소나 주둔지의 지휘를 발가르에게 맡기고 메텔로와 함께 전리품 수송대를 이끌고 브로타 주둔지로 향했다. 수송대와 함께였어도 일주일 만에 도착할 수 있었다.

브로타 주둔지 일대의 정세는 아르제스가 걱정했던 것보다 훨씬 더 평화로웠다. 하지만 오히려 그런 점이 그를 더욱 염려케 했다.

그 증거로, 악소나 공방전에서의 대승에도 불구하고 이케니아 측에 강화를 제의하는 사절을 보내온 부족이 없었다. 아직 비브오락테스가 실권을 장악하고 있다는 반증이었다. 내년이야말로 진짜 전쟁이 시작될 것임은 불 보듯 뻔한 상황이었다.

그리고 무엇보다 아르제스를 안타깝게 한 것은 게브오리쿠스의 소식이었다. 비브오락테스의 손길을 피해 탈출한 게브오리쿠스의 몸종과 가족들이 그의 비극적인 죽음을 전했기 때문이다. 그를 식견과 능력을 두루 지닌 지도자감으로 높게 평가했던 아르제스에게 그의 죽음은 큰 손실이었다. 아르제스에게는 비브오락테스를 응징할 또 하나의 명분이 생긴 셈이었다.

그러나 나쁜 소식은 거기에서 그치지 않았다. 아르제스의 추가 파병 요구를 전달하게 위해 이케니아로 파견한 칼쿨루스가 파병안의 통과 여부가 불투명하다고 전해왔기 때문이다. 그리고 그 소식이 전해진 지 며칠 후, 연맹 왕 아르테우스의 사망 소식이 전해졌다.

제3장

최후 협상

예상치도 못한 대리인의 지위였지만 토르피우스는 한시도 시간을 낭비할 여유가 없었다. 그가 당면한 국내외적 정치적 과제는 크게 3가지였다.

하나는 세노아 전쟁의 종결 시 체결된 평화 조약의 항목들 중 루투아에 설치할 조차지 문제에 관한 협상이었다. 이것은 메디아 왕국과의 평화 조약이 성공적으로 정착했음을 보여줄 이정표와 같은 일이었다. 그렇기에 조약의 작성자로서 소홀할 수 없는 부분이었다.

두 번째 과제는 아르테우스가 남기고 간 선거공약의 실현이었다. 이들 선거공약은 기득권 세력에게는 분명 눈에 거슬리는 내용이었다. 내년 선거의 결과를 예측할 수 없는 상황에서 아르테우스의 임기를 이어받은 토르피우스가 반드시 결론을 지어야 할 과제였다.

세 번째 과제는 아르제스가 요청한 추가 파병안의 승인 문제였다. 애당초 에레냐드 파병안 또한 토르피우스가 앞장서서 가결시켰던 문제였다.

하지만 아무리 연맹 왕의 대권을 손에 넣었다고 해도 이케니아 연맹의 정치 체계는 과두정이다. 카시우스가 이끌고 있는 바렌 가문의 협조를 얻지 못하면 그 어느 것 하나 쉽게 처리할 수 있는 문제가 없었다. 하지만 이미 감정의 골이 깊어져 버린 카시우스와의 타협에 토르피우스가 직접 나설 처지는 못 되었다. 그래서 그는 중개인을 내세우기로 했다.

*   *   *

"제가 말입니까?"

카틸라의 반문에 토르피우스는 가만히 고개를 끄덕였다.

"그렇습니다."

이른 아침, 오랜 친구이자 동료 의원인 카틸라를 집무실로 불러들인 토르피우스는 중요한 제안을 하고 있었다. 다름 아닌 카시우스와의 협상을 그가 맡아달라는 것이었다.

"그런 큰일을 제가 맡아도 되겠습니까? 저는 그리 대단한 사람이 못 됩니다."

카틸라는 지방 귀족 출신이었다. 가문의 배경도 대단치 못한 데다 그 자신도 정치적 권력에는 담담한 사람이어서 어느 파벌에도 몸담지 않고 있었다. 토르피우스와의 친분도 어디까지나 개인적 친분에 불과했다.

토르피우스가 말했다.

"아닙니다. 카틸라님이야말로 이번 일의 적임자이십니다. 이런 종류에 일에 필요한 것은 그야말로 개인의 '덕' 이 아니겠습니까?"

그러나 카틸라는 쉽게 결정을 내리지 못했다.

"저를 높이 평가해 주시는 것은 감사합니다만……."

하지만 토르피우스는 그의 곁으로 바짝 다가가 심각한 표정을 지었다.

"사실 카틸라님이 아니더라도 협상을 담당할 만한 사람이 없는 것은 아닙니다. 하지만 문제는 시간입니다. 지금 당장은 저의 의도를 편견없이 정확하게 이해해 줄 사람이 카틸라님 밖에 없습니다. 부디 재고해 주십시오. 지금 이케니아가 얼마나 불안한 상황에 놓여 있는지 모르시겠습니까? 연맹 내부로는 권력 다툼이 심해져만 가고 있고, 지난 세노아 전쟁의 주역이던 병력과 지휘관은 대부분 저 먼 에레냐드로 떠나 있는 상태입니다. 게다가 메디아 왕국의 유바 왕과 아쿠타는 아직 건재합니다. 우리는 더 이상 약점을 보여주어서는 안 된다는 말입니다."

"으음."

사실 카틸라가 우려하는 부분은 자신이 친아르펜 파벌이라고 오해받는 것이었다. 그것은 개인에게나 그가 속한 도시 국가에게나 그렇게 좋은 일이 아니었다.

하지만 카틸라는 이처럼 심각한 표정의 토르피우스를 본 적이 없었다. 그의 이미지는 언제나 웃는 얼굴의 여유 넘치는 분위기였는데 말이다. 그리고 무엇보다 토르피우스의 진심 어린 태도가 그의 마음을 움직였다.

"…좋습니다. 미흡하지만 제가 나서보겠습니다."

장고를 거듭하던 카틸라는 결국 토르피우스의 제안을 수락했다. 토르피우스는 그의 두 손을 굳게 맞잡으며 말없이 감사를 표시했다.

그 후 두 사람은 협상의 세부 내용에 관해 이야기하기 시작했다. 토르피우스가 카시우스를 설득하기 위해 내놓은 타협안들은 카틸라를 놀라게 하기에 충분한 것들이었다.

* * *

카라카스에 온 지 한 달이 지나도록 칼쿨루스의 마음은 편한 적이 없었다. 그의 마음속에서는 두 개의 가치관이 끊임없이 충돌하고 있었던 것이다.

　그의 공식적인 임무는 아르제스의 추가 파병 요청을 귀족회의에 알리는 역할이었다. 하지만 단순히 전령의 역할만 하라고 부사령관이나 되는 사람을 파견했을 리는 없다. 다만 아르제스가 칼쿨루스에게 강요하지 않았을 뿐이었다.

　아르제스의 추가 파병 요청은 아르테우스의 죽음과 맞물려 좀처럼 해결될 기미가 보이지 않고 있었다. 칼쿨루스는 그런 귀족회의의 사정을 브로타의 주둔지로 알렸을 뿐, 이후로는 회의에도 참석하지 않고 칩거하고 있었다. 그는 차라리 아르제스가 자신을 다시 에레냐드로 소환해 주었으면 하는 심정이었지만, 아직까지 그런 명령은 전해지지 않고 있었다.

　바렌 가문 출신이지만 그는 카라카스에서 태어난 사람이다. 가족들과 함께 집에서 시간을 보내는 것이 혼란스러운 그를 달래주는 유일한 위안거리였다. 하지만 그런 칩거는 오래가지 못했다. 이른 아침부터 그를 찾아온 사람이 있었기 때문이다.

　"칼쿨루스님."

"나를 찾았는가?"

대머리가 인상적인 초로의 사내는 정중하게 인사하며 말했다.

"저는 카시우스님을 모시고 있는 종복입니다. 주인님께서 칼쿨루스님을 뵙고자 하십니다. 빠른 시일 내에 처소로 방문해 달라 하는 전갈을 전하러 왔습니다."

"카시우스님이 나를?"

그는 카시우스와 그리 왕래가 잦았던 사람은 아니다. 같은 씨족에 같은 가문이라도 바렌 가문 자체가 워낙 번성해 있다 보니 친척 간이라 해도 전부 친밀한 관계를 유지하는 것은 아닌 까닭이다. 그리고 무엇보다 시기가 애매했다. 이처럼 정국이 어수선한 때에 카시우스가 그를 단지 '친척'이라는 이유로 불렀을 리는 만무했다. 하지만 가문의 어른이 보자는 데 거절할 수는 없었다.

칼쿨루스가 말했다.

"오늘 저녁에 찾아뵙겠다고 전해주게."

어차피 만나야 한다면 빠를수록 좋았다. 어떤 식으로든 그는 이 고민의 사슬을 끊어버리고 싶었다.

칼쿨루스의 집에서 카시우스의 거처까지는 카라카스 시내의 절반을 가로질러 가야 하는 거리였다. 그래도 고풍스러운 데다 연맹의 수도치고는 번잡스럽지도 않으며, 건물 하나하나가 저마다의 개성을 품고 있는 도시의 경관은 사색에 잠겨 걷기에 훌륭한 조건임에 틀림없었다.

유달리 불편하게 느껴지는 토가 자락을 왼손으로 말아 쥔 채 생각에 잠겨 걷던 그는 길잡이 노릇을 하던 종복이 발걸음을 멈추자 그때서야 정신을 차렸다.

카시우스가 묵고 있는 거처는 그의 여러 별장들 중 하나였다. 사실 별장이란 말보다는 저택이라는 말이 더 어울리는 곳이긴 했다.

"오! 칼쿨루스! 어서 오너라!"

칼쿨루스가 안뜰로 들어서자 넉넉한 풍채를 편한 옷으로 가린 카시우스가 만면에 미소를 띠며 그를 반겼다. 가문의 존장을 만나는 자리라 조금은 긴장해 있던 칼쿨루스에게 카시우스의 지나칠 정도로 친근한 환대는 상당히 의외였다.

"오랜만에 뵙습니다."

미처 정중한 예의를 차리기도 전에 카시우스가 포옹을 해온 덕에 그는 엉거주춤한 자세로 인사를 건넬 수밖에 없었다.

카시우스는 직접 앞장서서 그를 안채로 안내했다. 그곳에는 식탁과 몸을 뉘일 수 있는 만찬용 의자가 놓여 있었고, 분주히 움직이는 노예들은 식탁 위를 음식으로 채우고 있었다.

카시우스가 말했다.

"먼 땅에서 고생하다 귀국한 너를 위해 조촐한 만찬을 준비했다."

"낯설기는 하지만 그다지 고생스럽지는 않았습니다. 어차피 명예로운 경력의 일부가 아니겠습니까?"

"흠, 다른 나라를 위해 피를 흘리는 것이 얼마나 명예로운 일인지는 잘 모르겠구나. 뭐, 만찬의 이유 따위야 아무려면 어떨까. 사실 나 같은 노인네는 늘 대화에 굶주려 있지. 오늘은 그저 너의 이야기를 들려다오. 자자, 사양하지 말고 편하게 앉거라."

귀족회의에서는 날카로운 언변으로 유명한 카시우스였지만, 지금은 그저 평범한 할아버지 같은 분위기만 풍기고 있었다. 덕분에 처음에는 너무도 어색했던 자리가 시간이 지나면서 조금씩 부드러워졌다. 카시우스가 딱딱한 이야기는 배제한 채 이야기를 이끌어갔기 때문이기도 했다. 식탁도 품격은 지키면서 지나치게 화려하지 않아서 칼쿨루스의 부담을 덜어주었다. 그야말로 평범한 가족 간의 저녁 식사에 초대된 것 같은 기분이었다.

문득 카시우스가 가족 이야기를 꺼내었다.

"자네도 아이가 있겠지?"

"네. 6살 난 딸아이 하나와 3살 난 아들이 있습니다."

"오! 그래? 모두들 사랑스럽고 건강하겠지?"

"다행히 그렇습니다."

"허허, 부럽군, 부러워. 그야말로 완벽한 가정이 아닌가? 사실 나는 그다지 자식 복은 없는 사람이야. 특히 후사를 이어줄 변변한 아들이 없다는 것은 큰 아쉬움이지."

"아드님이 있으신 걸로 알고 있었습니다만?"

"말했지 않나, 변변한 아들은 없다고. 내 자식이지만 그 아이는 내 뒤를 이을 그릇이 못 되네. 안타깝게도 말이야."

카시우스의 말투에는 진한 씁쓸함이 배어 있어 칼쿨루스도 숙연해지는 기분이 들었다.

카시우스가 말을 이었다.

"그래서인지 너처럼 훌륭한 사내들을 보면 그렇게 든든할 수가 없구나. 이제 나 같은 늙은이들의 시대는 갔어. 바렌 가문에도 너처럼 젊은 인재가 필요한 것이지."

"별말씀을 다 하시는군요. 아직 카시우스님은 정정하시지 않습니까?"

하지만 카시우스는 고개를 저었다.

"아니야, 아니야. 이런 문제는 자기 자신이 가장 잘 아는 법이지. 그래서 말이지만… 나는 머지않아 선임 의원 직을 내놓을 생각이야."

칼쿨루스는 흠칫 놀라며 몸을 반쯤 일으켰다.

"그 무슨?!"

"나는 다음번 연맹 왕 선거를 마지막 기회로 생각하고 있네. 결과가 어떻게 되든 그때가 되면 나는 선임 의원 직을 내놓게 될 것이야. 내가 왜 이런 이야기를 너에게 하는지 알겠느냐?"

그 말을 들은 칼쿨루스의 표정이 미묘하게 변해갔다.

그의 얼굴을 똑바로 바라보며 카시우스가 은근한 목소리로 말했다.

"나는 그 빈자리를 채울 사람으로 너를 생각하고 있다."

"……!!"

너무나도 의외의 말이었다. 칼쿨루스 나이는 이제 겨우 30대 중반이다. 그 정도 나이에 선임 의원에 임명된 경우는 젊었을 때부터 학식으로 이름 높았던 토르피우스 정도가 고작이다. 확실히 너무도 의외의 제안이었다.

칼쿨루스는 눈빛을 차갑게 가라앉혔다.

"카시우스님, 도대체 저에게 무엇을 말하고자 하시는 것입니까?"

그는 그제야 자신의 직위를 자각했다. 비록 카시우스와 토르피우스 간의 타협으로 이루어진 일이긴 해도 그는 에레냐드 파병군 부사령관의 신분이었다. 그리고 그가 본국으로 되돌아온 것은 어디까지나 아르제스의 명령에 의한 것이었다. 게다가 지금의 연맹은 아르테우스의 사망과 더불어 본격화된 토르피우스와 카시우스의 대립으로 정세가 무척이나 아슬아슬한 상황이다. 이 모든 정황들이 카시우스의 제안을 단순한 호의로 받아들일 수 없게 만들고 있었다.

카시우스의 태도도 무척이나 진지했다.

"정치의 본질은 권력이다. 어떻게 들릴지는 모르겠지만 이 것은 엄연한 현실이지. 사실 아르테우스의 급작스러운 죽음은 우리 가문의 기회가 될 수도 있지만 큰 위기가 될 수도 있다."

"위기라니요? 점점 더 모를 말씀만 하시는군요."

"정말 모르겠느냐? 토르피우스가 대리인으로서 대권을 손에 쥔 것이 얼마나 큰 위협인지를? 그는 위험한 사람이다. 그가 대권을 잡았으니 아마 아르테우스의 공약들을 자신의 임기 내에 통과시키려고 할 것이다. 그렇게 된다면 그 모든 공은 죽은 아르테우스가 아닌 토르피우스에게 돌아가겠지. 그것이 무엇을 의미하겠느냐? 다음번 연맹 왕 선거에서 그가 가장 유리한 고지를 점하게 된다는 뜻이다. 우리 가문에서는 벌써 10년도 더 넘게 왕이 나오지 않고 있다. 그런데 이제 40대인 토르피우스가 왕위에 오른다면, 또 얼마나 더 기다려야 할지 나는 짐작도 할 수 없구나."

만약 아르테우스가 죽지 않고 임기를 다 채웠다면, 다음번 연맹 왕의 자리는 자연스럽게 카시우스에게 돌아올 가능성이 컸다. 하지만 그가 도중에 죽고 토르피우스가 대리인 자리에 오름으로써 정치계의 분위기는 미묘하게 변하고 있었다. 카시우스는 바로 그 점을 염려하고 있었다.

"모든 일에는 때가 있다. 권력도 잡을 수 있을 때 잡지 못하면 기회는 점점 멀어지는 법이지. 지금 우리 가문이 처한 상황이 딱 그 꼴이란 말이다. 하지만 우리에게도 방법이 없는 것은 아니다. 그 잘난 토르피우스에게도 약점은 있지. 바로 에레냐드 파병군이 그의 약점이다."

"카시우스님……."

칼쿨루스는 무거운 신음을 토했다. 카시우스가 자신에게 무엇을 원하고 있는지 조금씩 알 것 같았기 때문이다.

카시우스가 말했다.

"토르피우스를 실각시키기 위해서는 아르제스를 먼저 실각시켜야 한다. 그리고 그 일을 할 수 있는 것은 칼쿨루스, 너뿐이다."

칼쿨루스에게는 망치로 머리를 때리는 것 같은 충격이었다.

*　　　*　　　*

카시우스와의 만남 이후 칼쿨루스는 부쩍 말수가 줄어들

었다. 며칠간 외출을 삼가한 채 고민에 빠져 있었던 것이다.

카시우스와의 밀담이 있던 저녁, 칼쿨루스는 결국 대답을 내놓지 못했다. 스스로가 얼마나 중대한 기로에 서 있는지 잘 알고 있었기 때문이다. 카시우스는 그에게 3일간의 생각할 말미를 주었다. 그때 사람을 보낼 테니 좋은 대답을 기대한다면서 말이다.

카시우스가 칼쿨루스에게 원한 것은 아르제스에 대한 탄핵이었다. 어차피 시민들은 먼 땅에서 일어나고 있는 전쟁에 대해 그다지 자세하게 알 수 없다. 파병군의 부사령관인 칼쿨루스가 직접 탄핵에 나선다면, 아르제스의 이미지는 크게 타격을 입을 수밖에 없다. 물론 그렇게 된다고 해서 아르제스가 실각하리라는 보장은 없다. 하지만 탄핵이 소송으로 이어진다면 아르제스는 조사를 받기 위해 본국으로 송환되고, 당연히 지휘권은 칼쿨루스에게로 넘어간다.

카시우스는 그 혼란에 토르피우스까지 끌어들일 작정이었다. 에레냐드 파병을 주도한 토르피우스인만큼 아르제스에 대한 공격은 곧 그에 대한 공격이나 마찬가지였다.

그에 대한 대가로 칼쿨루스가 얻을 수 있는 것은 선임 의원의 자리였다. 임시 회의 소집권을 지닌 선임 의원의 자리는 그야말로 귀족의회로 대표되는 중앙 정계의 정점이었다. 정치에 뜻이 있는 사내라면 누구라도 원하는 자리였다. 하지만 칼쿨루스의 고민은 좀 더 근본적인 것이었다.

카시우스가 사람을 보내오기로 한 날에도 그는 여전히 마음의 결정을 내리지 못한 채였다.

"⋯⋯."

칼쿨루스는 가벼운 옷차림으로 안뜰을 서성이며 늦가을의 햇살을 만끽하고 있었다. 그의 품에는 그의 어린 딸이 안겨 있었다. 자주 집을 비우는 칼쿨루스였지만 그의 딸은 유난히 아버지를 따랐다.

그런 부녀의 모습을 흐뭇한 표정으로 바라보던 여인이 조심스럽게 그들에게로 다가갔다.

그녀가 말했다.

"얘야, 이리 오렴. 아버지 무거우시겠다."

과일이 담긴 쟁반을 한편에 내려놓은 후 두 팔을 벌렸지만 아이는 칼쿨루스의 옷깃을 꽉 잡은 채 요지부동이었다. 그녀는 순간 새침한 표정을 지었고, 칼쿨루스는 기분 좋은 웃음을 터뜨렸다.

"하하하, 괜찮소."

안뜰에는 순간 가족의 훈훈한 기운이 흘렀다. 그러다 문득 칼쿨루스는 아내에게 물었다.

"당신은 왜 나의 청혼을 받아주었소?"

"호호, 갑자기 그런 건 왜 물으세요?"

이미 8년이나 된 일이다.

"그냥 궁금해서……."

지금에 와서 묻기에는 조금은 엉뚱한 질문이었지만 그녀는 가벼운 미소로 답했다.

"그냥 당신이 싫지 않았어요."

"허, 그게 다요?"

그들 부부는 보통의 귀족들처럼 정략으로 맺어진 사이는 아니었다. 우연히 지금의 아내를 본 칼쿠루스가 적극적으로 구혼해 성사된 결혼이었기 때문이다.

지금은 정계에서도 꽤나 이름 높은 칼쿨루스이지만 그때에는 명문가 출신임에도 그리 전도유망한 청년은 아니었다. 당시 그녀에게 더 좋은 조건의 정혼자가 있었음을 고려하면 꽤나 파격적인 결혼이었다.

어이없는 듯 자신을 바라보는 칼쿨루스에게 그녀는 짐짓 진지한 표정을 지었다.

"으음, 굳이 말하자면 당신의 기세에 눌렸다고나 할까요?"

"기세?"

"후훗, 다짜고짜 찾아와서는 결혼해 달라고 말했던 당신의 기세요. 왜 그랬는지는 모르겠지만, 그때는 꼭 승낙해야만 할 것 같았거든요. 당신은 그리 미남은 아니지만 그런 건 상관없었어요. 당신의 매력은 흔들리지 않을 것만 같은 의지와 자신만만함이었어요. 저 같은 여자는 그런 남자에게 약했나 봐요."

"의지… 의지라……."

칼쿨루스는 한참 동안 나직이 그녀의 말을 되뇌었다. 그리고는 품속에 안긴 어린 딸과 사랑스러운 아내의 얼굴을 바라보았다.

의지는 마음의 가고자 하는 방향이다. 하지만 마음이 진정으로 원하는 바를 알 수 없을 때는 마음이 원하지 않는 것을 배제하면 된다. 잠시 후, 그의 표정이 조금은 밝아졌다.

그의 대답을 듣기 위해서 온 카시우스의 대머리 종복을 칼쿨루스는 편안한 마음으로 맞이하였다. 종복이 말했다.

"대답을 주십시오."

"카시우스님에게는 죄송하지만 거절하기로 했다. 그렇게 전해다오."

일말의 망설임도 없는 칼쿨루스의 대답에 종복도 더 이상 묻지 않았다. 종복은 가볍게 인사를 건넨 후 말없이 돌아서 나갔다.

"후우."

칼쿨루스는 나직이 한숨을 내쉬었다. 마음은 후련했다. 하지만 자신의 대답이 자존심 강한 카시우스를 얼마나 노하게 할지 그는 짐작도 할 수 없었다.

*　　　　*　　　　*

팔라미쿠스가 오바쿰에서 물러나 스칼디스 호수까지 도착했을 때는 이미 서리가 내리는 시기가 되어 있었다.

그는 겨울이 닥쳐오고 있음에도 군대를 해산하지 않았다. 봄이 오자마자 곧바로 행동을 재개할 생각이었기에 호반에 진지를 마련하고 군사들을 주둔시켰다. 하지만 군대를 해산하지 않은 이유가 단순히 그런 것만은 아니었다.

그는 왕족이기에 앞서 스스로를 '전사'라고 자부하고 있었고, 야전 생활 따위야 아무런 불평 없이 해내는 인물이었다.

진지에서 겨울을 날 준비를 하면서 그는 자신의 도착을 알리는 전령을 사흘 거리에 있는 수도 데모라둠으로 보냈다. 아누이 왕국의 법상, 군대를 지휘하는 자는 왕의 허락없이 수도로의 진입이 금지되어 있었다. 그것은 왕자인 팔라미쿠스도 마찬가지였다.

부왕의 알현 허가를 기다리는 중 그에게 손님이 찾아왔다. 왕자가 그다지 달가워할 만한 손님은 아니었다.

"무사히 돌아오신 것을 환영합니다. 전투는 어떠셨습니까?"

팔라미쿠스는 한쪽 무릎을 꿇으며 인사를 건네는 장년인을 일으켰다.

"군사들을 훈련시킨 정도였습니다. 전투랄 것도 없었지요, 외숙부님."

그는 눈앞의 인물을 일견한 후 건조한 말투로 물었다.

"데모라둠은 어떻습니까?"

"겨울이지만 데모라둠은 활기차지요. 여전합니다."

외숙부의 대답에 왕자는 표정을 굳히며 말했다.

"그런 것을 물어본 것이 아니지 않습니까?"

"후훗, 알고 있습니다. 하지만 그렇더라도 저의 대답이 달라질 것 같진 않군요."

"그런가요? 여전하다는 말이군요."

선문답 같은 대화가 오고 갔지만 누구도 더 이상의 설명을 요구하지 않았다. 근 몇십 년간 아누이 왕국은 더없는 성세를 누리고 있었지만, 그것은 외적인 모습이었다. 내부적으로는 권력을 향한 피비린내 나는 정치 투쟁이 벌어지고 있는 것이 아누이 왕국의 현실이었다. 그리고 팔라미쿠스는 그 피바람의 한가운데에 서 있는 인물이었다. 팔라미쿠스가 말했다.

"그런데… 그냥 오신 것은 아닐 테고, 어머님의 서신이라도 가져오신 것입니까?"

사내는 씨익 웃으며 품에서 서찰을 꺼내어 건네주었다. 말없이 서찰을 받아 든 팔라미쿠스는 조심스럽게 봉인을 뜯고 읽어 나갔다. 무표정한 얼굴로 서찰을 다 읽은 그는 외숙부에게 어머니의 안부를 묻고는 고개를 끄덕였다.

"어머니에게 수도에 입성하는 대로 찾아뵙겠다고 전해주십시오."

이렇게 말한 팔라미쿠스는 더 이상의 볼일이 없다는 듯 외숙부에게서 시선을 돌려 버렸다. 명백한 축객령이었지만 사내는 기분 나쁜 기색 하나 없이 인사를 올리고서는 물러나 버렸다. 그런 외숙부의 뒷모습을 팔라미쿠스는 차가운 눈빛으로 쏘아보다가 이내 접어두었던 어머니의 서찰로 다시 시선을 옮겼다.

"으음……."

어머니가 주저리주저리 써놓은 잡다한 왕궁 내 이야기들은 하나도 눈에 들어오지 않았지만, 한 가지 눈에 띄는 부분이 있었다. 근래 라인에서 온 것으로 보이는 사람들의 궁내 출입이 잦아졌다는 것이었다.

데모라둠으로 사절을 보낸 지 일주일 만에 입성을 허락한다는 시스코스팍 왕의 제가가 떨어졌다. 팔라미쿠스는 수도로 떠나기에 앞서 발카자르를 불렀다. 그리고는 대뜸 날카로운 질문을 던졌다.

"너는 누구의 신하이냐?"

발카자르도 왕자의 질문이 무엇을 의미하는지 모르지 않았다. 하지만 그의 대답은 망설임이 없었다.

"저는 왕의 신하입니다."

발카자르의 대답을 들은 팔라미쿠스는 서슴없이 칼을 뽑아 들어 그의 목에 가져갔다. 날카로운 칼날이 발카자르의 피부를 갈랐고, 조금씩 흘러내린 피는 칼끝을 타고 흘러내렸다.

팔라미쿠스가 말했다.

"그 충성을 나에게 바쳐라."

거부한다면 단번에 목이라도 베어버릴 기세였다. 그럼에도 발카자르는 담담한 음성으로 말했다.

"저는 시스코스팍 폐하의 신하이지만, 폐하가 저에게 왕자님의 보필을 명하셨으니 저의 충성은 이미 팔라미쿠스 왕자님의 것입니다. 이 대답으론 부족하십니까?"

"좋다. 그럼 묻겠다. 내가 에레냐드의 반란에 개입한 것 또한 아버님의 뜻과 일치하는 것이냐?"

"제가 어찌 폐하의 속마음까지 꿰뚫겠습니까? 하지만 분명한 것은 왕자님을 지키라는 것이 저에게 내린 폐하의 명령이란 것입니다."

발카자르는 눈도 깜빡이지 않고 이글이글거리는 팔라미쿠

스의 시선을 직시했다. 한참을 그렇게 서 있던 두 사람의 정적은 팔라미쿠스가 칼을 거두고 나서야 깨어졌다.

공중으로 날카롭게 칼을 휘둘러 피를 털어낸 팔라미쿠스는 칼집에 칼을 꽂아 넣었다. 그리고는 그 칼을 발카자르에게 내밀며 말했다.

"내가 돌아올 때까지 병사들의 지휘를 맡아라."

이렇게 말하는 왕자의 표정은 얼음처럼 차가웠다. 하지만 발카자르는 전혀 개의치 않았다. 그는 자신의 목에 대어졌던 칼을 서슴없이 받아 들었다.

스칼디스 호수는 라인과 토르카 지방을 통틀어 담수호로서는 가장 큰 규모를 자랑한다. 아누이 왕국의 수도 데모라둠은 바로 이 호수의 북서쪽에 위치하고 있었다.

데모라둠은 토르카 지방에서는 보기 드물 정도의 대도시인 데다 공공시설까지 잘 정비되어 있었다. 아누이 왕국이 그리 길지 않은 시간 동안에 토르카 지방의 패자로 떠오른 이유도 언뜻 보면 라인 제국과 유사한 면이 많았다.

아누이 왕국은 다른 토르카 지방의 부족들과는 달리 단일 부족으로 성립된 국가가 아니었다. 북쪽의 바라키 족이 스칼디스 호수 주변의 토르카 부족들을 정벌하면서 하나의 큰 세력을 형성하였다. 하지만 용맹하기는 해도 독자적 문화가 없었던 바라키 족은 피정복 민족의 문화에 동화되어 버렸고, 그 결과 새로운 문화를 가진 국가가 탄생했던 것이다. 그 후로 스칼디스 호수 주변의 비옥한 땅과 바라키 족 특유의 군사력을 바탕으로 세력을 키운 아누이 왕국은 그야말로 '왕국'이라는 이름에 걸맞는 성세를 누리게 되었다. 아누이라는 이름은 바라키 족이 섬기던 신의 이름에서 따온 것이었다.

두 민족의 융합을 이루어낸 데모라둠은 수도임과 동시에 성스러운 도시였다. 팔라미쿠스에게는 거의 8개월 만의 귀환이었다. 성문 근처에 위치한 신전에서 신들에게 귀환을 알리는 간단한 의식을 거행한 그는 곧바로 왕궁으로 향했다.

몇몇 심복들을 거느리고 왕궁으로 들어서자 일단(一團)의 유력자들이 그를 맞이했다. 그들은 지방에 세력을 가진 귀족들이거나 수도의 기반을 둔 중신들 중 왕자를 지지하는 자들이었다. 하지만 만면에 웃음을 띤 유력자들과는 달리 팔라미쿠스는 그들의 모습을 보며 미간을 좁혀 주름을 만들었다.

유력자들 중 우두머리로 보이는 자가 앞으로 나왔다.

"못 뵌 사이에 더욱 늠름해지셨군요. 귀환을 환영합니다, 팔라미쿠스 왕자님."

하지만 왕자는 억양조차 절제된 음성으로 대답했다.

"외숙부님도 여전하시군요."

왕자를 지지하는 세력들의 대부분은 그의 어머니인 왕비

의 친인척들이었다. 병사들이 주둔하고 있는 진지에 찾아왔던 외숙부는 왕비의 동생이었고, 지금의 외숙부는 왕비의 오라버니였다.

"알현이 끝나시면 저의 연회에 참석하지 않으시겠습니까? 왕자님과 나누고 싶은 이야기가 아주 많습니다만……."

"생각해 보겠습니다. 그럼 전 이만."

왕자는 짧으면서도 미련없는 대답을 남기고 길을 재촉했다. 결국 유력자들 일행은 버려진 물건처럼 뒤에 남겨지고 말았다.

"저들을 이런 식으로 대하셔서는 안 됩니다, 왕자님."

페르나는 빠르게 발걸음을 옮기는 왕자를 급히 뒤따르며 왕자를 설득시키기 위해 안간힘을 썼다.

"흥! 저들이 관심있는 것은 내가 아니라 권력이다. 내가 왜 저런 자들에게 관심을 가져야 한다는 것이냐!"

"관심을 가질 필요는 없지만, 최소한 그런 척은 해야지요. 저들은 왕자님에게 힘이 되어줄 지지자들입니다. 굳이 도구에 좋고 싫음을 따지셔야 하겠습니까?"

라인 속주 출신의 이 수석 노예는 아주 간곡한 태도로 말했다. 그러자 갑자기 왕자가 발걸음을 멈추었다. 발목까지 오는 망토에 둘러싸인 그의 등은 마치 하나의 거대한 벽과 같았다.

그는 고개도 돌리지 않은 채 하는 말했다.

"내가 의지하는 유일한 지지자들은 용맹스런 전사들뿐이다."

그래도 한마디 덧붙이는 말로 페르나의 근심을 조금 덜어주었다.

"네 충고도 한번 고려는 해보마."

평상시에는 세상에 무서울 것이 없는 사람같이 구는 왕자도 부왕을 알현할 때면 언제나 긴장할 수밖에 없었다. 5미터 높이의 거대한 문을 통과해 들어선 대전은 화려한 장식은 일체 배제한 채 웅장한 기둥만으로 장식된 공간이었다. 왕을 제외하면 대전에는 몇몇 위병들과 말없는 시종들만이 왕의 주위에서 조용히 서 있을 따름이었다.

"폐하."

그리 크지 않은 목소리였지만 워낙 조용했던 대전을 울리기에는 충분했다.

"음?"

자신을 부르는 말에 독서에 열중해 있던 한 인물이 고개들 들어 목소리가 들려온 곳을 바라보았다.

"오, 팔라미쿠스 왕자가 돌아왔군."

손에 들고 있던 두루마리 서책을 시종에게 넘기는 인물은 희끗한 반백의 머리를 곱게 뒤로 넘긴 모습이 인상적인 왜소한 체격의 노인이었다. 단순히 체격으로만 보자면 전혀 부자 사이 같지 않은 두 사람이었지만, 그들의 눈매는 누가 보아도 닮아 있었다.

"딱딱하게 굳은 표정이 여전한 것을 보니 지난 몇 달도 잘 지냈나 보구나."

"폐하께서 이렇게 정정하신데, 저라고 잘 지내지 말란 법은 없지요."

두 사람은 서로를 아버지라고도, 아들이라고도 부르지 않았다. 하지만 언성을 높이지도, 서로를 증오에 찬 눈빛으로 노려보지도 않았다.

팔라미쿠스가 말했다.

"에레냐드로는 내년에 다시 출병하겠습니다."

"알고 있다. 말릴 생각도 없다. 네가 알아서 하거라."

왕자가 원하던 대답이었다. 하지만 오히려 그래서 의외였다. 올해 초까지만 해도 에레냐드 문제에 개입하는 것을 상당히 견제하던 부왕이다. 왕자에게도 늘 이런 말을 하곤 했다.

'정복왕이라는 칭호는 나만으로 족하다. 내 후계자에게는 물려주고 싶지 않다'고.

그런 부왕이 태도를 바꾼 것은 올해 여름부터였다. 반대에서 무관심으로 바뀐 정도였지만, 외척들로 대변되는 강경파가 득세하기에 충분한 여지를 준 셈이었다.

왕자는 부왕을 바라보았다. 시스코스팍의 눈은 보기 좋게 반달 모양으로 처져 있어 어떤 표정을 지어도 웃는 얼굴이었다. 그래서인지 그의 표정에서는 좀처럼 마음을 읽어낼 수 없었다.

"알겠습니다. 그럼 물러가겠습니다."

왕자는 대전에서 물러났고, 왕은 자리로 돌아가 시종에게서 읽던 책을 건네받았다.

"후."

대전을 벗어나자마자 팔라미쿠스는 크게 숨을 들이켰다. 그리고 속으로 다짐했다. 자신이 왕이 된다면 이 기분 나쁜 대전부터 허물어 버리겠다고.

*　　　　*　　　　*

칼쿨루스의 대답을 전해 들은 카시우스의 심정은 실망, 그 자체였다. 그리고 처음에는 실망으로 시작했던 마음이 나중에는 분노로 발전했다.

"배은망덕한 것! 파병군 부사령관으로 임명된 것이 누구의 힘이라고 생각하는 건가! 가문을 위해 스스로 나서도 시원치 않을 것을, 내가 그토록 간곡하게 부탁했는 데도 거절하다니!"

카시우스의 얼굴은 붉게 상기되었다. 카시우스의 거처에

모여든 다른 바렌 가문의 중진들도 불쾌한 표정이기는 마찬가지였다. 세노아 전쟁 이후로 칼쿨루스는 바렌 가문의 기대주로 촉망받는 인물이었다. 그랬기에 그의 이번 행동은 배신에 가깝게 여겨지고 있었다.

"분명 아르제스나 토르피우스가 뒤에서 손을 쓴 것이 틀림없습니다."

"맞습니다. 세노아 전쟁이나 해적 토벌전도 따지고 보면 그 두 사람의 뜻대로 흘러가지 않았습니까? 모르긴 몰라도 두 사람 사이에 어떤 밀약이 있었던 것이 분명합니다."

바렌 가문의 중진들은 격한 어조로 저마다의 불만을 털어놓았다.

"그만! 불평이나 늘어놓는다고 문제가 해결되는 것은 아니지 않는가. 이번 일에 신중하게 대처하지 못하면 우리의 입지는 큰 타격을 받을 것이야."

카시우스의 한마디에 좌중이 조용해졌다. 그들이 느끼는 이 불편한 감정의 본질은 실망이나 분노가 아닌 정치적 위기감이었다.

한 중진이 말했다.

"하지만 카시우스님, 토르피우스에 대한 걱정은 성급한 판단이 아닐런지요? 그가 차기 연맹 왕 선거에 나온다는 확증도 없지 않습니까?"

하지만 카시우스는 대갈을 터뜨렸다.

"한심한 소리! 왕은 되는 것이 아니라 만들어지는 것이다. 아르펜 가의 의원들 중 누가 토르피우스의 명성을 능가하느냐? 토르피우스의 의중이 어떠하든 간에 다른 아르펜 가의 의원들이 그를 그냥 놔둘 것이라고 생각하느냐?"

"그럼 어떻게 하실 작정입니까?"

"일단은 토르피우스가 시도하는 법안들의 통과를 저지해야 한다. 그러면서 서서히 세력을 집결시켜야지. 어차피 연맹 왕 선거의 투표권자는 정해져 있다. 아직 마음을 정하지 못한 의원들의 표는 매수를 해서라도 끌어들이면 될 것이야."

그때 한 사내가 조급한 발걸음으로 걸어 들어왔다. 그를 보며 카시우스가 말했다.

"늦었군, 크라티누스. 그런데 무슨 일인데 그렇게 서두르는가?"

크라티누스는 카시우스에 질문에 대답하는 대신 품에서 한 통의 서찰을 꺼내었다.

"읽어보십시오."

"음?"

의아한 표정을 지으면서 카시우스는 서찰을 폈다. 자리에 모인 사람들의 시선이 자연스럽게 집중되었다.

친애하는 **카시우스** 의원님. 지금의 사태를 매우 안타깝게 생각하다 못해 이렇게 불쑥 나서게 됨을 용서하십시오. 감히 제안하건대, 제가 토르피우스님과 카시우스님 사이의 중재자 역할을 자청하고자 합니다. 조속한 시일 내에 **만나서 유익하며 책임감있는 대화를 나눌** 수 있기를 희망합니다. **만남의** 장소나 인원은 **카시우스님의 편의대로** 하셔도 좋습니다. 부디 저의 제안을 받아들여 주십시오.

서로 칼을 맞대던 적과도 상황이 변하면 칼을 거두는 것이 정치입니다. 하물며 연맹을 위해야 할 의원의 신분으로서 유익한 대화의 기회를 외면해서는 안 된다고 생각합니다. 힘에는 책임이 따르기 마련입니다. 선임 의원으로서의 현명하고 사려 깊으신 대답을 기다리겠습니다.

서한을 읽은 카시우스는 편지 뒷면에 쓰인 발신자의 이름을 확인했다.

"카틸라?! 자네, 이 편지를 그로부터 직접 전해 받은 것인가?"

크라티누스는 고개를 끄덕였다.

"그렇습니다. 하지만 사실 이것은 토르피우스의 협상 제의나 다를 바 없습니다."

"그렇겠지."

토르피우스가 정치적 균형을 중시한다면, 카틸라는 정치적 중립을 추구하는 인물이다. 균형은 평균대 위에서 중심을 잡는 것이고, 중립은 아예 평균대 위에 올라가지 않는 것이다. 그런 카틸라가 평균대 위에 올라왔으니 자의일 리는 없었다. 그런 만큼 카시우스도 이 제안을 가볍게 여길 수는 없었다. 그도 이것이 토르피우스가 던진 마지막 카드라는 것정도는 직감적으로 알 수 있었다. 그는 제안을 수락하기로 했다.

협상은 성곽 밖에 있는 한 상인의 별장에서 이루어졌다. 협상 제안을 받아들이긴 했지만 토르피우스와 협상한다는 것자체는 소수만 아는 비밀로 하고 싶었기 때문이다. 그래서 카시우스는 협상단을 본인과 크라티누스를 포함해 5명으로 제한하였다. 그에 비해 토르피우스는 직접 모습을 드러내지 않았다. 그런 편이 협상에 도움이 된다고 생각했고, 그의 판단은 틀리지 않았다.

카시우스의 부탁으로 하인조차 남지 않은 별장의 안채는 적막하기조차 했다.

"저의 제안을 받아들여 주셔서 감사합니다."

억지로 떠맡은 일임에도 중재 협상에 임하는 카틸라의 태도는 진지하기 이를 데 없었다.

"말해보시오. 그대의 중재안, 아니, 토르피우스의 중재안이 무엇인지 말이오."

"잘 알고 계시니 돌려 말하지 않겠습니다. 토르피우스님은 무엇보다 귀족의회의 정상적인 운영을 원하고 있습니다. 쟁점이 되는 법안들 때문에 회의조차 열리지 못한다면 통과가 시급한 다른 법안들까지도 발이 묶이게 되지 않겠습니까? 그래서 정상적인 회의를 개최하기 위해 최선의 노력을 부탁하셨습니다. 그리고……."

"계속 말하시오."

"그리고 선임 왕 아르테우스의 선거공약들이 의회를 통과할 수 있도록 협조를 당부하셨습니다. 아울러 아르제스 사령관이 요청한 추가 파병안에 있어서도 말이지요."

카틸라의 제안을 들은 바렌 가문 측에서 냉소가 터져 나왔다. 그들의 입장에서는 너무나도 터무니없고 일방적인 제안이었기 때문이다.

하지만 카시우스가 손을 들어 더 이상의 소란을 막으며 말했다.

"그대도 그 제안이 얼마나 받아들여지기 힘든 것이지 모르지 않을 테지? 자, 그럼 그 제안의 대가로 토르피우스가 제시한 것은 무엇이오?"

"만약 카시우스님이 토르피우스님의 제안을 받아들인다

면, 토르피우스님은 내년에 있을 연맹 왕 선거에 출마하지 않으실 것입니다. 더불어 카시우스님이 당선될 수 있도록 최대한의 지원도 아끼지 않으실 것입니다."

"······?!"

정말로 상상도 하지 못한 제안이었다. 카시우스는 아무 말도 하지 않은 채 한참을 침묵했다. 처음에는 놀라움이었던 감정이 나중에는 의혹으로 변했다.

조금의 시간이 지난 후, 카시우스가 겨우 입을 열었다.

"이게 무슨 뜻이오?"

"아무 뜻도 아닙니다. 말 그대로 이것은 협상이고, 거래입니다. 서로가 원하는 것을 주고받는 것, 그 이상도 이하도 아닙니다."

하지만 카시우스는 카틸라의 대답을 온전히 신뢰할 수 없었다. 그가 그토록 토르피우스를 경계하는 이유는 토르피우스의 역량을 높이 평가하고 있기 때문이었다.

카시우스는 속으로 외쳤다.

'허튼소리!'

그가 아는 토르피우스는 희생을 전제로 하는 대타협 따위는 안중에도 없는 인물이었다. 겉보기에는 너무나도 먹음직스럽지만 덥석 물기에는 토르피우스의 의도가 의심스러웠다. 게다가 칼쿨루스가 자신의 제안을 거부한 지 며칠 안 되는 시점이다. 칼쿨루스의 배후로 토르피우스를 의심하고 있었던 그로서는 이것이 함정일지도 모른다고 생각했다.

한참을 고심한 후, 카시우스가 말했다.

"솔직히 말해 나는 그대들의 의도가 의심스럽군. 그래서 나도 하나의 제안을 하겠소. 그토록 법안의 통과를 원한다면 그렇게 해주리다. 단! 법안의 통과 시점은 내가 연맹 왕에 당선된 이후요."

이번에는 카틸라가 어이없다는 표정을 지었다.

"말도 안 됩니다. 아르테우스님의 선거공약은 벌써 몇 년째 표류 중이고, 아르제스 사령관의 파병 요청은 빠른 결단이 필요한 사안입니다. 그런 법안을 내년 4월 이후로 미루자는 말씀입니까?!"

"흥! 나의 신뢰를 원한다면 그쪽도 신뢰를 보여야 할 것이오. 만약 토르피우스가 자신이 원하는 것을 얻고, 연맹 왕 선거에 출마해 버린다면 내가 무엇으로 그를 막는단 말이오? 지금 우리의 협정은 아무런 법적 구속력이 없지 않소!"

"우리들은 긍지 높은 연맹의 의원들입니다. 이런 일을 문서나 증인에 의존해야 하겠습니까? 그런 일은 카시우스님도 원치 않으실 테지요?"

"물론이오. 하지만 지금의 상황에서 유리한 고지를 점하고 있는 쪽은 토르피우스요. 그리고 토르피우스의 제안이 과연 아르펜 가 전체의 의견일지가 의문이군요. 따라서 그가 먼저 출마 포기를 공식화하지 않는다면 나도 만족할 만한 대답을 줄 수 없소."

"음."

카틸라는 카시우스의 강경한 태도에 한동안 할 말을 잃었다. 토르피우스의 제안을 처음 들었을 때, 그는 카시우스가 이 제안을 받아들이리라 확신했다. 그만큼 토르피우스의 제안은 파격적이었다. 하지만 현실은 달랐다. 카틸라의 생각보다 토르피우스에 대한 카시우스의 불신은 너무도 뿌리 깊은 것이었다.

카틸라가 말했다.

"이 자리에서 결정할 수 없는 문제가 되어버렸군요. 카시우스님의 제안을 토르피우스님에게 전하겠습니다."

"좋소. 대답을 기다리겠소."

카틸라와 카시우스는 동시에 몸을 일으켰다. 비밀 회담은 그것으로 끝이었다.

회담 장소를 나와 시내로 향하는 길에 크라티누스가 카시우스에게 말했다.

"토르피우스가 우리의 제안을 받아들일까요?"

"그런 행운은 기대하기 힘들겠지. 하지만 오히려 그런 편이 더 좋을지도 모르지. 어차피 아르펜 가와 바렌 가문의 실력 대결은 피할 수 없는 현실인 것이야. 토르피우스의 제안 따위로 정권을 잡아봤자 그게 무슨 의미란 말인가. 크라티누스, 자네는 가문의 자금을 최대한 끌어모으게. 그리고 에레냐드의 소문에 최대한 귀를 기울이게. 이제는 움직일 때가 됐네."

카시우스의 말에 그는 묵묵히 고개를 끄덕였다. 하지만 무언가 일이 잘못되어 간다는 느낌은 지울 수가 없었다.

"카시우스도 늙긴 늙었나 보군."

카틸라로부터 카시우스와의 협상 결과를 전해 들은 토르피우스의 첫마디였다.

"늙은 소의 고기가 더 질긴 법이죠."

"그렇군요. 나름대로는 상당히 신경 쓴 제안이었는데 말입니다."

"그럼, 협상은 결렬입니까?"

"그에 대한 처리는 제가 알아서 하겠습니다. 어려운 부탁을 들어주셔서 감사했습니다. 카틸라님에게는 미안한 마음뿐이군요."

여운을 남기는 대답이었지만 토르피우스의 마음은 이미 결심이 서 있었다. 그로서는 최선의 제안을 한 것이었다. 더 이상 협상의 여지는 없었다.

*　　　*　　　*

에레냐드 지방의 11월은 본격적인 겨울이다. 전쟁은 자연
스럽게 휴전기에 들어갔지만 아르제스의 마음은 편치 않았
다. 연맹에 원군을 요청한 지 한 달 반이나 지나도록 이렇다
할 결정조차 전해지지 않았기 때문이다. 아르테우스의 죽음
으로 이케니아 연맹이 정치적 혼란에 빠진 것은 이해할 수 있
는 부분이었지만, 이해와 필요는 별개의 문제였다.

악소나 공방전에서의 승리로 병사들의 사기는 올라 있는
상황이었다. 아르제스는 이런 기세를 늦추고 싶지 않았고, 그
러기 위해서는 추가 병력이 절실했다. 또 하나의 이유는 내년
의 전쟁에서는 전선을 2개로 나눌 생각이었기 때문이다. 적
이 여럿이었기에 전선도 복수여야 했다.

그러나 지원군이 올 때까지 넋 놓고 기다리고만 있을 수는
없었다. 그래서 그는 브로타에 주둔 중인 제2군단의 병사들
과 경장보병들로 하여금 브로타의 항만을 정비하도록 했다.
선착장을 수리하고 조선 시설을 증축하며, 곳에 있는 요새를
보강하는 일 등이었다. 내년 봄이 되면 해상 전력이 강한 켈
리 족과의 전투도 피할 수 없고, 따라서 아르제스도 군선을

126

확보할 필요가 있었던 것이다. 그리고 그런 이유가 아니더라도 수천이나 되는 혈기 왕성한 남성들을 방치하면 여러 가지로 곤란한 문제가 발생하기 마련이었다. 병사들도 불만을 제기할 순 없었는데, 비전투 기간에도 급료가 지급되었기 때문이다.

도시 바로 외곽에 주둔하면서도 아르제스는 거처는 여전히 막사였다. 주황빛에다 병사들의 막사보다 10배 정도 크긴 하지만, 그래도 찬바람이 불면 바람이 새어드는 것까진 막을 수 없었다. 사령관이 이렇게 철저히 야전 생활을 고집하다 보니 부하 장수들이나 병사들도 긴장을 늦출 수가 없었다.

이른 아침, 서탁에서 생각을 정리하고 있던 아르제스가 곁에 있던 융에게 물었다.

"물자 보급 사항은 어떠하냐?"

"오늘 오후에 종군 상인의 수송선이 입항할 예정입니다. 그때가 되면 대략 집계가 될 겁니다."

"예정?"

"아무리 저라도 바람이나 파도를 조종하지는 못합니다. 하지만 보급 문제는 그리 걱정하지 않으셔도 될 듯합니다. 최소한 내년 가을까지 버틸 정도의 식량은 있으니까요."

"문제는 추가 병력이군."

"시간이 별로 없습니다. 추가 병력이 당도한다 해도 이미 겨울이라서 병사들을 훈련시킬 시간조차 빠듯합니다. 칼도 제대로 쥐지 못하는 병사들로 전쟁을 치를 수는 없지요."

그러자 아르제스가 서탁에서 일어서면서 말했다.

"제길, 본국으로 귀환해서 의사당의 늙은이들에게 큰소리 라도 칠 수 있으면 좋으련만……."

사령관은 어떤 경우라도 근무지를 이탈하는 것이 금지되 어 있었다. 세노아 전쟁 때처럼 적국을 공격하는 정도는 용서 가 된다 하더라도, 본국으로 들어오는 것은 거의 반란 행위에 가까웠다. 아르제스가 연맹의 일에 직접 관여하는 것은 불가 능했다.

오후가 되자 융의 예상대로 상선이 입항했다. 하지만 상선 이 가지고 온 것은 보급품뿐만이 아니었다. 상선의 물품을 정 리해야 할 재무관 아드리오는 급히 사령관의 막사로 달려왔 다.

"사령관님."

늦은 점심을 먹고 있던 아르제스에게 아드리오는 한 통의 서신을 내밀었다.

"뭐지?"

"토르피우스님의 전갈입니다."

들고 있던 빵을 내려놓은 아르제스는 서신을 받아 들었다.

친애하는 네모 가이우스, 늦은 소식을 용서하시오. 여러 가지 복잡한 일로 연락할 여유조차 없었소. 요청한 추가 병력의 파병을 위해 최선의 노력을 다하고 있지만 일이 그리 쉽지만은 않게 되었소. 그래서 그대의 도움이 필요하오.
…(중략)…
이 문제를 긴밀히 상의할, 믿을 만한 사람을 보내주시오.

서신을 다 읽은 아르제스는 깊은 생각에 잠겼다. 만약 토르피우스의 의견을 받아들인다면 그와의 동조를 만천하에 알리는 꼴이 된다. 달리 말하면, 바렌 가문과는 돌이킬 수 없는 사이가 된다는 뜻이었다. 물론 호의적인 사이는 아니지만 바렌 가문과의 마지막 선은 넘지 않았던 아르제스로서는 꽤나 고민되는 일이었다. 하지만 그의 고민은 길지 않았다. 가장 중요한 것은 자신의 지지자인 토르피우스에게 힘을 실어주는 일이었다.

"융."
"네?!"
"네가 가야겠다."
이렇게 말한 아르제스는 그에게 서신을 건네주었다.

그로부터 3일 후, 브로타 항구에서는 대규모의 수송 선단이 출발하였다. 대양 항해에 적합한 브로타 족의 범선들을 최대한 차출하고, 대형 갤리선 위주로 꾸려진 함대였다. 융이 이끄는 이 선단에는 1개 대대의 병력과 악소나 공방전에서의 전리품들이 잔뜩 실려 있었다.

*　　　*　　　*

협상 결렬이 기정사실화되자 카시우스는 빠르게 움직였다. 예상대로라면 토르피우스가 임시 회의를 소집해 법안 통과를 강행할 것이었기 때문이다. 그전에 최대한 표를 모아둘 필요가 있었다.

표를 확보하는 방법은 쉽게 말해 매수였다. 상당수의 의원들은 대부업자들에게 빚을 지고 있는 것이 보통이다. 귀족에 걸맞은 생활을 유지하기 위해서뿐 아니라, 정치라는 행위 자체에도 많은 돈이 필요한 것이다. 카시우스는 그런 의원들의 빚을 합법적인 형태를 가장하여 대신 갚아주었다.

귀족회의의 의원들은 각 도시국가를 대표하는 사람들인만큼 모든 의원들에게 이 방법이 먹혀들어 가진 않았다. 하지만 배가 고프면 긍지 따위는 아무래도 좋은 것도 인간의 본성이다. 카시우스는 이 방법으로 상당수의 표를 끌어모을 수 있었다.

토르피우스도 이러한 카시우스의 행보를 눈치 채고 있었다. 하지만 그는 성급하게 움직이지 않았다. 시간에 쫓긴다고 해서 무리한 싸움을 할 수는 없었다. 그는 기회를 기다리고 있었다.

*   *   *

날씨가 도와준 것은 융에게 행운이었다. 순풍 덕에 브로타 항구를 출반한 지 일주일 만에 디시움 항구까지 도착할 수 있었다. 때 아닌 대규모 선단의 입항은 디시움 시민들의 관심을 끌기에 충분했다. 게다가 그 배에는 4천여 명이 넘는 노예와 각종 무기, 장신구 등의 전리품이 잔뜩 실려 있었기 때문이다. 원래는 여러 번에 나누어서 보내져도 될 전리품들을 한꺼번에 운송한 것도 사람들의 관심을 끌기 위한 방법이었다.

융이 할 일은 많았다. 노예 상인 카이트와 전직 해적 카말로에게 연맹 수도 카라카스로 모이라는 전갈을 보낸 후, 네모 상업 조합 디시움 지부의 사람들과 함께 카라카스로 갈 수송대를 꾸렸다. 더불어 아르제스의 이름으로 된 공문을 보내 이 사실을 각 도시국가에 널리 알렸다. 구경꾼들에게는 전리품의 일부를 나누어 준다는 사실과 함께 말이다. 축제를 좋아하는 이케니아 민족에게도 이것은 보기 드문 구경거리임이 틀림없을 터였다.

또한 융이 아르제스의 이름으로 보낸 공문에는 전쟁 보고서가 포함되어 있었다. 상당한 분량의 이 전쟁 보고서에는 악소나 공방전을 포함한 전쟁의 생생한 기록과 무공을 세운 부하들의 이름이 하나하나 기록되어 있었다. 아르제스는 이 보고서를 공공장소에 게시하도록 했다. 더불어 출판업자를 통해 이 보고서를 책으로도 출판하게 했다. 출판 비용을 아르제스의 사비로 부담함으로써 책의 가격을 크게 낮춘 것은 물론이다.

제3자의 입장에서 보면 전쟁은 스포츠 경기와 유사하다. 관객들은 멋진 시합을 원하지만 무엇보다 이기는 시합을 원한다. 승리, 그 자체가 대중에게는 큰 보상인 것이다.

150여 년 전 있었던 토르카 인의 침략 이후, 악소나 공방전은 토르카 인을 상대로 한 최초의 승리였다. 정작 파병 당시에는 그다지 관심도 없던 시민들도 승리에 대한 생생한 정보들이 공개되자 크게 열광했다. 아르테우스 사망 후의 정치적 혼란에 불안해하던 시민들에게 이것은 청량제와도 같은 일이었다.

처음에는 카시우스도 아르제스의 이러한 홍보 전략을 대수롭지 않게 생각했다. 연맹 수준의 법률 통과는 물론이고, 연맹 왕 선거에 대한 투표권을 가지고 있는 것은 귀족회의의 의원들이다. 카시우스는 의원들의 지지를 끌어모으는 데에만 집중했다. 그가 정말로 신경 쓰고 있는 것은 토르피우스의 대응 수였다.

하지만 토르피우스의 대응은 카시우스의 예측을 완전히 빗나갔다. 우선 그는 카시우스의 매수 행위를 알면서도 그것을 저지하지 않았다. 그 자신도 매수에 뛰어드는 맞불 작전은 더더욱 아니었다. 게다가 토르피우스는 11월 말에 열린 정기 회의에서 쟁점 법안들을 상정하지 않아버렸다. 겉보기에 상황은 카시우스에게 유리한 쪽으로 돌아가는 듯했다. 그러는 사이 11월이 지나가 버렸다. 그리고 12월은 정기 회의가 없는 달이었다.

겉으로는 아무것도 안 하는 것같이 보이는 토르피우스였지만, 사실은 카시우스의 의도를 정확히 간파하고 있었다. 정보 수집에 있어서는 그 누구도 따라오지 못할 사람이 바로 그였다. 그는 카시우스가 접근한 의원들의 명단을 거의 빠짐없이 손에 넣고 있었다.

카라카스가 연맹 수도라는 점도 그에게는 굉장한 이점이

었다. 비록 바렌 가 의원의 상당수가 카라카스에 상주 중이라지만, 그래도 카라카스는 아르펜 가문의 본거지이다. 토르피우스 쪽의 인맥이 훨씬 두터울 수밖에 없었다. 오랜 침묵을 깨고 토르피우스가 움직이기 시작한 것은 융이 카라카스에 도착한 지 나흘째 되는 날이었다.

12월 3일. 토르피우스는 귀족의회 임시 회의를 소집했다. 그런데 이 시기가 나름대로 절묘했다. 앞서 말했듯이 12월은 정기 회의가 없는 달이다. 각 도시국가에 의원들이 항시 카라카스에 상주할 수 없는 이상, 12월이 되면 으레 많은 지방 의원들은 각자의 도시국가로 돌아가기 마련이다. 토르피우스가 의회를 소집한 시점은 카시우스와 손을 잡은 상당수의 지방 의원들이 귀향을 시작한 시점이었다. 그에 비해 토르피우스는 자파 의원들을 수도에 머물도록 하고 있었다. 법률상 비록 사흘 전에 미리 공고를 한 후 열린 회의였지만, 카시우스가 매수한 의원들은 상당수가 참석하지 못한 꼴이 되었다.

임시 회의라도 법적 효력은 정기 회의와 다를 바가 없었다. 회의에 참석한 카시우스 파 의원들은 당혹한 기색이 역력했다. 특히 카시우스는 뒤통수를 아프게 맞은 얼굴이었다.

하지만 토르피우스도 처음부터 무리수를 두진 않았다. 그는 미리 준비한 시나리오대로 처음에는 원하는 것을 얻기 위한 사전 포석을 두었다.

그날 토르피우스가 상정한 법률은 모두 3가지였다.

1. 세노아 전쟁 당시 체결된 메디아와의 평화 조약에서 루투아 조차지 설치를 위한 협상단의 구성안.

2. 안건의 표결 시 귀족회의 의원이 무기명 투표를 의장에게 제의할 수 있는 권한.

3. 티베리우스 법, 즉 공직자 윤리법의 재확인.

1번 법률에 있어 토르피우스는 협상단을 구성할 인물들의 명단까지 작성한 상태였고, 그것을 바로 공개했다. 하지만 그 명단에는 아르펜 가의 인물은 한 명도 포함되어 있지 않았다. 바렌 가문에도 크라티누스 혼자만 이름이 올라 있었고, 다른 인물들은 카라카스와 우티카를 제외한 도시국가 출신의 의원들이었다. 이것은 이 사안이 소모적 논쟁으로 비화되는 것을 막기 위한 조치였다.

2번과 3번 법률을 제안한 의도는 명확했다. 카시우스가 날카롭게 갈아놓은 칼을 자연스럽게 무뎌지게 만들기 위해서였다. 일단 투표 방식을 공개적인 거수 투표에서 무기명 투표로 바꿔 버리면 의원들이 카시우스의 눈치를 볼일이 없어진다. 게다가 공직자 윤리법의 재확인 요구는 매수당한 의원들의 불안감을 높일 수밖에 없다. 거의 사문화되어 오다시피 한 법률일지라도 법을 어기는 의원은 의원 직을 상실하도록 되어 있었기 때문이다. 이 법의 주요 내용은 공직자가 5,000데르 이상의 물품이나 금액을 수수하지 못하도록 규정하는 것이었다.

투표를 통한 법안 통과 저지가 힘든 상황에서 카시우스가 취할 수 있는 최후의 카드는 회의를 파행시키는 것이었다. 하지만 그 카드는 그에게도 독이 될 수 있었다. 의회의 파행 운영에 대한 시민들의 여론이 무척이나 악화되어 있었기 때문이다. 게다가 토르피우스는 의회 경비병을 평상시의 2배나 배치했다. 이것은 회의를 파행시킬 시, 의장의 권한으로 카시우스를 회의장 밖으로 추방하겠다는 말이나 다름없었다. 전면에 나서기를 싫어했던 아르테우스 때에는 생각도 하지 못하던 일이었다.

그날 토르피우스가 입안한 법안들은 근소한 표차로 모두 통과되었다. 카시우스 일파는 모두 반대를 표시했지만, 그것뿐이었다. 이것은 중요한 의미를 가지는 일이었다.

이케니아 연맹의 회의에는 회기라는 것이 있다. 보통은 월별로 회기를 구분하는데, 정기 회의가 없는 12월의 경우 개회 선언과 폐회 선언으로 회기를 구분한다. 즉, 12월만큼은 여러 번의 회기가 있을 수 있는 것이다(물론 급한 사안이 아닌 한 회의를 소집하지 않는 것이 12월의 관습이었다). 어떤 안건이 한 회기에 상정되면 그 안건에 대한 결정은 한 회기 내에 마무리되어지는 것이 보통이고, 그러지 못한 경우 다음 회기에 다시 상정해야 한다. 달리 말하면, 하나의 안건이 의회의 결의를 얻으면 그 안건을 부정하는 것은 같은 회기 내에서만 가능하다는 것이다. 만약 회기를 넘기게 된다면 통과된 안건 자체를 부정할 수는 없고, 안건 부정을 위한 새로운 안건을 상정해야 한다. 간단하게 말하면 법안을 덮어씌우는 식이다. 하지만 토르피우스에게는 연맹 왕에게 주어진 거부권이 있었다. 따라서 토르피우스가 대리인의 자리에 있는 한 이전 법안이 폐기될 일은 없었다.

토르피우스는 카시우스라는 성채를 공격하기 위해 먼저 해자를 매우고 다리를 놓은 셈이었다. 이 모든 것은 토르피우스가 카시우스의 의도를 처음부터 꿰뚫고 있었기에 가능한 일이었다.

토르피우스는 이후 12월에는 더 이상 회의를 소집하지 않았다. 지난번 회의에서 당한 이후 매수한 의원들을 모두 수도로 집결시킨 카시우스를 무안하게 만드는 일이었다. 하지만 다음 해 1월이 되자 다시금 임시 회의를 소집했다. 그러나 이번에는 법안의 입안자가 토르피우스가 아닌 아르제스였다.

의원이 아니더라도 귀족회의가 선출한 고위 관직에 올라 있는 자는 입안이 가능했기 때문이다.

그가 문서를 통해 입안한 법률은 현재 파병된 병사들의 급료를 지급해 달라는 요청이었다. 법안이라고 불리기에는 일회성의 목적이 짙긴 했지만, 이것은 교묘한 의미가 숨어 있었다.

파병군의 급료는 아르제스가 종군 상인들과 맺은 계약을 통해 종군자의 가족들에게 이미 지급되고 있는 상태였다. 물론 이 급료는 아르테우스의 공약대로 인상된 금액이었다. 그래서 아르제스가 요청한 급료의 지급 대상은 종군 상인들이 된다. 따라서 이 법안이 부결될 경우, 종군 상인들은 이미 지출한 금액의 절반밖에 돌려받지 못하는 사태가 발생한다. 나중에 아르제스나 넬로스가 보상해 줄 수 있다고 하더라도 그것은 전쟁이 끝나는 시점으로, 언제가 될지 모르는 것이다. 게다가 병사들의 가족들도 차후에는 전에 받던 금액의 절반밖에 받지 못하게 된다. 불만이 고조될 것은 당연한 일이었다.

그러나 이 법안이 통과되게 되면 카시우스의 입장이 곤란해진다. 그가 암암리에 저지해 왔던 아르테우스의 선거공약을 공식적으로 인정해 버리는 것이나 다름없기 때문이다.

투표 거부라는 카드를 쓸 수 없게 된 상태에서 카시우스가 할 수 있는 일은 반대표를 확보하는 것뿐이었다. 하지만 무기명 투표라는 방식은 매수를 통해 표를 확보하려고 한 카시우스에겐 치명적이었다. 결국 토르피우스와 아르제스의 협공 앞에 카시우스는 무기력한 모습을 보일 수밖에 없었다. 해자가 메워진 성채는 성벽마저 균열이 생기고 있었다. 그리고 토르피우스는 공세를 멈추지 않았다. 한 번 주도권을 잡은 이상 최대한 많은 일을 이루어내어야 했다. 그가 다음으로 추진한 것은 아르제스가 요청한 추가 파병안의 가결이었다.

제4장

격전의 시작

아르제스 전기

    토르피우스와 아르제스가 정치적 동맹자 관계가 되면서 많은 문제들이 해결되었다. 하지만 한 가지, 아르제스가 요청한 추가 병력의 파병만은 3월 이후로 미뤄질 수밖에 없었다. 하지만 토르피우스의 정치적 동맹 제안에 합의했을 때부터 아르제스도 각오했던 문제였다. 당장의 필요에 의한 우선순위보다는 장기적 관점에서 상황을 판단한 결과였다.

    파병군은 늦어지게 되었지만, 이로써 아르제스는 본국의 정치적 문제는 토르피우스에게 맡겨두고 자신은 전쟁에만 전념할 수 있게 되었다. 그는 파견되어 있던 칼쿨루스를 다시 불러들였다. 아르제스는 2월부터 행동을 개시할 작정이었다. 물론 에레냐드의 2월은 11월과 마찬가지로 겨울이다. 하지만 겨울이 끝나가는 시점에서 움직이는 것과 겨울이 시작되는 시점에서 움직이는 것은 심리적으로 큰 차이가 있었다. 그리고 아르제스가 병사들에게 친절하지 않은 지휘관이라는 것은 이미 정평이 나 있기도 했다.

칼쿨루스가 브로타에 도착하자 아르제스는 소수의 기병대와 함께 즉시 악소나 주둔지로 향했다. 그전에 칼쿨루스와 섹티우스에게 자세한 지시를 전달하는 것도 잊지 않았다.

아르제스가 세운 전략의 기본은 큰 덩어리의 적을 갈라놓는 데 있었다. 칼쿨루스와 섹티우스가 켈리 족의 영토를 유린하며 북상하면, 아르제스는 피나세아 산맥의 서안을 따라 북상해 카나이 족의 도시들을 함락시켜 나간다는 것이다. 다만 칼쿨루스와 섹티우스가 움직이는 시점은 연맹에서 추가 병력을 파병한 이후라야 했다.

물론 이렇게 되면 이케니아 군도 병력을 둘로 나눌 수밖에 없다. 그러나 어차피 아르제스는 병력의 양보다는 속도와 강함으로 승부를 보는 타입의 장수이다. 병력을 나눔으로써 가질 불리함은 아르제스보다는 비브오락테스 쪽이 더 컸다. 다만 이 경우 가장 우려되는 점이 아누이 왕국의 개입이다. 아누이 군대의 용맹함은 아르제스도 이미 잘 알고 있었기 때문이다. 이것도 아르제스가 이른 시기에 군대를 움직일 결심을 굳힌 이유가 되었다. 피나세아 산맥의 눈이 녹는 시점은 4월 중순이었다. 따라서 아누이 왕국의 군대가 산맥을 넘어오리라 예상할 수 있는 시점은 5월이었다. 그전에 비브오락테스의 세력을 충분히 줄여놓아야만 했다.

　전선을 2개로 나누긴 했지만 어디까지나 주전장은 아르제스가 지휘하는 동쪽 전장이었다. 실재로 배치된 병력의 비율도 1:3으로 동쪽 전장에 집중되어 있었다.
　악소나 진지에 도착하자마자 아르제스는 병사들을 집결시켜 기쁜 소식을 전했다. 다름 아닌 병사들에 대한 임금 인상 법안이 통과되었고, 아울러 세노아 전쟁 당시 참전했던 병사들의 급료도 소급되어 지급될 것이라는 소식이었다. 아르테우스가 생전에 내세웠던 2대 선거공약 중 한 가지가 드디어 실천된 것이다.
　병사들은 환호했다. 하지만 그들이 환호하는 이유가 단지 임금이 인상되었다는 사실 때문만은 아니었다. 병사들도 이번 일에 아르제스가 얼마나 많은 노력을 기울여 왔는지 모르지 않았기에 병사들에게는 아르제스에 대한 신뢰가 싹트고 있었다. 병사와 지휘관은 분명 피동과 능동의 관계이지만, 그들을 엮어주는 것은 상호 존중과 책임감이다. 상호 존중과 책임감은 곧 신뢰를 의미한다.

사람은 명예만으로도 살 수 없고, 빵만으로도 살 수 없다. 그런 면에서 아르제스가 끈질기게 추구해 온 병사들의 처우 개선 노력은 '명예'와 '빵'이라는 두 가지 문제를 모두 고려한 것이었다. 이길 줄 아는 장군은 용장이요, 병사들의 마음을 사로잡는 장군은 덕장이다. 그리고 이 두 가지를 모두 해내는 장군이 명장이다. 아르제스에게는 명장의 재능이 있었다.

병사들을 기쁘게 한 지 3일 후, 아르제스는 병사들에게 출동 명령을 내렸다. 언제나 그랬듯이 미리 내려진 명령이 아니라 당일 날 내려진 명령이었다. 2월부터 행동을 개시할 것이라는 생각은 아르제스의 머릿속에만 있었을 뿐, 발가르를 제외하고는 누구에게도 알리지 않았었다. 그런 면에서 아르제스의 지휘를 받는 병사들은 항상 긴장 상태를 유지해야 했다.

목표는 카나이 족의 도시인 사멘티아였다. 악소나 주둔지에서 사멘티아까지는 직선거리로 대략 120킬로미터 정도였다. 실재로 이동하면 강행군으로도 일주일가량 걸리는 거리였다. 게다가 겨울이다. 하지만 그런 거리를 이케니아 군은 엿새 만에 주파했다. 5개 대대와 1천의 기병이 따로 보급품을 가지고 뒤따르게 한 후, 본대는 10일치 식량만 지참하게 하여 빠르게 행군했기 때문이다. 병사들에게나 지휘관들에게나 엄청난 강행군이었다. 하지만 누구도 불만을 표시하지 않았다.

아직 들판의 눈도 채 녹지 않은 시점에 이케니아의 군대가 모습을 드러내었다. 막상 행군한 이케니아 군도 놀랐을 정도이니 사멘티아가 놀란 것은 두말할 나위도 없었다. 사멘티아가 성문을 걸어 잠그는 것을 확인하자마자 아르제스는 기병대를 풀어 미처 성곽 안으로 피신하지 못한 주민들을 포로로 잡아들이고, 식량을 징발했다.

땅이 얼어 있어 참호를 파거나 튼튼한 방책을 세울 수는 없었다. 따라서 도시 전체를 감싸는 본격적인 포위망을 구축할 수는 없었다. 그래서 아르제스는 성벽 앞에서 시위만 하고 4킬로미터 밖으로 병사를 물려 유리한 고지를 점해 진지를 구축했다. 하지만 그렇다고 해서 사멘티아가 받은 충격이 가신 것은 아니었다. 4킬로미터이면 사멘티아의 성벽 위에서도 시야에 닿는 거리이다. 한 달만 지나면 봄이 시작되는 마당에 2만에 가까운 대군이 코앞에 진을 친 것이다.

사멘티아에는 악소나 공방전의 패잔병들과 비브오락테스가 패전 이후 급파한 병력을 포함해 1만 5천의 병사들이 주둔하고 있었다. 또한 주민들 중 무기를 들 수 있는 남성을 합치면 2만 5천에 가까운 병력이 있다고 봐야 했다. 하지만 단순한 수적 우위가 승리로 직결되지 않는다는 것은 악소나 공방전에서도 이미 증명되었다. 사멘티아의 불안은 점점 높아만 갔다.

이런 소식은 우르손에 있던 비브오락테스의 귀에도 들어갔다. 구원을 청하며 암포도릭스가 보낸 사절의 말에 그는 끓어오르는 분노를 속으로 겨우 참았다.

'처음부터 싸움에서 지지를 말았어야지!'

사태가 이 지경이 된 것도 따지고 보면 악소나 공방전에서의 참패 때문이라 할 수 있었다. 하지만 그는 우선순위를 아는 사람이었다. 화를 내는 것은 나중이라도 늦지 않는다.

비브오락테스가 전령에게 말했다.

"알았다. 조치를 취할 터이니 용기를 잃지 말고 버티라고 전해라."

말은 이렇게 했지만 당장 조치를 취할 필요는 없다고 생각하는 그였다. 이케니아 군의 행동을 단순한 과시 정도로 생각한 것이다. 그리고 그가 집결시켜 놓은 병력들도 카나이 족을 제외하고는 상당수가 겨울을 맞아 각자의 본거지로 돌아간 상태였다. 다시 집결하는 데에는 시간이 필요했다. 일단 피나세아 산맥 너머에 있을 팔라미쿠스에게 이 상황을 알리는 사

절을 파견함과 동시에 각 부족에게도 전령을 보내어 병력의
집결을 서두르도록 지시했다.

2월 중순까지는 이케니아 군도 비브오락테스의 예상과 같
이 별다른 행동 없이 숙영지에 머무르기만 했다. 하지만 어느
정도 날씨가 풀리자 바로 공성 공사에 들어갔다. 에레냐드의
기후상 2월 중순이면 밤에는 땅이 얼고, 낮이면 땅이 녹기를
반복한다. 그는 진영을 옮겨 사멘티아 남쪽 1.5킬로미터 지
점까지 앞당겼다.

사멘티아의 성벽은 높이가 약 5미터 정도였고, 흙과 돌과
나무로 단단하게 쌓았기 때문에 목책처럼 부수기는 불가능했
다. 이 성벽 앞으로는 폭 20미터, 깊이 4, 5미터에 이르는 해
자가 도시 전체를 감싸고 있었다. 따라서 이 해자를 무력화시
키지 않으면 사멘티아에 대한 직접적인 공격은 불가능했다.

하지만 아르제스는 이 해자를 메우기 위해 시간과 노력을
낭비하고 싶지 않았다. 이케니아 민족은 대대로 토목공사에
익숙하다. 특히 가도나 다리 공사가 있을 때면 연맹에서 돈을
풀어 시민을 고용하던 것이 관습처럼 되어 있기도 했다. 그리
고 아르제스와 함께 종군해 온 병사들은 좋든 싫든 수십 번의
토목공사를 경험하게 된다. 이런 기술력을 바탕으로 아르제
스는 해자에 3개의 뚝길 건설을 명령했다. 폭은 약 10여 미터

로 넓게 하여 뚝길 한쪽으로는 지붕이 있는 통로를 만들었다. 병사들을 투척 무기로부터 안전하게 보호하여 성벽과 토루로 접근시키기 위해서였다.

1개 군단은 끊임없이 공사를 진행하고, 나머지 2개 군단과 기병대는 진영 앞에서 항상 대기하였다. 카나이 족 병사들이 성벽 위에서 무기를 투척하며 공사를 방해했지만, 그런 방해에도 불구하고 공사는 빠른 진척을 보이고 있었다. 원래는 근처 강에서 물을 끌어들여 해자를 물로 채우게 되어 있었지만, 강의 수위가 낮아진 겨울이라 해자의 물은 거의 말라 있었다. 그런 해자에 뚝길을 건설하는 것은 크게 어려운 공사가 아니었다.

이케니아 군을 괴롭히는 가장 큰 적은 사실 추위였다. 따뜻한 지방 출신이 대부분인 이케니아 병사들에게는 무척이나 큰 고통임에 분명했다. 하지만 그럼에도 사기가 떨어지지 않는 것은 보급이 충분했기 때문이다. 이케니아 군은 이미 올해 추수철까지 추가 보급 없이도 견딜 만큼의 식량을 확보한 상태였다. 먹을 것과 승리에 대한 자신감만 있으면 다른 역경은 견뎌낼 수 있는 법이다. 더불어 후방이 안정화되어 있다는 점이 병사들의 마음을 안심하게 했다.

뚝길이 건설되자마자 그곳을 통해 바퀴 달린 공성탑이 옮겨졌다. 높이 6미터에 이르는 공성탑들이 성벽 앞에 세워지자 사멘티아가 가지는 높이의 이점이 사라져 버렸다. 그들은 공성탑의 높이에 맞추어 성벽의 높이를 보강하기에도 바빴던 것이다. 이런 공사들이 완료되자 아르제스는 다음 단계로 토루의 건설을 명령했다. 토루는 사멘티아의 성벽과 약 5미터 정도 간격을 두고 80미터 길이로 쌓게 했다. 해자 밑바닥부터 계단식으로 쌓여지기 시작한 토루는 느린 속도이지만 확실히 그 높이를 높여가고 있었다. 암포도릭스가 이 설비를 파괴하기 위해 야간에 기습을 시도하기도 했지만, 미리 대기하고 있던 2개 군단에 피해를 입고 도망쳤을 뿐이었다. 전투 인원만 따져 보면 오히려 이케니아 측이 사멘티아의 병사들보다 많았다. 암포도릭스는 이전처럼 숫자에 의존할 수조차 없었던 것이다.

상황이 이 지경에 이르자 암포도릭스도 극심한 위기감을 느꼈다. 지금 그가 거느리고 있는 병사들의 절반가량은 악소나 공방전의 패잔병들이었다. 사기는 계속 떨어지고 있는 데다 식량 문제까지 걱정해야 할 형편이었다. 발가르가 옥토로눔을 습격하고, 주변 경작지를 파괴해 버린 것이 큰 타격이었던 것이다. 그리고 그나마 남아 있던 식량의 일부마저도 악소나로 운송했다가 모조리 이케니아 군에게 빼앗긴 상태였다. 이케니아 군이 2월이 되자마자 움직일 줄은 예상도 못했기에 근처 부족에게서 식량을 징발하지도 못한 상황이었다. 암포도릭스는 야간에 기병을 풀어 다시 한 번 비브오락테스에게 구원을 요청하고, 시아노 족에게도 구원을 요청했다.

하지만 시아노 족의 켈틸이 보내온 답변은 냉랭하기 이를 데 없었다.

'아누이의 군대가 산맥을 넘어오거나, 비브오락테스가 직접 군사를 이끌기 이전까지는 어떠한 원조도 불가능하다.'

지난번 공방전에서의 패배가 암포도릭스의 조급함에서 비롯되었다고 생각하는 켈틸은 그에게 크게 분노하고 있었다. 악소나 공방전에서 전열이 무너지자 가장 먼저 도망친 사람도 암포도릭스였다. 무엇보다 지난번 공방전에서의 패배로 시아노 족 전력의 절반 이상이 사라진 상태에서 켈틸은 다시 한 번 승산이 불확실한 전운을 시험하고 싶지는 않았다.

그러는 사이 3월이 되었다. 계절은 서서히 봄에 접어들고 있었다.

*　　　*　　　*

'사멘티아 함락 위기!'

암포도릭스가 비브오락테스에게 보낸 서한에는 그의 절박한 심정이 담겨 있었다. 비브오락테스는 즉시 지휘관들을 불러 모았다. 지휘관들은 각 부족의 부족장과 귀족들이 맡고 있었다.

"어떻게 하시겠습니까, 형님?"

아리시오투스가 비브오락테스를 바라보며 말했다.

"되도록 빨리 사멘티아를 구원해야겠다."

비브오락테스는 군사를 움직이기로 마음먹었다. 사멘티아는 시아노 족의 영토와 가까운 곳에 위치한다. 그곳이 함락당하면 시아노 족이 위험해지고, 그렇게 되면 나머지 하나 남은 피나세아 산맥의 루트마저 아르제스의 손에 넘어갈 수도 있었다. 아누이 왕국의 군대가 넘어올 길이 사라진다는 의미였다.

비브오락테스가 켈리 족의 판관에게 물었다.

"그쪽의 병사들은 얼마나 모였소?"

"보병 2만 2천에, 기병 5백 기입니다. 나머지 병력은 일주일 내로 도착할 것입니다."

판관의 말에 비브오락테스는 고개를 끄덕였다. 지금 우르손에 집결한 병사들은 카나이 족의 병사가 4만 5천이었고, 기타 군소 부족에서 집결한 병사가 1만가량이었다. 켈리 족의 병사들까지 합치면 보병이 7만 5천에 기병이 2천5백 정도 되었다. 기병이 보병에 비해 유난히 적은 것은 시아노 족의 기병 전력이 아직 합류되지 않았기 때문이었다. 하지만 전체 병력은 예전 티투스에 맞서 에레냐드의 부족들이 일어났을 때와 비교해 보아도 결코 뒤지는 규모가 아니었다.

비브오락테스가 말을 이었다.

"하지만 이대로 이케니아 군이 걸어오는 싸움을 순순히 받아들여서만은 곤란하오. 우리 쪽에서도 선제 공격을 해야만 하오."

"선제 공격?"

"그렇소. 적의 주력은 지금 사멘티아 외곽에 있지만, 진정한 본영은 그곳이 아니오."

그러자 한쪽에서 외침이 터져 나왔다.

"브로타!"

"그렇소. 현지 조달을 제외하고는 적 보급의 대부분은 그곳을 통해 이루어지오. 라인 제국과 아티아 족과의 전투도 아직은 결론이 나지 않았소. 올해도 라인 제국이 개입할 여지는 없소. 이런 마당에 브로타를 점령할 수 있다면, 이케니아 군이 받는 타격은 상당할 것이오."

그때 한 판관이 물었다.

"하지만 병력을 나누는 것이 과연 옳은 결정일까요?"

"모르는 소리! 너무 많은 병력이 때로는 짐이 되는 경우도 있소. 8만에 가까운 병력을 먹이려면 엄청난 수송대를 대동해야 하는데, 그러면 행군의 속도도 느려질뿐더러 식량의 현지 조달도 어려워지오. 병력을 나눈다 해도 사멘티아의 수비병들과 시아노 족의 기병 전력을 합친다면 여전히 적의 3배가 넘는 전력이오. 남은 문제는 얼마나 유리한 장소에서 얼마나 현명하게 싸우느냐요."

병력을 나누었을 때 가장 우려되는 경우는 각개격파이다. 하지만 지금 브로타에 남아 있는 전력은 고작 1개 군단이 전부여서 그럴 가능성은 없었다. 브로타가 함락된다면 아르제스의 군대는 에레냐드 한복판에서 고립되게 된다. 그렇게만 된다면 암브로스 족이나 베르티손 족도 아르제스에게서 등을 돌릴지도 모른다.

결국 비브오락테스의 의견에 다른 지휘관들도 동의를 표시했다.

비브오락테스는 켈리 족의 족장인 오도릭스에게 말했다.

"오도릭스, 그대가 그대의 부족을 이끌고 브로타를 공략해 주시오."

브로타 족의 보호자이던 카나이 족이 온전한 적으로 등을 돌리는 순간이었다.

"브로타의 합병은 오래전부터 바라던 일이오. 반드시 함락시키겠소."

오도릭스는 자신이 있었다. 제대로 전력을 동원할 수만 있다면 작은 항구 도시 하나 점령하는 것은 그리 어려운 일이 아니라고 생각했다.

"나는 나머지 병력을 이끌고 사멘티아로 향하겠소. 출발은 이틀 후 이른 아침으로 하겠소. 준비에 만전을 기해주시오."

비브오락테스가 확신에 찬 태도로 말하자 다른 지휘관들의 표정에도 결의가 어렸다. 우르손에서 사멘티아까지는 직선거리로 220킬로미터 정도였다. 늦어도 20일 안에는 도착할 수 있을 터였다.

이런 그에게 딱 하나 염려되는 것이 있다면, 아누이 왕국의 군대가 언제 산맥을 넘어올 것이냐 하는 점이었다.

사멘티아에 대한 공성을 준비하면서도 아르제스는 이케니아 연맹의 정황을 항상 주시하고 있었다. 그래서 틈이 날 때마다 부하들과 그에 대한 의견을 나누었다.

"아드리오, 그대가 보기엔 다음번 연맹 왕 선거에 토르피우스님이 나선다면 어떨 것 같은가?"

대답을 망설이던 아드리오는 조심스럽게 말했다.

"토르피우스님이 다음번 선거에 나선다는 이야기는 들어본 적이 없습니다."

하지만 아르제스는 가볍게 웃었다.

"훗, 아르펜 가문에 토르피우스님을 제외한 다른 대안이 있기나 할까? 아니면 이번에는 순순히 바렌 가문에 권력의 중심을 넘겨줄 생각이라도 한다는 건가? 사실 바렌 가문을 배제하고서라도 의견을 관철하기로 마음먹은 이상 토르피우스님의 차기 선거 출마는 정해진 것이나 마찬가지야. 아마 본인 스스로가 가장 잘 알고 있겠지. 그런데 말이야……."

"무엇이 말입니까?"

"카시우스가 너무 순순히 물러서 버렸어. 이대로 가면 다음번 선거에서 또다시 패배할 것임을 뻔히 알 것인 데도 말이야."

"내심 포기한 것이 아닐까요?"

아드리오의 말에 아르제스는 고개를 저었다.

"그는 자존심이 강한 인물이야. 정말로 포기했다면 정계를 은퇴하거나 별장에 칩거해 버리고 말았겠지. 하지만 회의에는 참석하면서 아무런 대책도 논의하지 않는다면, 음모를 꾸미고 있다고 생각할 수밖에 없지 않은가?"

"지나친 걱정이십니다. 어찌 되었든 모든 결정을 합법적인 절차에 의해 이루어지고 있습니다. 제아무리 카시우스라도 음모를 꾸밀 만한 여지는 없을 것입니다."

그때 옆에서 듣고 있던 발가르가 말했다.

"모르지. 암살이라도 준비하는지……."

"암살이라니요!"

아드리오는 대번에 언성을 높였지만, 아르제스는 가볍게

웃었다.

"하하, 그럴지도 모르지요. 하지만 가장 카시우스답지 않은 방법인 것도 사실이군요."

"조심해서 나쁠 것은 없지. 지금 우리가 움직일 수 있는 것도 토르피우스가 연맹 내의 일을 대신 처리해 주고 있기 때문이지 않은가."

"그 문제는 저도 생각해 둔 바가 있습니다."

아르제스의 말에 발가르는 가볍게 고개를 끄덕였다. 생각해 둔 것이 있다는 것은 이미 실행에 옮겼다는 뜻일 터였다.

"그건 그렇고, 본격적인 공성은 언제 시작할 작정이지?"

"본격적인 공성은 없을 것입니다. 하지만 본격적인 공성 공사는 시작해야지요."

"응?"

아르제스의 수수께끼 같은 대답에 발가르도 순간 이해하지 못했다.

"비브오락테스가 사멘티아가 함락되게 놔두리라고 생각하십니까?"

"그렇군. 아마 지금쯤 이곳으로 오고 있을지도 모르겠군. 사멘티아는 적이 싸울 수밖에 없게 만드는 미끼였던 것인가?"

발가르는 새삼 자신의 제자에게 감탄했다. 아르제스의 전략들은 다양하면서도 때로는 무모해 보였지만 하나의 일관성을 가지고 있었다. 그것은 상황과 여건이 아무리 불리하더라도 싸움의 장소와 시기를 자신이 결정한다는 점, 바로 그것이었다.

"사멘티아는 천혜의 요새이지만, 오히려 그 점 때문에 포위망을 구축하기도 좋습니다. 포위망만 만들어지면 소수의 병력으로도 사멘티아를 고립시킬 수 있습니다."

사멘티아는 낮은 구릉지 위에 세워진 요새 도시이다. 도시의 동편과 북편은 큰 강이 휘돌아 나가고 있어서 공성하는 입장에서는 접근이 제한될 수밖에 없었다. 하지만 반대로 생각하면 외부에서 도시를 고립시키기도 용이하다. 공격 측이 접근할 수 없는 큰 강은 수비 측에서도 건널 수 없는 천연의 방벽이 되기 때문이다. 따라서 이케니아 군이 남쪽과 서쪽만 막으면 자연스럽게 포위망이 완성된다. 그리고 포위망이 짧을수록 소수의 인원으로 지키기도 용이하다.

만약 비브오락테스가 사멘티아에 대한 지원을 포기하더라도 상관없었다. 장기적인 관점에서 어차피 공성전은 공격하는 쪽이 유리한 법이다. 비브오락테스의 의도와는 상관없이 전쟁의 주도권은 아르제스에게 있었던 것이다.

*   *   *

시스코스팍 왕은 2명의 부인과의 사이에 4명의 자녀를 두었는데 그중 왕자는 두 명이었다. 아누이 족도 일부일처를 풍습으로 삼고 있었기에 두 번째 부인은 첫 번째 부인이 죽은 후에 맞이한 것이었다. 첫 번째 부인은 아들 하나와 딸 둘을 낳았다. 하지만 그 아들은 어릴 적 병에 걸려 죽고 말았다. 후계자가 없어진 왕은 유력한 가문의 딸과 정략적인 재혼을 했다. 그 사이에서 난 왕자가 바로 팔라미쿠스였다.

그런 왕자답게 그의 곁에는 항상 권력에 편승하려는 사람이 들끓었다. 왕국의 유일한 왕위 계승자인 그는 항상 권력의 중심에 있었다. 하지만 막상 스스로는 그런 권력을 즐기려고 하지 않았다.

팔라미쿠스는 왕궁을 그리 좋아하지 않았다. 왠지 그곳에 있으면 모든 것이 부왕의 뜻대로 이루어지는 것 같은 기분이 들어서였다. 그래서 그는 틈만 나면 도시 외곽으로 말을 몰았다. 하지만 순전히 기분 전환을 위한 것은 아니었다.

왕자 곁으로는 수석 노예인 페르나와 소수의 호위기병대들이 함께하고 있었다. 풀이 돋아나기 시작한 평야 위로 느리게 말을 몰면서 왕자는 페르나의 말을 듣고 있었다.

"일전에 왕궁을 드나들었다는 상인에 대해서 알아보았습니다. 라인 제국에서 온 것이 맞더군요."

"정말 상인이더냐?"

"그들의 우두머리가 플라베니아 출신인 것은 확실합니다. 풀라베니아 인이라면 이케니아 민족과 함께 교역으로 유명한 사람들이니까요. 지난해부터 드나들기 시작한 모양입니다만, 딱히 이상한 점은 찾은 수 없었습니다."

팔라미쿠스가 물었다.

"그들이 다루는 품목은 무엇이라고 하더냐?"

"보석과 장신구 등의 사치품이라고 하였습니다. 그런 것들이라면 왕궁에 어울리는 물건이 아니겠습니까."

하지만 팔라미쿠스는 짧게 코웃음 쳤다.

"흥, 아버지의 대전을 보고도 모르겠느냐? 그는 그런 유치한 사치에는 관심도 없는 인물이야. 그런 것은 차라리 어머니에게나 어울리지."

"그런데 그들에게 왜 관심을 보이시는지요?"

"라인에서 이곳까지는 먼 길인 데다 안전하지도 않은 길이다. 게다가 우리와 라인 제국 사이에는 어떠한 외교 관계도 없지 않느냐. 게다가 시기도 절묘해… 왠지 꺼림칙하군."

"위험이 있는 곳에 이윤이 있다는 것은 상인들의 상식입니다. 일개 상인들의 일에 신경 쓰시는 이유를 저는 모르겠군요."

"그래, 괜한 생각일지도 모르지."

팔라미쿠스는 떠오르는 의구심을 애써 떨쳐 버렸다. 스스로도 의구심의 정체를 알 수 없었기 때문이다. 그리고 그에게는 해야 할 중대한 일이 있었다.

"내일 아침, 병사들의 야영지로 가거라. 일주일 내로 야영지를 떠나 산맥을 넘을 것이라고 발카자르에게 전해라."

"네? 하지만 아직은 겨울이지 않습니까?"

그러나 페르나의 반문에 왕자는 단호한 음성으로 대답했다.

"산을 넘기에는 충분히 따뜻해졌다."

*   *   *

3월, 땅이 녹기 시작하자마자 시작한 사멘티아 포위 공사는 불과 일주일 만에 끝나 버렸다. 이것도 암포도릭스의 예상을 훨씬 뛰어넘는 속도였다. 라인 군단병들이 토목공사에 능숙한 이유는 첫째, 절차와 치수가 표준화되어 있다는 점. 둘째, 공사에 적합한 장비들을 구비하고 있다는 점. 셋째, 숙영지 건설을 중요시하기 때문에 병사들 모두가 공사에 익숙해진다는 점이었다. 그리고 이케니아 군은 이 같은 라인 군단의 장점을 그대로 따르고 있었다.

방책은 사멘티아의 서쪽을 감싸는 형태로 건설되었다. 사멘티아의 성벽과는 약 300에서 400미터의 간격을 두고 건설되어 총 길이는 5킬로미터에 달했다. 1개 군단이 공성 설비를 지키며 휴식을 취하는 동안 1개 군단은 포위망 공사를 진행하고, 또 다른 1개 군단은 공사를 하는 군단병들 앞에서 전투 대형으로 대기하는 식이었다.

이케니아 군의 의도를 뻔히 알면서도 암포도릭스는 쉽사리 공사를 저지할 수 없었다. 화살의 사정거리 밖에서 3열 전투 대형을 짜고 기다리고 있는 이케니아 군을 공격하려면 성문을 열고 병사를 출동시킬 수밖에 없다. 하지만 그랬다간 성문을 빠져나와 진형도 짜기 전에 이케니아 군의 돌격을 허용할 수 있었다. 병력이 될 만한 모든 사내들을 출동시켜 수로 밀어붙이면 승산이 없는 것도 아니지만, 그랬다간 공성 시설에 대기하고 있는 이케니아 군에게 성벽을 점령당할 우려가 있었다. 암포도릭스의 입장에서는 최대한 버티며 비브오락테스가 보내올 원군을 기대할 수밖에 없었다. 다만, 포위망의 완성으로 사절의 왕래마저 거의 불가능해진 상황이라 커져만 가는 불안감은 어쩔 수 없었다.

공사가 완료되자 아르제스는 남쪽에 있던 주진지를 해체하고, 대신 공성 설비와 포위망 중간 중간에 소진지를 설치해 병사들을 나누어 배치했다. 그리고 병사들에게 이틀간의 휴식을 허락했다.

이틀간의 휴식이 끝나자 아르제스는 메텔로에게 8개 대대와 기병 1천을 맡겨 포위망을 지키게 하고, 나머지 22개 대대와 기병 3천을 이끌고 북진을 시작하였다. 그는 사멘티아를 구원하기 위해 올 비브오락테스의 군대를 중간에서 기다릴 작정이었다.

우르손에서 사멘티아에 이르는 길은 여러 갈래가 있다. 하지만 대규모 군대가 행군할 수 있는 길은 한정되어 있었다. 적의 이동 경로를 예상하는 것은 그리 어렵지 않은 일이었다. 다만 그 시기가 문제였다.

그러는 사이 비브오락테스도 병력을 이끌고 남하하고 있었다. 병력의 규모는 5만 5천에 이르렀는데, 카나이 족을 중심으로 모두들 건장한 정예병들로 구성되어 있었다. 이들 중 기병은 2천 정도밖에 안 되었지만 어차피 카나이 족은 보병을 주력으로 삼는 부족이었다.

비브오락테스가 열흘, 아르제스가 나흘을 행군했을 때 서로가 상대방의 존재를 알아차렸다. 정찰 중이던 양측 기병대가 만나면서 가벼운 교전이 벌어졌기 때문이다.

"벌써 사멘티아가 함락되었단 말인가!"

정찰병의 보고를 통해 적군이 멀지 않은 곳에 있음을 안 그는 꽤나 놀란 표정이 되었다. 포위망이 완성되기 전 겨우 빠져나온 전령의 소식을 전한 이후로 사멘티아로부터의 소식은 완전히 끊긴 상태였다. 비브오락테스로서는 직접 가보기 전까지 정확한 정보를 얻을 길이 막막했던 것이다. 그런 상황에서 기다렸다는 듯 이케니아 군대가 버티고 있으니 그가 당황하는 것도 당연했다.

아리시오투스가 말했다.

"정말 사멘티아가 함락되었다면 이제는 어떻게 해야 합니까? 군대를 다시 되돌려야 할까요?"

잠시 생각을 정리하던 비브오락테스가 말했다.

"설사 도시가 함락되었더라도 이대로 물러설 이유는 없다. 오히려 적이 우리의 영토 깊숙이 들어온 것이 기회가 될지도 모른다. 조급한 것은 우리가 아니라 이케니아 군일 테지. 일단은 천천히 지켜보자꾸나."

사멘티아가 함락되었다면 그것은 큰 손실이다. 하지만 함락 여부에 상관없이 이케니아 군의 주력만 격파하면 잃은 것은 금방 되찾을 수 있다. 아르제스에게 필요한 것은 연승이지만, 비브오락테스에게 필요한 것은 단 한 번의 승리였다. 그것이 본거지에서 싸우는 군대와 원정군과의 차이점이자 비브오락테스가 가진 장점이었다. 이런 생각에 그는 금방 평정을 되찾을 수 있었다.

그는 전략적으로 유리한 언덕 2개를 선점해 병력을 나누어 배치함과 동시에 언덕 능선을 따라 방책을 쳐 수비를 강화했다. 그리고 사멘티아로는 기병을 보내어 사정을 알아보게 했다.

아군의 숙영지 공사가 완료되자 아르제스는 기병대를 이끌고 진영을 나섰다. 이케니아 군과 카나이 족의 진영은 평원을 흐르는 얕은 강을 사이에 두고 각자 언덕을 점유한 채 멀찍이서 마주하고 있었다. 양 진영 간의 거리는 15킬로미터 정도였다.

이미 초저녁이라 양측의 진영은 연기와 불빛을 피워 올리고 있었다. 카나이 족의 진영은 그 규모라도 자랑하듯 7킬로미터가 넘는 불빛의 띠를 만들어냈다. 방형으로 진지를 만들지 않고 앞에 흐르는 강을 따라 병사들을 배치시켰기 때문이다. 그런 적군의 진영을 아르제스는 강가를 따라 천천히 말을 몰며 감상이라도 하듯 둘러보았다. 하지만 함정을 의심한 비브오락테스는 그런 아르제스의 기병대를 지켜보기만 했다.

다음날 아침, 아르제스는 카나이 군의 진영으로 프로퀼리우스를 사절로 보내었다. 그는 이런 상황에서야말로 사절에 가장 어울리는 인물이었다.

상대편의 따가운 시선을 받으면서도 프로퀼리우스는 전혀

주눅 들지 않았다.

"이케니아 군의 사령관이자 총독 대행관인 아르제스 네모 가이우스 각하의 서신을 전하러 왔습니다."

프로퀼리우스의 말에 비브오락테스는 가볍게 코웃음을 쳤다.

"흥! 에레냐드 사람인 그대가 언제부터 그를 각하라고 불렀던 것인가?"

순간 약간의 부끄러움으로 얼굴을 붉힌 프로퀼리우스였지만 이내 표정을 굳히며 담담히 말했다.

"이해를 바라지는 않습니다. 오늘은 그저 사절로 방문한 것이니 사절에 적합한 대우를 해주십시오."

그러면서 그는 가죽 통에서 봉인된 작은 두루마리 편지를 꺼내었다. 편지는 이케니아 어에 능통한 노예에게 건네져 대독(代讀)되었다. 그리 길지 않은 서신이었지만 그 내용은 비브오락테스를 곤혹스럽게 만들기에 충분했다.

더 이상 무익한 무력 충돌은 피하는 것이 서로에게 이롭다는 내용으로 시작한 아르제스의 편지는 양측이 군대를 물리고 전쟁을 중단하자는 제안이었다. 조목조목 나누어 쓴 편지의 주요 내용은 다음과 같았다.

1. 이케니아 군은 사멘티아에서 후퇴하여 브로타 주둔지로

회군한다. 동시에 아리시오투스도 징집한 병사를 해산하고 수도인 우르손으로 회군한다.

2. 나의 친구이자 오르바나의 판관인 게브오리쿠스의 죽음에 대해, 그 책임을 비브오락테스에게 물으며 카나이 족의 법에 따라 처벌하길 요구한다.

3. 위의 일들이 성사될 시, 나는 총독 대행관의 권위로 카나이 족의 자치권을 1년에 한하여 인정하며, 동시에 겔리 족, 시아노 족, 암브로스 족, 베르티손 족을 제외한 다른 부족들에 대한 카나이 족의 지배권을 인정한다. 이 기간 동안에는 속주세를 면제한다.

그리고 위의 내용에 대해 협상할 의사가 있을 경우 하루빨리 양측의 대표가 만나서 이야기를 나누고 싶다는 내용이었다.

비브오락테스가 얼굴을 붉히며 한참이나 침묵하고 있자 프로퀼리우스가 아리시오투스에게 넌지시 말을 건넸다.

"각하께서는 이 문제를 대족장님과 긴히 상의하고 싶어 하십니다."

이 말이 비브오락테스를 자극했다. 아르제스의 편지는 노골적으로 형제간의 이간질을 꾀하고 있었던 것이다.

"어디서 이런 더러운 수작을 부리는 것인가!"

그는 노예에게서 편지를 빼앗아 바닥에 던져 버렸다. 언뜻 보기에 아르제스의 제안은 카나이 족에게 유리한 면이 많았다. 이 협상이 이루어진다면 카나이 족은 잃어버렸던 지역을 되찾게 되는 데다, 한시적이지만 공식적으로 독립권을 인정받게 되는 것이다. 그러나 자신을 범죄자로 취급하는 동시에 카나이 족의 실권자로서도 인정하지 않는 것만은 참을 수 없는 비브오락테스였다. 그가 궁극적으로 꿈꾸는 것은 왕위였다. 부족의 독립은 왕위로 가기 위한 과정일 뿐이다.

하지만 비브오락테스와는 달리 아리시오투스의 마음은 조금 미묘했다. 그도 이케니아 민족이 약속을 중요시 여기는 것은 잘 알고 있었다. 이는 원수나 마찬가지였던 메디아 왕국과의 평화조약만 보아도 알 수 있는 일이다. 아르제스의 숨겨진 의도가 어떠하든 이 협상 조건 자체에는 거짓이 있을 수 없다. 그의 마음 한구석에서는 순간 공명심과 호승심이 피어올랐다. 표면적인 카나이의 족장은 그였지만, 사실 그의 권력은 형의 그림자에 불과했기 때문이다. 하지만 그는 곧 정신을 차렸다. 자신에게 향하고 있는 날카로운 형의 시선을 느꼈기 때문이다. 아리시오투스는 급히 칼을 뽑아 들어 프로퀼리우스에게 겨누었다.

"그대는 우리가 사절의 신변을 해치지 않는 명예로운 부족인 것에 대해 감사해야 할 것이다! 그렇지 않았다면 이 칼이

너의 혀와 귀를 자르고 눈을 도려내었을 것이다! 내 마음이
변하기 전에 당장 이 자리를 떠나라! 그리고 그대의 사령관에
게 전해라! 나는 그대들이 낯선 땅에서 식은 몸을 누이게 될
것을 애통해하고 있노라고."

당장 분위기는 험악하게 변했다. 프로퀼리우스는 가볍게
침을 삼키며 칼끝에서 한 발 물러섰다.

"반드시 그렇게 전하겠습니다."

그 말을 마지막으로 그는 급히 진영으로 돌아갔다.

승낙을 기대하며 제안한 협상도 있지만, 거부를 확신하며
제안하는 협상도 있는 법이다. 아르제스의 협상 제안은 후자
에 속하는 것이었다. 그랬기에 총독 대행관으로서는 함부로
하기 힘든 약속도 서슴없이 제시했던 것이다. 그리고 비브오
락테스가 내세운 독립이라는 명분이 얼마나 가식적인 것인가
를 드러내기 위한 목적도 있었다. 이로써 비브오락테스가 전
쟁을 일으킨 목적이 개인의 욕망을 위한 것이라는 점은 명확
해졌다.

아르제스는 병사들을 모아놓고 비브오락테스가 자신의 관
대한 제안을 거절했으며, 그가 이케니아의 병사들에게 저주
를 퍼부은 사실을 말했다. 더불어 눈앞의 적만 물리친다면 이
번 에레냐드의 반란은 일거에 진압될 것이며, 병사들에게는

노력에 합당한 전리품이 돌아갈 것이라고 말했다.

"그대들이 나에게 보여야 할 것은 오직 용맹과 충성이다. 그리하면 나는 그대들에게 승리와 영광을 안길 것이다."

연설을 마친 아르제스는 즉시 진지를 정리하고 3열 종대로 행군을 개시했다. 그리고 적의 진지와 불과 4킬로미터 떨어진 곳까지 도달한 다음, 나지막하지만 넓은 언덕을 골라 진영을 꾸렸다. 이로써 교전 의지를 분명히 한 것이었다.

양측의 진영이 평야를 사이에 두고 고지대에 위치했기 때문에 밤이면 어김없이 상대방 진영의 불빛을 볼 수 있었다. 언제 전투가 벌어져도 이상하지 않은 상황이었지만, 아무리 전쟁의 한가운데에 있더라도 사람은 때에 맞는 여유와 감상에 젖을 줄 아는 존재이다.

아직 겨울의 입김이 남아 있어서인지 밤바람은 찼다. 하지만 살을 에일 정도는 아니었다. 한눈에 다 들어오지도 않는 카나이 족 진영의 불빛을 바라보며 아르제스는 긴 침묵을 지키고 있었다. 그러나 문득 고개를 돌려 마르쿠서스를 바라보며 말했다.

"마르, 너는 내가 하는 일들이 무슨 의미가 있다고 생각하느냐?"

"네? 무슨 말씀이신지……."

"나는 단지 이케니아가 나아갈 바른길을 찾고 싶었다. 그리고 나라를 바꾸는 근본적인 힘은 경제력도 아니고 철학의 힘도 아닌 정치라고 믿었다. 그런데 막상 내가 걸어온 길을 되짚어보니 너무나 많은 피로 얼룩져 있구나."

주인의 말에 마르쿠서스도 진지한 표정이 되었다.

"언젠가 도련님께서 정치와 전쟁의 본질은 같은 것이라고 하셨지요. 저는 도련님이 바른 길을 가고 있다고 생각합니다."

"바른길이라… 역사에 존재했던 위대한 왕과 지도자도 바른길을 걸었지만 그들의 위업이 얼마나 갔더냐? 가끔 이런 생각이 드는구나. 한 인간이 세상을 바꿀 수 있는 힘이 얼마나 미약한가 하는 생각 말이다."

전투를 앞둔 지휘관의 말치고는 너무나도 감상적이었다. 하지만 마르쿠서스는 쓸데없는 걱정 따위는 하지 않았다. 아르제스는 생각이 많은 사람이지만 생각의 맺고 끊음이 분명한 사람이다. 그리고 밤과 불빛은 사람을 감상적이게 한다.

마르쿠서스가 말했다.

"우리는 신이 아닙니다. 불멸의 존재도 아니고, 힘에도 지혜에도 한계가 있습니다. 하지만 1년이 가든 100년이 가든, 사람은 더 나은 세상을 위해 해야 할 일이 있다고 생각합니다. 그게 사람이 살아가는 의미가 아닐까요?"

몸종의 말에 아르제스는 피식 웃으며 그의 어깨를 툭, 쳤다. 종이 아닌 친구를 대하는 것 같은 태도였다. 마르쿠서스는 유색인이며 노예이다. 그리고 배움이 짧다. 하지만 그런 사람이라고 깊은 생각이 없는 것은 아니다. 보통 사람이 겪어온 삶의 경험에서 우러난 말이 고명한 철학자의 격언보다 더 깊은 의미를 담고 있을 때도 있는 것이다.

아르제스가 말했다.

"이케니아로 돌아가면 너를 노예의 신분에서 해방시켜 주마. 너는 그럴 자격이 충분해."

하지만 마르쿠서스는 가만히 고개를 가로저었다.

"제가 노예이든 자유인이든 도련님의 곁을 떠나는 일은 없을 것입니다."

"훗, 그건 네 마음대로 하거라."

두 사람은 가볍게 웃음을 주고받았다. 그런 후 아르제스의 눈빛은 다시 차가워졌다. 마르쿠서스와의 약속을 지키려면 눈앞에 싸움에서 반드시 이겨야만 했다.

사멘티아는 아직 함락되지 않았고, 남겨둔 1개 군단 남짓한 병력으로는 물리적 공성이 불가능하다. 하지만 8개 대대와 1천의 기병이면 방어선을 지키기에는 충분한 병력이다. 방어선이 돌파되지만 않는다면 사멘티아는 식량 부족으로 스스로 항복할 수밖에 없다.

이런 사실은 머지않아 비브오락테스의 귀에도 들어갈 것이었다. 그리고 사멘티아를 포위에서 구해내는 일은 아르제스의 본대를 격파하는 길뿐이다. 무시하고 우회하기에는 2개 군단과 3천의 병력이 결코 만만한 상대가 아닌 것이다.

사실 아르제스가 총력을 기울여 사멘티아를 공략했다면, 비브오락테스의 병력이 도착하기도 전에 사멘티아를 함락할 수도 있었을 것이다. 하지만 그렇게 하지 않고 1개 군단마저 포위망을 유지하기 위해 남겨둔 상태로 진군한 것은, 어떻게든 비브오락테스와 싸우기 위해서였다. 만약 사멘티아를 함락시켜 버리면, 신중한 비브오락테스는 아누이 왕국의 지원군이 도착할 때까지 기다릴 것임이 분명하다고 생각한 것이다.

아르제스가 가장 원하는 형태의 싸움은 적들이 공격해 오고 자신은 수비하다가 반격하는 것이었다. 양측 모두 방어에 유리한 지형에 진지를 구축했기 때문이다. 하지만 적들이 아르제스의 생각대로 움직여 주리라 기대하기는 힘들었다. 악소나 공방전에서의 패배가 바로 그런 식으로 이루어졌음을 상대도 모를 리 없었다. 그렇다고 아르제스가 상대방 진영을 칠 수는 없는 노릇이었다. 한 명이라도 병력의 손실이 뼈아프게 다가오는 쪽은 이케니아 측이었다.

그래서 아르제스는 회전을 유도할 생각이었다. 회전은 전투의 결과가 빠르고 명백하게 드러난다는 장점이 있기도 했고, 아르제스의 특기도 사실 수성전이라기보다는 평원에서 벌이는 회전이었다.

양군이 대치한 지 이틀째 되던 3월 18일. 아르제스는 병력을 출진시켜 언덕 아래 평원에 포진시켰다. 아르제스가 진지 방어를 위해 6개 대대를 남겨두었기 때문에, 포진에 동원된 병력은 16개 대대에 불과했다.

아르제스가 취한 포진은 지극히 정석적이었다. 중장보병들은 3열 종대로 길게 늘여 세우고, 그 양옆으로는 경장보병을 배치하고, 또 그 옆으로는 기병을 반씩 나누어 배치한 것이다. 하지만 일반적인 경우라면 지극히 평범했을 법한 이 진형도 아르제스에게는 최선의 진형이었다. 아르제스가 보유한 기병은 사멘티아에 남겨두고 온 숫자를 제외하고도 3천 기나 되었다. 아르제스는 기병을 회전의 핵심 전력으로 생각하고 있었다. 하지만 지금껏 그가 치러왔던 전투는 항상 기병의 열세에서 치러진 전투였다. 그래서 그는 오히려 아군의 기병을 활용하기보다는 적군의 기병을 무력화하는 방식으로 싸워왔었다. 그러나 이제는 3천 기나 되는 기병이 있었다. 비록 완전한 충성심을 기대하긴 힘들지만 전투력은 믿을 만하였다. 다행히 암브로스 족과 카나이 족의 사이는 이미 상당히 틀어진 상태여서 아르제스의 명령이 아니더라도 기병들은 카나이 족에게 상당한 적의를 품고 있었다. 그리고 시아노 족의 기병 전력이 합류하지 못한 만큼 비브오락테스의 군대에 질 높은 기병이 있을 리 없었다. 그런 만큼 이런 상황에서야말로 정석적인 포진이 가장 이상적인 포진이 되는 것이었다.

아르제스의 의도는 간단했다. 적군이 적은 수의 아군을 얕잡아 보고 덤벼든다면, 적이 노리는 부분은 분명 종심이 얕은 아군의 중앙일 터였다. 어떤 진형이든 중앙이 격파당하면 그 진형은 무너지기 마련이기 때문이다. 하지만 이케니아 군의 종심이 얕은 것은 얕은 종심을 잘 체계화된 병사들의 유기적 움직임으로 보강할 수 있기 때문이다. 또 종심이 얕다는 것은 약점이 될 수도 있지만, 뚫리지만 않는다면 오히려 병력 활용의 효율은 높아진다.

종심이 두터운 집단 방진의 경우, 일정 순간 전투에 참여하는 병사의 비율이 전체에 1~2할에 불과하다. 하지만 3열 전투 대형의 경우는 3~4할이다. 적들의 생각처럼 이케니아 중장보병의 중앙은 그리 쉽게 돌파될 리 없었다. 그때 좌우익에 배치된 경장보병과 기병이 적의 양익을 압박하기 시작한다면, 적은 단숨에 혼란에 빠질 것이라는 게 아르제스의 생각이었다.

하지만 비브오락테스의 반응이 문제였다. 아르제스가 진지를 나와 평야에 포진을 해도 그는 회전 진형으로 맞서지 않았다. 완만한 경사의 능선을 따라 층층이 설치된 참호와 흉벽에 수비병을 배치한 채 꼼짝도 하지 않았던 것이다. 그렇다고 비브오락테스가 싸울 의지가 없는 것은 아니었다. 오히려 그의 측근들은 전투를 재촉하고 있었다. 언덕 위에서 본 이케니아 군의 진형은 수도 적고 너무나 약해 보였기 때문이다. 다만 지금 싸울 것인가, 기다렸다 싸울 것인가가 문제였다. 그리고 그 문제는 사멘티아의 소식이 전해지는 대로 결정될 터였다.

오전에 포진했다가 오후에 진영으로 퇴각하는 일은 며칠간이나 반복되었다. 이렇게 되면 아무리 전쟁터에 있는 병사들이더라도 긴장이 늦춰지기 마련이다. 하지만 아르제스는 그것을 허락하지 않았다. 포진은 각 지휘관들의 명령에 따라 항상 빠르고 일사불란하게 이루어졌다. 포진을 끝낸 후 평야의 가운데를 흐르고 있는 강 앞까지 전진했다가, 다시 일사불란하게 물러나서 진영으로 돌아왔다. 총지휘는 항상 아르제스가 선두에서서 직접 했기 때문에 병사들은 긴장감을 유지할 수밖에 없었다.

군대가 전투력을 발휘하기 위해서는 통일성과 창조성이라는 양극의 요소가 필요하다. 이중 창조성이 지휘관의 몫이라면 통일성은 병사들의 몫이다. 갓 징집된 신병들에게 전술 훈련을 시키는 지휘관은 없다. 훈련의 시작은 항상 제식훈련이기 마련이다. 실제 전투에서는 아무짝에도 쓸모 없을 것 같은 것이 제식훈련이지만, 사실 제식훈련이 군단의 기강과 운영 및 의사 전달의 효율성에 미치는 영향은 지대하다. 그리고 이 제식훈련의 정점이라고 할 수 있는 것이 포진이다. 일개 병사들이라 할지라도 반복되는 포진을 하다 보면 전장을 넓게 볼 수 있기 마련이다. 그리고 나아가 만약 전투가 벌어진다면 어떻게 전개될지 다양한 이미지를 그려 볼 수 있다. 비록 의도와 달리 적이 회전에 응하지 않고 있었지만 아르제스는 그런 시간마저도 부지런하게 활용하고 있었던 것이다.

3월 22일. 비브오락테스에게 드디어 기다리던 사멘티아의 소식이 당도했다. 비브오락테스가 파견한 기병대의 규모는 50기에 불과했지만, 운 좋게 야간을 이용해 강을 건너 북쪽 성벽으로 접근해 사멘티아의 사정을 알 수 있었던 것이다.

"다행이군! 계속 말해보라!"

가만히 앉아 이야기를 듣고 있는 비브오락테스를 대신해 아리시오투스가 나서 이야기를 재촉했다.

"네. 사멘티아는 아직 함락되지 않았지만, 적의 포위망은 무척이나 튼튼하여 도시의 병사로는 돌파가 불가능하다고 합니다. 포위망을 지키고 있는 적군의 수는 어림잡아 6, 7천은 되어 보인다고 했습니다. 하지만 가장 큰 문제는 식량 사정이었습니다."

정찰병의 이야기를 들은 비브오락테스는 몸을 일으켰다. 그리고는 좌우를 둘러보며 말했다.

"이제 싸움을 피할 이유가 없어졌소."

그러자 다른 지휘관들도 목소리를 높여 응했다.

"그 말을 기다렸습니다!"

"한 줌도 안 되는 적 따위는 단숨에 쓸어버립시다!"

막사 안은 순식간에 전투에 대한 기대감과 투지로 가득 찼다.

주위에 곡창 지대를 두고 있는 사멘티아가 식량 부족에 시달린다는 것은 암포도릭스의 책임이다. 그 점에 있어서는 무척 불쾌했지만, 일단 사멘티아가 함락되지 않았다는 것은 다행이었다. 게다가 그 사멘티아를 포위하기 위해서 상당수의 병력이 남아 있다는 것도 희소식이었다. 그렇다면 아르제스의 군대가 이상할 정도로 숫자가 적었던 것도 납득이 된다.

이유야 알 수 없었지만 가뜩이나 적은 병력을 나눈 것은 아르제스의 실수가 분명하다고 생각했다.

"여러 지휘관들은 언제든지 출진할 수 있도록 철저하게 준비해 주시오."

비브오락테스가 사멘티아의 소식을 접했을 무렵, 아르제스도 메텔로가 보낸 전령으로부터 비브오락테스가 보낸 정찰병이 사멘티아의 소식을 알아갔음을 전해 들었다. 처음부터 아르제스는 적의 정찰병이 올 경우 막지 말고 그냥 두라고 지시해 둔 상태였던 것이다. 결국 카나이 족의 정찰대가 사멘티아의 자세한 소식을 알아올 수 있었던 것도 운이 아닌 아르제스의 의도였다.

그는 즉시 지휘관들을 소집했다. 이제는 적도 망설일 이유가 사라졌다. 아니, 오히려 저쪽에서 적극적인 공세로 나올지도 몰랐다. 물론 그렇다면 잘된 일이지만, 아르제스는 약간의 전술 변화를 꾀하고 싶었다. 물론 적을 회전으로 유도한다는 것은 같았지만, 싸우는 조건과 시간을 좀 더 유리한 쪽으로 가져가고 싶었던 것이다.

일단 아르제스는 병사들을 동원해 건초와 마른 나무를 모아 오도록 했다. 그리고 물통에 최대한 많은 양의 물을 비축하도록 지시했다. 3월 24일 저녁, 이른 저녁 식사를 마친 병사들은 신발을 신고 방한용 털옷도 그대로 입은 채 흉갑만 벗은 상태로 곧바로 취침에 들어갔다. 그리고 제3야경시가 절반쯤 지났을 무렵(새벽 1시 반), 보초병들이 조용히 병사들을 깨웠다. 일어난 병사들은 어둠 속에서도 익숙한 손놀림으로 조용히 천막을 걷어내기 시작했다.

이 무렵, 사령관의 막사에는 이미 수석 백인대장 및 대대장 이상 급 지휘관들이 모여 있었다. 그들은 모두 완전 무장을 한 상태였다. 아르제스는 그들에게 작전의 세부 사항을 전달하고 있었다.

"내 작전에 이의가 있나?"

이렇게 말하는 아르제스의 표정은 비장하다기보다는 여유로워서 약간의 웃음기마저 머금고 있었다. 다른 지휘관들도 이견(異見)은 없었다. 아르제스의 작전은 성공할 수도 있고 실패할 수도 있지만, 실패한다고 해서 아군에게 피해가 될 것은 전혀 없었던 것이다.

그때 한 장교가 막사 안으로 들어와 군례를 올리며 말했다.

"병사들의 천막 철수가 완료되었습니다, 사령관님."

"알았다. 이제 이 천막도 철거해야겠군. 전부 자기 위치로 돌아가라. 최대한 빠르고 조용하게 움직여라. 해가 뜨기 전에 병사들에게 최소한 한 시간의 휴식은 주어야 한다."

"네!"

새벽이 가까워 오고 있었지만 아직 주위는 짙은 어둠이 깔려 있었다. 날씨는 많이 포근해졌지만 그날따라 바람이 불어 체감온도는 무척이나 낮았다. 이리저리 춤을 추는 모닥불 옆에서 애써 졸음을 참던 카나이 족의 경계병은 조금은 멍한 눈으로 건너편 이케니아 군의 진영을 바라보고 있었다. 그때, 그의 눈에 이상한 광경이 들어왔다. 이케니아 군 진영 쪽이 밝아지더니 점점 불길이 치솟기 시작한 것이다.

"뭐지?!"

"적군 진지에서 불이라도 난 건가?"

참호를 따라 일정 간격으로 늘어선 초소에서 경계를 서던 병사들에게서 작은 웅성거림이 일어났다. 하지만 처음에는 그저 구경거리 정도로 바라보던 병사들도 이것이 얼마나 중대한 일인지 눈치 챘다. 불길이 점점 번지더니 적이 외치는 소리들이 어렴풋이 들려왔기 때문이다. 이 사실은 곧바로 비브오락테스를 비롯한 지휘관들에게 알려졌다.

이케니아 군 진영에서 화재가 일어났음을 확인한 비브오락테스는 즉시 전령에게 명령했다.

"병사들을 기상시켜라! 한 시간 내로 출동 준비를 완료하도록!"

명령을 받은 전령이 뛰어간 지 잠시 후, 카나이 족 진영 곳곳에서는 중저음의 나팔 소리가 울려 퍼졌다.

'이것은 정말 신이 주신 기회다!'

비브오락테스는 속으로 쾌재를 부르고 있었다. 사멘티아가 아직 함락 전이라는 소식을 접한 후부터 그는 언제든지 병력을 출동시킬 수 있도록 준비해 두라고 지시한 상태였다. 그러던 차에 적군의 진영에서 큰 화재가 발생한 것이다. 횃불이 어지럽게 움직이는 것으로 봐서 상대방 진영의 혼란을 짐작할 수 있었다. 그리고 아직 새벽이라지만 병사들은 이미 충분한 수면을 취한 상태였다. 이처럼 좋은 기회를 놓칠 수는 없었다.

이케니아 군 진영에서 화재가 발생한 것은 사실이었다. 다만 그것은 아르제스의 명령에 의해 일어난 '방화'였다.

이케니아 군의 주진지는 가로세로 600미터의 정방형 모양이었고, 그 안에는 병사들과 지휘관들의 막사가 빽빽이 들어차 있었다. 하지만 화재가 일어난 시점에서는 그 모든 막사와 시설물들이 완전히 철거된 상태였다. 대신 텅 빈 공간 곳곳에는 건초와 목재가 쌓여 불에 타고 있었다. 그리고 이 불길들로부터 보호하기 위하여 방책과 탑에는 물이 잔뜩 뿌려져 있었다. 하지만 멀리서 볼 때는 여지없이 막사가 타고 있는 것처럼 보였다. 더구나 비전투 인원들을 동원해 횃불을 들고 이리저리 뛰어다니도록 지시했음으로 더욱 혼란스러워 보일 것임에 분명했다.

그러는 사이, 일부 수비 병력을 제외한 나머지 군단 병력들은 진지 아래 능선의 참호에 옹기종기 모여 휴식을 취하고 있었다. 병사들은 전날 미리 만들어놓은 빵과 음식 따위로 허기를 채움과 동시에, 노출된 맨살에는 기름을 발라 추위를 막았다. 그리고 방패 덮개와 창 덮개는 모두 벗겨내어 언제든지 출진이 가능하도록 준비된 상태였다.

갑작스러운 출진 명령에도 카나이 족 병사들은 상당히 침착하고 일사불란하게 움직였다. 처음 진지를 꾸렸을 때부터 포진의 순서대로 숙소를 배정하였기에, 병사들은 숙소를 나와 앞에 있는 부대 깃발 뒤에 정렬하기만 하면 되었다.

하지만 비브오락테스는 더욱더 서둘렀다. 이케니아 군의 소란이 가라앉아 적들이 침착함을 찾기 전에 단번에 승부를 내고 싶었던 것이다. 양측이 모든 준비를 갖춘 상태에서 싸워도 이길 자신은 있었지만, 그렇게 되면 아군의 피해도 상당할 수밖에 없다. 하지만 적이 혼란에 빠져 있을 때 급습한다면, 최소한의 희생만으로도 큰 전과를 올릴 수 있다고 생각했다.

5만이 넘는 되는 대규모 병력이, 그것도 예정에도 없이 급히 포진하려면 상당한 시간이 걸리기 마련이다. 하지만 이번 전투는 포진 싸움이 아닌 시간 싸움이라고 생각한 비브오락테스는 모든 병력이 포진하길 기다리지 않았다. 어차피 적의 병력은 다해봐야 2만에도 훨씬 못 미침을 그는 잘 알고 있었다. 그는 일단 포진이 끝난 보병 3만과 기병 1천을 이끌고 적 진영을 공격하기로 했다. 그리고 나머지 병력은 정렬이 끝나는 대로 아리시오투스가 이끌고 합류하기로 했다.

"카나이 족의 자유와 독립, 그리고 영광이 눈앞에 있다. 이 방인들을 몰아내어 이 땅의 진정한 주인이 누구인지 알게 해 주자!!"

비브오락테스의 짧은 연설과 함께 진군의 나팔 소리가 울려 퍼졌다. 그와 동시에 카나이 족의 병사들은 일제히 진격을 시작했다.

3만이 넘는 인간이 한꺼번에 움직이자 무겁게 귀를 울릴 정도의 소음이 일었다. 하지만 그때까지도 이케니아 군의 보병은 미동도 하지 않았다. 움직이려고 하는 것은 기병대였다.

"기병대 준비!"

준비 신호를 내리며 전방을 바라보는 게릭토스의 표정에는 약간의 긴장감이 어려 있었다. 그가 비록 대담하기로 유명한 지휘관이라고 해도 10배가 넘는 병력 앞에 서는 것은 떨리는 일임이 틀림없었다. 그래도 두려움은 없었다. 그는 발가르와 함께 아르제스와 가장 오랫동안 같이 싸워온 인물이었고, 그만큼 사령관에 대한 신뢰도 깊었다. 그런 게릭토스의 곁에는 바르바나가 있었다. 그에게 주어진 기병대의 부장이라는 지위는 단지 정치적 의미가 컸다. 하지만 바르바나는 끝까지 야전 생활을 고집하며, 자신의 부족민들과 함께했다. 그것은 이번 전투에서도 마찬가지였다.

"내 허락없이는 죽지 마라. 네가 죽으면 내가 곤란해진다."

게릭토스는 가볍게 웃으며 바르바나에게 말했다. 아르제스가 바르바나의 안전을 게릭토스에게 맡겼기 때문이다. 그의 말에 바르바나는 잔뜩 굳은 표정으로 고개를 끄덕였다. 그리고는 말고삐를 더욱 세게 움켜쥐었다. 그에게는 이것이 첫 번째 전투였다.

그러는 동안 적의 선두가 강을 건너기 시작했다. 강이라고 해봐야 폭은 넓어도 가장 깊은 곳이 허리 정도까지밖에 오지 않는 강이라 도강 속도는 빨랐다. 그때 게릭토스의 신호가 떨어졌다.

"기병대 출격! 절대 무리는 하지 마라!"

"진격!"

능선 아래쪽에 설치되어 있던 기병 진지의 문이 열렸다.

3천 기의 기병은 열을 맞추어 진지 밖을 빠져나왔다. 이들 중 700여 기 정도는 이케니아 출신이었고, 나머지는 전부 암브로스 족 출신의 기병이었다. 비록 암브로스 족 기병들은 볼모이자 용병의 성격이 강했지만, 아르제스는 그들을 이케니아 병사들과 동등하게 대우해 왔다. 식사나 잠자리도 차별하지 않았고, 그들 중 상급자에게는 작전 회의에 참석할 수 있는 권한도 주었다. 전리품마저도 동등하게 나누었다. 게다가 부족의 정통 후계자인 바르바나도 아르제스를 신뢰하고 있었다. 그런 점들이 출신이 다른 그들을 하나로 묶어주고 있었다.

동녘이 밝아오면서 전장의 모습이 한눈에 들어오기 시작했다. 밀집 대형을 짜고 밀려들어 오는 카나이 족의 군대를 향해 이케니아의 기병대는 용맹하게 달려들었다. 하지만 그들의 분전은 잠깐이었다. 강은 건넌 카나이 족의 병사들이 활을 쏘고 돌을 던지며 기병의 기세를 꺾는 사이, 측면에서 카나이 족 기병대가 나타났기 때문이다.

그 순간 게릭토스의 입에서는 망설임없는 퇴각 명령이 떨어졌다.

"후퇴!"

퇴각을 알리는 깃발이 올라가자 이케니아의 기병대는 빠르게 도주를 시작했다. 그들이 도주하는 방향은 강의 하류

쪽, 즉 서쪽이었다. 보병들과 달리 기병들은 시야도 넓고 기동력도 가지고 있기 때문에 전투에 져서 도주할 때는 여러 방향으로 뿔뿔이 흩어지기 마련이다. 특히, 지금의 이케니아 기병대는 포위된 것도 아니고 후방이 막힌 것도 아니어서 퇴로는 많았다. 하지만 그들은 마치 약속이나 한 듯이 서쪽으로 퇴각했다. 그러나 한참 기세를 올리고 있었던 비브오락테스는 이 점을 간과해 버렸다.

"와아아!!"

적군의 기병대를 손쉽게 격퇴시키자 카나이 족 병사들의 사기는 대번에 올라갔다. 기병대를 이끌던 카나이 족의 판관은 일부 보병들과 함께 도주하는 이케니아 기병대를 추격하기 시작했다. 그러는 사이 카나이 족의 도강이 끝났고, 그들은 곧바로 이케니아 군 참호로 서서히 진격하기 시작했다.

전투는 움직임의 미학이기도 하지만 기다림의 미학이기도 하다. 각자 무기를 고쳐 쥐고 서로 전의를 다지며, 병사들은 참호 속에서 몸을 숙인 채 명령을 기다리고 있었다. 이케니아 군은 중군을 따로 두지 않고, 전선을 크게 좌익과 우익으로만 구분했다. 좌익 7개 대대는 아르제스가 지휘하고, 우익 7개 대대는 발가르가 지휘를 맡고 있었다.

적군이 참호 500여 미터 앞까지 다가왔음에도 불구하고 아르제스는 전투 신호를 올리지 않았다. 3열 전투 대형은 종심이 얕기 때문에 많은 공간을 필요로 하지 않는다. 그는 적군을 최대한 경사로 끌어들여 유리한 싸움을 하고 싶었다. 적이 100여 미터를 더 전진했을 때, 아르제스는 그때서야 공격 명령을 내렸다.

"전투는 짧지만 승리의 영광은 길다! 나는 제군들 옆에서 그대들의 용맹을 하나하나 지켜볼 것이다! 나의 이름과 그대들의 이름에 부끄럽지 않은 전투를 보여라!"

"우오오오!!"

"가자!!"

아르제스의 독려와 함께 병사들은 목이 터져라 함성을 지르며 일제히 참호를 뛰쳐나갔다. 선두에 선 것은 기수였다. 기수가 자리를 잡자 그 옆으로 군단병들이 자리 잡았다. 이미 몇 번씩이나 해본 포진이었기 때문에 병사들의 움직임은 신속했다.

이케니아 병사들의 갑작스러운 대응에 카나이 족의 병사들도 순간 흠칫하기는 했지만 진격을 멈추지도 않았고, 멈출 수도 없었다. 선두의 병사가 멈추어 전열을 정비하려고 해도 뒤쪽의 병사들이 밀어붙였기 때문이다. 결과적으로 이케니아 군은 유리한 지형에서 싸울 수 있게 되었다.

"방패 들어!"

일단 진형이 정비되자 이케니아 군은 적에 맞서 돌격하지 않고 자리를 지켰다. 그리고 양측의 거리가 30여 미터 이내로 좁혀지자 투척전이 시작되었다.

"투척!"

한꺼번에 수천 개의 육중한 창이 능선 아래로 던져졌다. 양손 무기를 들고 돌진하던 카나이 족의 선두는 낫에 베어진 밀짚처럼 한꺼번에 쓰러졌다. 하지만 투창을 두 번 던질 기회는 없었다. 이케니아 병사들은 창 대신 칼을 뽑아 들었고, 방파제에 파도가 부딪치듯 양측이 충돌했다.

투두두두둥!!

무기와 방패가 충돌하면서 육중한 소리의 파편이 튕겨져 나갔다. 뒤이어 함성과 비명이 휘몰아쳤다.

"우워워!"

"크악!"

비록 불리한 지형으로 돌격해 온 카나이 족이었지만, 체격과 폭발력이 월등한 그들의 선봉은 이케니아 군의 전열을 요동치게 만들었다. 하지만 금방이라도 끊어져 버릴 것 같았던 이케니아 군의 전열은 훌륭하게 버텨내었다. 카나이 족이 힘으로 몰아붙인다면, 이케니아 군은 노련함으로 완급을 조절하고 있었다. 밀어붙이면 조금 물러섰다가 기세가 주춤해지면 밀어붙이기를 반복했던 것이다.

"허억, 허억!"

새벽 공기의 차가움을 몰아내듯 양측의 병사들은 뜨겁고 거친 숨을 교환했다. 동도 트기 전에 시작된 전투는 아침까지 양측 모두 조금의 물러섬이 없는 혈전이 되고 있었다. 하지만 역시 수에서 우세한 것은 카나이 족이었다. 이케니아 군처럼 매끄러운 움직임은 아니더라도 그들도 체력이 바닥난 병사들은 뒤로 물러가고 새로운 병사들이 선두로 나오기를 반복했다. 덕분에 이케니아 군에서는 전열 교체를 알리는 호각이 쉴 새 없이 울렸고, 몇몇 군단병들은 격전의 혼란 속에 호각 소리를 못 듣는 경우까지 생겨났다. 그런 병사들을 바로잡아 주는 것은 2열 병사들의 몫이었다. 군단 체계가 유기적일 수 있는 이유는 직접 전투에 참여하지 않는 병사도 전투력의 상승에 영향을 미칠 수 있기 때문이었다.

병사들 누구도 이 전투가 어떻게 흘러갈지 생각하고 있는 사람은 없었다. 그들은 오직 눈앞의 적에게만 모든 힘과 신경을 집중하고 있었다.

초반에 전장을 벗어난 이케니아 기병대는 추격하는 적의 병력에 쫓기듯 계속 후퇴했다. 3킬로미터쯤 말을 몰아 언덕과 강에 끼인 좁은 지형을 벗어나자 무리 지어 움직이던 기병대들이 세 갈래로 갈라졌다. 그 모습이 마치 겁에 질려 뿔뿔이 흩어지는 것처럼 보였기에 카나이 족의 기병들은 더욱 기세를 올리며 추격했다.

하지만 기병대를 이끌고 있는 게릭토스의 표정에서 초조함이라고는 찾아볼 수 없었다. 뒤를 돌아보며 적들과의 거리를 가늠한 그는 수중의 창을 높이 들면서 외쳤다.

"기병대 반전!!"

그의 외침과 동시에 기수병의 깃발이 오르며 나팔이 울렸다. 그러자 세 갈래로 갈라져 후퇴하던 이케니아의 기병대가 일제히 말 머리를 반대로 돌렸다.

"이번 전투의 승부는 우리의 손에 달렸다! 돌격!"

게릭토스가 노린 것은 각개격파였다. 적의 기병을 유인해 격파한 후, 방심하고 있는 적의 본대를 후위에서 공격하겠다는 생각이었던 것이다. 이런 작전을 실행할 수 있었던 것은 이케니아 중장보병의 방어력을 믿었기 때문이다.

"와아아!!"

기병이 만들어내는 진동과 함성 소리가 땅을 울렸고, 먼지를 피워 올렸다. 순식간에 공격 진형을 짠 이케니아 기병대는 언제 도망쳤느냐는 듯, 추격하는 카나이 족 기병대 쪽으로 돌격을 개시했다. 카나이 족 기병대의 지휘관은 아차 하는 심정이었다. 그의 실수는 적의 퇴각을 믿고 소수의 기병으로 다수의 기병을 추격했다는 점이었다. 카나이 족의 기병은 2천 기, 상대방은 3천 기였다. 게다가 함께 추격하던 보병은 속도에서 뒤처져 전투에 합류하지 못한 상태였다.

히이이잉!

이케니아의 기병대는 토사를 동반한 격류처럼 카나이 족의 기병대를 덮쳐 갔다. 무엇보다 기세가 중요한 기병 간의 싸움에서 이케니아 기병대는 상대를 압도하고 있었다. 기병 간의 전투는 20분도 걸리지 않아 결판이 나버렸다.

"우오오오!!"

온몸에 먼지를 뒤집어쓴 채 게릭토스는 피 묻은 창을 높이 들어 함성을 질렀다. 그러자 뒤이어 다른 병사들의 함성이 뒤따랐다. 승리를 나눔에 있어서 그들은 모두 하나였다. 그리고 그들의 창은 더 많은 피를 원하고 있었다. 수많은 시체와 도주하는 소수의 적을 남겨둔 채 이케니아 기병대는 곧바로 뒤처져 있던 적의 보병들을 향해 나갔다.

"빠르게 돌파하라! 우리의 진짜 먹잇감이 기다리고 있다!"

추격하는 것으로 생각하다가 추격당하게 되어버린 적들은 순식간에 혼란에 빠져 버렸다. 먼 거리를 뛰어오느라 체력이 빠진 데다 전열마저 흐트러져 있는 그들은 이케니아 기병대의 상대가 되지 못했다.

비브오락테스와 아르제스가 치열한 공방전을 벌이고 있을 무렵, 아리시오투스는 남은 병사들을 모아 급히 진형을 꾸렸다. 예상외로 이케니아 측이 완고하게 저항하고 있었기 때문에 자신이 빠르게 형을 지원해야겠다고 생각했다.

하지만 그는 단순히 서두르지만은 않았다. 나름대로 전황을 냉정하게 판단하고 있었던 것이다. 이케니아 측의 저항이 만만치 않긴 했지만 형이 지휘하는 카나이 족의 병사들도 조금도 물러서지 않고 있었다. 이럴 때는 적의 약점을 노려야 했다.

그는 자신의 부대를 2부대로 나누었다. 5천을 떼어 부하 지휘관에게 맡긴 후 동쪽, 즉 적의 우익으로 돌아가 측면을 공격하라고 지시했다. 그리고 그 자신은 나머지 1만 5천을 이끌고 적의 좌익을 공격하기로 했다. 병사를 이렇게 나눈 것은 적의 좌익 쪽 공간이 더 넓기 때문이었다.

제2진으로 강을 건넌 아리시오투스의 병력이 전장에 합류하자 전황은 일거에 달라졌다. 카나이 족은 더 큰 함성을 지르며 기세를 올렸고, 더욱더 세차게 몰아치기 시작했다. 하지만 아르제스와 발가르는 침착하게 대처했다. 이런 전개도 그들의 예상에 포함된 것이었다.

"3열은 측면으로 이동!!"

명령에 따라 3열에 포진하고 있던 대대의 대대 기가 전열

의 측면으로 이동했다. 그리고 대대기를 따라 병사들도 이동
했다. 포진은 일자에서 'ㄷ'자로 변형되었다. 이로써 3방향
에서 몰려오는 적을 상대할 수 있게 되었지만, 종심은 더욱
얕아졌다.

그때, 이케니아 군 주진지의 진문이 열리면서 병사들이 쏟
아져 나왔다. 진지 수비를 담당하던 병사들이었다. 아르제스
가 가뜩이나 적은 병력에도 불구하고 주진지에 6개 대대를
남겨둔 것은 혹시나 모를 적의 후위 공격을 대비하기 위함이
었다. 하지만 아리시오투스가 후방으로 우회하는 대신 측면
을 공격해 왔기 때문에 진지를 수비하는 데 6개 대대나 있을
필요는 없었다.

"전우들을 구하자!"

함성을 지르며 전투에 합류한 병사들은 모두 4개 대대였
다. 많은 병력은 아니었지만, 이 병력의 합류는 이케니아 병
사들의 사기를 크게 높였다.

전투는 점점 치열해져 갔고, 형세는 여전히 카나이 족에
유리해 보였다. 하지만 보이지 않는 적이 서서히 카나이 족
을 덮쳐 오고 있었다. 그것은 공복감이었다. 비록 어제저녁
을 배불리 먹었더라도 새벽부터 벌어진 격렬한 전투를 이겨
낼 정도는 아니었다. 그리고 공복감은 급속한 피로감을 불러
온다.

그에 비해 이케니아의 병사들은 새벽부터 참호에서 대기했던 탓에 몸은 차가웠지만 이미 식사는 충분히 한 상태였다. 그리고 전투로 몸이 데워지자 점점 힘이 솟아나기 시작했다. 게다가 이케니아 군은 처음부터 유리한 위치에서 싸웠기 때문에 체력 소모도 적었다. 전투가 시작된 지 1시간 반 정도가 지나자 양측의 기세 차이는 확연할 정도로 갈리기 시작했다.

"더욱 밀어붙여라! 승리가 눈앞에 있다!!"

목이 쉬어라 외치며 군대를 지휘하는 비브오락테스도 점점 초조해지고 있었다. 그가 병사들이 식사할 시간마저 주지 않은 채 공격을 감행한 것은 단기전을 예상했기 때문이다. 이케니아 본영의 대화재가 발생했다면, 적들도 제대로 된 대응을 하지 못할 것이라 생각했다. 그리고 초반에 적 기병대가 도망쳐 버린 것도 그런 혼란을 반증하는 것이라고 판단했다. 하지만 이케니아 군은 기다렸다는 듯이 방어선을 구축해 왔다. 좋은 기회를 잡아 기습을 가한 것 같았지만, 실상은 아르제스의 생각대로 움직여 준 것에 불과한 꼴이 된 것이다.

이제 카나이 족의 승리는 아직 체력이 남아 있는 아리시오투스가 이끄는 병사들에게 달려 있었다. 이 점은 병사를 지휘하는 아리시오투스 스스로가 가장 잘 알고 있었다.

"앞으로 단 30분의 전투가 카나이 족 전체의 운명을 가른다!!"

그의 말은 가감없는 사실이었다. 병사들도 모든 체력과 기세를 쏟아 부어 이케니아 군의 좌익으로 쇄도했다. 순간 이케니아 군의 전열이 밀려 나갔다.

그때 발가르가 손수 방패를 들고 앞으로 뛰어나갔다. 손에 쥐고 있는 창을 던져 눈앞의 적병을 쓰러뜨린 다음, 측면을 노리는 적병은 방패 모서리를 휘둘러 무릎 꿇게 했다. 그리고는 칼을 뽑아 들고는 돌격해 오는 적병을 순식간에 쓰러뜨리기 시작했다. 주황색 망토가 출렁이며 그의 주변으로는 시체가 쌓여갔다. 발가르는 병사들에게 아무런 말도 하지 않았다. 그는 그의 행동과 용맹으로 모든 것을 보여주고 있었다.

"발가르님을 지켜라!!"

그의 행동은 이케니아 병사들의 두려움을 잊게 했다. 뒤로 주춤주춤 물러서던 병사들은 발걸음을 멈추고 함성을 질렀다. 백인대장들을 선두로 해서 병사들은 저마다 발가르의 옆으로 와 방패를 나란히 했다. 그제야 발가르가 말했다.

"사령관의 불패 명성에 흠집을 내지 마라!"

공포와 마찬가지로 사기도 점염된다. 발가르의 이 행동 하나가 전체 병력의 기세를 살렸다.

197

보병들 간의 전투가 절정에 다다랐을 때, 이케니아의 기병들은 추격병들을 역습으로 괴멸시킨 후 전장으로 되돌아오고 있었다. 말을 모는 게릭토스의 심정은 급하기만 했다. 믿고는 있었지만 아르제스의 본대가 걱정되었기 때문이다. 하지만 이케니아 군과 카나이 족이 팽팽하게 대치하고 있는 모습이 눈에 보이자 그의 마음은 승리에 대한 확신으로 가득 찼다. 보병이 모루라면 기병은 망치이다. 모루가 단단하게 받쳐 주고 있을수록 망치가 전할 수 있는 충격은 크다. 아르제스가 초반에 주력을 빼돌린 것은 망치를 더욱 세게 내려치기 위함이었다.

　기병대가 만드는 발굽 소리는 땅을 울리고 먼지를 피워 올렸다. 그들이 노리는 먹이는 아리시오투스가 지휘하는 병력이었다.

　"와아아!!"

　3천 기나 되는 기병이 속도를 머금은 채 한 덩어리가 되어 만들어내는 돌파력은 상상을 초월하였다. 불의의 기습을 당하게 된 비브오락테스는 급히 후방의 병력을 기병 쪽으로 돌렸지만 활을 쏴 말에서 떨어뜨리거나 할 공간이나 시간도 없었다. 방패에 짧은 도끼를 든 병사들이 허겁지겁 전열을 만들었지만 그들의 얼굴에는 공포감이 떠올라 있었다. 그리고 그 예상은 현실이 되었다.

　"돌격!!"

우두두둑!

기병에 닿는 모든 것이 부서지며 비명을 토했다. 카나이 족 병사들은 말에 튕겨 나가고 발굽에 짓밟혔다. 긴 창으로 무장한 기병대는 급조된 카나이 족의 방어선을 순식간에 뚫어버렸다. 그 다음부터는 기병대의 일방적인 공세가 시작되었다. 망치는 전열의 한쪽을 산산조각 내고 말았다. 그리고 이로부터 생긴 충격은 카나이 족 전열 전체에 균열을 만들기 시작했다. 이미 보병들의 체력과 돌파력은 전황에 극적인 변화를 주기에는 한계에 다다른 상황이었다. 카나이 족에게는 전세를 되돌릴 카드가 없었다.

"으아악!"

절망에 찬 비명 소리가 울리면서 공포가 번져 나갔다. 5만이나 되는 데다 지휘 체계마저 수직적이지 못한 카나이 족의 병력은 이 공포를 통제할 방법이 없었다. 비브오락테스의 퇴각 명령이 떨어지지도 않았는 데도 불구하고 병사들은 저마다 무기를 내던지고 본영 쪽으로 달아나기 시작했다.

"이겼다! 도망가는 적들을 추격하자!!"

이케니아의 보병들도 공세로 전환했다. 이때부터는 더 이상 전투가 아니었다. 마치 굶주린 늑대가 양 떼를 쫓는 형국이었다. 그럼에도 이케니아 군의 우익을 공격하던 카나이 족의 병사들은 끝까지 무기를 내려놓지 않고 싸웠다. 반대편에서 시작된 전열의 붕괴 소식이 그곳까지 전해지지 않았기에 그들은 여전히 자기네들이 우세하다고 생각하면서 분전했던 것이다. 그런 그들이 전세의 변화를 느꼈을 때는 이미 이케니아의 기병과 보병에게 3면을 포위당한 상태였다. 그들은 전멸했다. 극도에 혼란에 빠진 데다 완전히 포위된 상태였기 때문에 무기를 던지고 항복을 외칠 정신적 여유조차 없었다.

본영으로 퇴각하는 카나이 족에 대한 추격은 기병대가 주력이 되었다. 그들은 마치 빗자루로 낙엽을 쓸 듯 적의 후미를 무너뜨렸다. 카나이 족의 병사들이 참호와 방벽에 다다랐을 때는 이미 뒤에 3만에 가까운 시체와 포로들을 남겨둔 이후였다. 이케니아 군의 병력 손실은 4백여 명에 불과했다.

전투는 산수이기도 하지만 산수가 아니기도 하다. 한 명과 5명이 싸우면 예외없이 5명인 쪽이 이기지만, 10명과 50명이 싸우면 10명이 이길 수도 있다. 그리고 전투의 사상자는 진형을 유지한 채 싸울 때 발생하는 수보다 진형이 무너진 상태에서 발생하는 수가 훨씬 많다. 이케니아 병사들의 사상자 수가 상대편에 비해 현저히 적은 것도 이런 까닭이었다.

전투가 마무리되었을 때는 이미 해가 중천에 떠 있었다. 아르제스는 병사들을 모두 본영으로 불러들여 휴식을 취하고 부상을 치료하게 했다. 대승을 거두긴 했어도 이케니아 병사들의 체력도 한계였다. 그리고 불리한 지형으로 무리하게 공격을 할 생각은 없었다. 일단 가장 중요한 전투에서 승리를 거둔 이상, 아르제스는 이미 느긋한 심정으로 다음 수를 두려하고 있었다.

진지로 겨우 도망쳐 온 비브오락테스는 침통함에 잠겨 있었다. 이케니아 군이 본진까지 추격하지 않아서 겨우 한숨은 돌렸지만 그렇다고 상황이 나아진 것은 아니었다. 밤이 되자 카나이 족의 진영은 웃음이 사라지고 한숨 소리와 비통한 침묵만이 가득 찼다. 비브오락테스를 비롯한 다른 지휘관들도 서로를 비방하고 책망할 의욕마저 잃어버린 상태였다. 날이 밝으면 이케니아 군이 공세를 시작할 것이 뻔했다. 하지만 카나이 족의 사기는 땅에 떨어져 있었다.

"……."

다른 판관들의 시선에도 불구하고 비브오락테스는 긴 침묵을 지켰다. 그의 머릿속은 너무나도 복잡하게 얽혀 있었고, 앞날에 대한 걱정보다는 과거에 대한 미련과 후회가 더 강하게 남아 있었다.

그때 지휘관이 모여 있는 천막으로 한 장로가 급히 뛰어 들어오며 말했다.

"비브오락테스님! 대족장님! 이케니아 군이 사절을 보내왔습니다!"

그의 말에 순간 천막 안이 술렁거렸다. 비브오락테스는 한숨을 몰아쉰 후 낮은 목소리로 말했다.

"후, 만나보겠다. 이리로 데려와라."

전투의 승패는 정해진 상황에서 승자가 보내는 사절을 거절할 수는 없었다. 사절은 곧 천막으로 안내되었다.

"다시 뵙습니다, 대족장님, 그리고 판관님."

다시 사절로 온 프로퀼리우스는 아리시오투스와 비브오락테스를 한 번씩 바라본 후 가볍게 머리를 숙였다. 하지만 그를 맞이하는 카나이 족의 지휘관들은 이전처럼 살기등등한 태도가 아니었다. 그가 무슨 말을 전하러 왔는지 걱정 반 궁금증 반인 표정들이었다.

비브오락테스가 말했다.

"항복을 권유하러 왔다면 그대는 이전과 같은 대접을 받을 것이오. 하지만 그것이 아니라면 그대의 말을 귀 기울여 듣겠소."

그의 말에 프로퀼리우스는 고개를 저었다.

"아닙니다. 저는 단지 사령관 각하의 관대한 조치를 전하러 왔을 뿐입니다. 사령관님은 삼 일 후 해가 뜰 때까지는 어떠한 공격도 하지 않겠다고 약속하셨습니다. 전장에 남겨진 죽은 병사들에게 적합한 장례를 치러주십시오. 저희 진영 근처에서 죽은 병사들의 장례는 저희 측에서 책임지겠습니다."

그의 말을 들은 비브오락테스는 힘없이 고개를 끄덕였다. 아르제스의 말이 거짓일 리도 없었고, 그의 제안을 거부할 이유도 없었다.

"사령관의 관대한 조치에 감사한다고 전해주시오."

대승을 거둔 다음날에도 아르제스는 병사들에게 경거망동을 삼가하도록 했다. 병사들은 주어진 휴식의 시간을 조용한 분위기 속에서 보내고 있었다.

아르제스도 오랜만에 휴식을 취하고 있었다. 그는 햇볕이 잘 드는 곳에 앉아 있었고, 등 뒤에서는 마르쿠서스가 가위를 들고 주인의 머리카락을 다듬고 있었다. 그리고 그 앞에는 게릭토스가 서 있었다.

"명령하신 대로 포로들은 사멘티아로 보냈습니다. 그리고 아군 병사들의 매장은 모두 끝났습니다."

게릭토스의 말에 아르제스는 눈을 반쯤 뜨며 말했다.

"전사한 병사들의 명단은 확실하게 파악하게. 정당한 보상을 위해서는 누락되지 말아야 해."

"잘 알겠습니다. 그런데 포로들을 통해 이번 전투의 승리를 알린다고 해도 사멘티아가 성문을 열고 항복할까요?"

"항복하면 좋겠지. 하지만 항복하지 않더라도 혼란과 사기 저하는 피할 수 없을 것이다."

"하지만 사멘티아가 함락되지 않으면 8개 대대와 1천의 기병 병력이 그대로 묶여 있게 됩니다. 그렇다고 사멘티아를 후방에 남겨둔 채 북진할 수도 없지 않습니까?"

게릭토스의 말은 이케니아 군이 가진 약점을 날카롭게 지적하고 있었다. 카나이 족의 전체 병력을 괴멸시킨 것도 아니고, 적의 수장을 사로잡은 것도 아니다. 우르손을 향해 북진하면 할수록 보급선은 불확실해지고, 함락되지 않은 사멘티아는 점점 더 눈엣가시 같은 존재가 될 것이다. 또한 시간을 더 이상 끌게 되면 산맥을 넘어 아누이 왕국의 군대가 넘어올지도 모른다. 분명 전투에서는 이겼지만 아직 전쟁에서 이긴 것은 아니었다.

"그럴지도 모르지."

시큰둥하게 말했지만 아르제스도 이런 문제점들을 잘 알고 있었다.

"그렇다고 딱히 다른 방법이 있는 것은 아니지 않나? 적들이 스스로 무너질 때까지 이기고 또 이기는 수밖에."

만약 서로가 한 명도 남지 않을 때까지 싸운다면 이케니아 군은 절대 이길 수 없을 것이다. 하지만 전쟁은 마음을 가진 사람이 하는 일이다. 계속 패배하다 보면 결국은 마음이 무너지게 되어 있다. 아르제스는 적의 마음을 무너뜨릴 결정적 전투를 노리고 있었다.

"하하, 사령관님다운 말씀이십니다."

장난스러운 대답임에도 불구하고 게릭토스에게는 전혀 오만하게 들리지 않았다. 결국 그는 가볍게 웃고 말았다.

아르제스가 말했다.

"기병대는 언제든지 출동할 수 있도록 만반의 준비를 해두어라. 카나이 족이 퇴각을 시작하면 바로 추격할 것이다."

"정말 카나이 족이 퇴각할까요? 이곳에서 원군을 기다리며 버틸 수도 있지 않겠습니까?"

"훗, 비브오락테스가 그 정도의 장수라면, 내가 그를 아주 과소평가한 것이겠지. 하지만 그럴 리는 없을 것이다. 내가 3일간의 여유를 주었으니, 분명 그것을 기회 삼아 퇴각할 것이다."

쥐도 궁지에 몰리면 고양이를 문다. 잃을 것이 없는 사람은 무서울 것도 없기 때문이다. 그래서 아르제스는 교묘한 방법으로 적에게 선택의 기회를 준 것이다. 그가 원하는 것은 적이 방어에 유리한 고지를 버리고 우르손으로 물러서는 것이었다. 그리고 이런 경우 대부분은 싸우기보다 물러서기 마련이다. 이후를 도모한다는 구실만큼 현실을 도피하기에 좋은 핑계도 없는 것이다.

"흠, 무슨 말씀인지 알겠습니다."

게릭토스는 아르제스의 의도를 이해했다. 아르제스는 작전의 기본 개념을 아군의 희생을 최소화하는 데 두고 있었던 것이다.

적은 기병 전력의 대부분을 잃어버렸다. 따라서 퇴각하는 후미에 이케니아 군의 기병대가 따라붙는다면 자연히 행군 속도가 늦어질 수밖에 없다. 그때 충분히 휴식을 취한 군단병들이 추격을 시작한다면 따라잡는 것은 그리 어렵지 않을 터였다.

아르제스의 예상대로 3일간의 휴전이 성립되자 카나이 족의 진영은 전사자들의 매장도 뒤로하고 퇴각을 논의하기에 바빴다. 아직도 병력의 수는 카나이 족이 많았지만 5만으로도 이기지 못했던 싸움을 2만으로 할 엄두는 나지 않았다. 비브오락테스를 제외한 다른 지휘관들의 의견도 우르손으로 퇴각해 10만 대군으로 싸우든지, 아누이 왕국의 원군이 도착한 후 싸우자는 것들이 대부분이었다. 결국 비브오락테스도 다수의 의견에 동의할 수밖에 없었다. 퇴각은 휴전이 끝나는 날 새벽에 실행하기로 결정되었다. 모든 준비와 실행은 조용하고 신속하게 이루어졌다.

다음날 아침, 아르제스도 적들이 퇴각했음을 알게 되었다. 그는 즉시 기병대 전부를 출동시켜 적의 후미를 따라잡도록 했다. 그리고 다른 전체 군단병들에게도 진영을 접고 출동 명령을 내렸다. 적이 도시로 들어가기 전에 따라잡을 수만 있다면 이 전쟁을 끝낼 수 있을지도 모른다고 생각했다.

제5장

드러나기 시작하는 비밀

아르제스 전기

이케니아 군과 비브오락테스가 이끄는 카나이 족이 전투를 벌이기 나흘 전, 팔라미쿠스가 이끄는 2만의 병사는 시아노 족의 루트를 따라 산맥을 넘어왔다. 산맥을 넘는 데 걸린 시간은 11일이었고, 산맥을 넘는 도중 2천이 넘는 병사를 잃었다. 초봄이라도 이맘때의 피나세아 산맥은 허리까지 눈이 쌓여 있었기 때문이다. 하지만 계절을 감안하면 놀랍도록 수월하게 산을 넘은 것이었다. 산맥을 넘는 것을 방해하는 부족들도 없었고, 시아노 족의 훌륭한 길잡이가 안내한 덕분이었다. 무사히 산맥을 넘은 팔라미쿠스는 지친 병사들에게 8일간의 휴식을 허락한 후, 일대의 정보를 수집하기 시작했다.

며칠이 지나자 곳곳에서 소식들이 전해졌다. 사멘티아가 함락 직전이라는 소식과 아르제스가 이끄는 이케니아 군대와 비브오락테스가 이끄는 카나이 족의 군대가 130킬로미터 떨어진 곳에서 대치 중이라는 소식도 들어왔다.

이 소식을 들은 팔라미쿠스는 '아차!' 하는 기분이었다. 그가 큰 희생을 감수하면서까지 이른 시기에 산맥을 넘은 것은 아르제스의 예상을 깨기 위해서였다. 그런데 아르제스 역시 팔라미쿠스의 예상보다 한 달 이상이나 빠른 행보를 옮기고 있었던 것이다.

그는 계획을 수정해야 했다. 처음에는 산맥을 넘은 뒤 일단 상황을 살필 예정이었다. 하지만 산맥을 넘어 도착하자마자 이미 에레냐드의 상황은 전쟁의 한복판인 것이었다.

그는 에레냐드의 부족들과 우호나 돈독히 하려고 산맥을 넘은 것이 아니었다. 본격적인 전쟁이 시작되었다는 생각이 들자 그는 무섭게 변했다. 그는 시아노 족에게 군대에서 쓸 모든 식량을 책임지게 하고 다수의 기병을 요구했다. 더불어 인질까지 요구했다. 시아노 족도 처음에는 이런 팔라미쿠스의 요구에 반발했다. 물론 원군을 청한 쪽이 원군의 식량과 보급을 책임지는 것은 상식이다. 하지만 원군을 청한 쪽은 카나이 족의 비브오락테스이지 시아노 족이 아니었다. 시아노 족은 단지 산맥으로 넘어오는 길을 열어주는 데 동의했을 뿐이었다. 하지만 팔라미쿠스의 요구는 냉정하고도 단호했다.

"카나이 족이든 시아노 족이든 반란을 일으킨 부족들은 이미 한 배를 탄 운명이다. 분명히 알아야 할 것은 내가 만약 이대로 돌아가 버린다면, 그대들은 이케니아 군과 라인 군단에 정벌당해 자유를 잃고 노예 신세가 될 것이라는 점이다. 나는 그대들을 위해 위험을 무릅쓰고 험한 산을 넘어온 사람이다. 나의 요구는 정당한 것이다. 이것을 거부한다면 산을 넘는 도중 잃어버린 내 병사들의 핏값을 시아노 족에게서 받아낼 것이다."

어차피 칼자루는 팔라미쿠스가 쥐고 있는 상황이었기에 시아노 족의 족장 켈틸도 결국은 요구를 수락하고 말았다. 잃어버린 2천의 병력을 충원한 팔라미쿠스는 휴식이 끝나자마자 즉시 군대를 움직였다. 하지만 그가 향한 곳은 아르제스와 비브오락테스가 대치하고 있는 전장이 아니었다.

*　　　*　　　*

게릭토스가 이끄는 이케니아 기병대는 추격을 시작한 지 이틀 만에 퇴각하는 카나이 족의 후위를 따라잡았다. 퇴각하는 목적지가 정해진 이상 퇴각하는 경로는 뻔했고, 그것이 아니더라도 2만 명이 지나간 길을 추적하는 것은 쉬운 일이었다.

기병의 대부분을 잃어버린 카나이 족으로서는 이케니아의 기병대를 뿌리칠 수도, 격퇴시킬 수도 없었다. 기다렸다는 듯 추격해 오는 적의 행보에 비브오락테스는 깊은 절망감을 느꼈다. 그도 이 전쟁의 주도권이 아르제스에게로 넘어가 버렸다는 것을 인정할 수밖에 없었다. 이대로 행군을 계속하다가는 결국 아르제스에게 따라잡힌다는 것을 그도 알고 있었다. 그리고 지금의 병력과 사기로는 회전을 벌이면 필패할 것이라는 것도 알고 있었다. 결국 그는 행군의 방향을 서쪽으로 바꾸어 가까운 성채 도시인 오메론으로 향했다. 그곳에서 수성하며 수도에서 올 원군을 기다리기로 한 것이다. 그로서는 일종의 배수진을 친 셈이었다.

기병대가 적의 후미를 따라잡았다는 보고에 아르제스는 행군 속도를 높였다. 하지만 추격을 개시한 지 하루 만에 그를 당황하게 만드는 소식이 전해졌다. 소식은 메텔로가 보내온 것이었다.

야누이 왕국의 군대가 산맥을 넘어왔다.

이 소식은 아르제스의 모든 계획을 물거품으로 만들기에 충분했다. 북진하고 있는 아르제스의 오른쪽 옆구리에 날카로운 비수가 들이대어진 것이다. 이 비수는 무시할 수도 피할 수도 없는 것이었다. 아르제스가 계획한 작전은 아누이 왕국의 군대가 5월 정도에 도착한다는 생각하에 세워진 것이었다. 따라서 이제는 그 작전들이 뿌리째 흔들리게 생긴 것이다.

하지만 아르제스는 멈추지 않았다. 오히려 행군 속도를 더욱 높였다. 그리고 사멘티아로는 전령을 보내 포위를 풀고 본대로 합류하라는 지시를 내렸다. 만약 아르제스가 아누이 군의 지휘관이라면 분명 사멘티아를 노릴 것이었다. 그곳에 있는 병사들로는 사멘티아를 점령하기도 힘들고, 설사 점령한다 해도 지킬 수는 없다. 아르제스는 그들을 각개격파되도록 내버려 둘 수 없었다. 그리고 아르제스가 사멘티아로 가기에는 거리가 너무 멀었다. 결론적으로 사멘티아는 포기해야만 했다.

아르제스는 어떻게든 아누이 왕국의 군대가 합류하기 전에 전쟁을 끝내고 싶었다. 비브오락테스와 아리시오투스만 사로잡아 항복을 받아낸다면 아누이 왕국이 이 전쟁에 개입할 명분은 사라지게 된다. 어차피 남의 전쟁에 보상을 약속받고 참여한 것이 분명한 아누이 왕국이 카나이 족이 항복한 시점에서 전쟁을 치를 이유는 없기 때문이다.

하지만 불행히도 비브오락테스가 아르제스의 생각을 알아채 버렸다. 그도 급보를 통해 아누이 왕국의 군대가 산맥을 넘어왔음을 알았기 때문이다. 그는 뛸 듯이 기뻤다. 결과적으로 오메론으로 방향을 바꾼 것이 최선의 선택이 된 셈이다. 그는 병사들에게 등에 멜 수 있을 만큼의 식량만 지참하게 하고, 나머지 보급품을 모두 불태워 버리게 했다. 행군 속도를 최대한 높이기 위함이었다. 그리고는 오메론으로 들어가 성문을 굳게 잠그고 성벽을 더 높게 쌓았다. 퇴각하면서 추가로 5천 가까운 병사를 잃었지만, 오히려 그 점 때문에 식량 걱정을 덜 수 있게 되었다. 오메론은 1만 5천의 병사로 지키기에 충분한 크기의 성채 도시였다.

"아……."

멀리 보이는 오메론의 성벽을 바라보며 아르제스는 낮은 한숨을 내쉬었다. 반나절 차이로 결국 비브오락테스를 따라잡지 못한 것이다. 결과적으로는 이전 전투에서 승리했을 때 적에게 퇴각할 시간을 준 것이 뼈아픈 실책이 되어버렸다. 현재의 최선이 미래의 최선이 되라는 법은 없는 것이다.

옆에 있던 발가르가 말했다.

"이제 어떻게 할 건가?"

"일단 오늘은 이곳에서 숙영하겠습니다."

아르제스의 대답에 발가르는 더 묻지 않고 돌아서서 장교들에게 숙영지 건설을 지시했다. 아르제스에게는 생각할 시간이 필요했던 것이다.

다음날, 아르제스는 이른 새벽부터 숙영지를 정리하도록 했다. 추격을 멈추고 퇴각을 결정한 것이다. 오메론은 높은 구릉 위에 건설된 도시이다. 사멘티아와는 달리 성벽에 바짝 붙여 공설 설비를 건설할 만한 공간이 없었다. 이럴 경우 공성전의 양상은 희생을 감수하면서도 성벽에 달라붙는 방법과 도시 주변으로 철저한 포위망을 구축하여 적이 굶어 죽길 기다리는 방법이 있었다. 하지만 이케니아 군은 그 어느 방법도 선택할 수 없었다. 전자의 방법을 선택하기에는 병력이 너무 적었고, 후자의 방법을 선택하기에는 시간적 여유가 없었다.

물론 퇴각하기로 한 결정이 쉽게 내려진 것은 아니었다. 퇴각은 두 차례에 걸쳐 거둔 대승을 송두리째 날려 버리는 결정이었다. 그리고 전쟁이 장기전에 접어들 것임을 의미하는 것이기도 했다. 아르제스가 가장 바라지 않은 결과였다.

하지만 조급한 마음에 무리한 공격을 할 수는 없었다. 아르제스는 승리를 포기할망정 패배를 맛볼 수는 없었다. 그의 패배가 이케니아 본국에 어떠한 정치적 파장을 불러올지 잘 알고 있었기 때문이다. 그의 싸움은 카나이 족과의 싸움임과 동시에 카시우스와의 싸움이기도 했다.

토르피우스와 아르제스는 정치적 이인삼각 관계였다. 아르제스가 넘어지면 토르피우스도 넘어질 수밖에 없는 것이다. 아르제스는 넘어질 수 없었다. 이것이 바로 아르제스가 후퇴라는 불명예를 택한 이유였다.

팔라미쿠스가 노린 것은 아르제스가 이끄는 본대가 아니라 메텔로가 지키고 있는 사멘티아의 포위망이었다. 그는 이케니아 군이 가진 약점을 잘 알고 있었다. 그것은 인력 자원의 보충이 어렵다는 점이었다. 군이 적의 본대를 격파하지 않아도 야금야금 갉아먹기만 하면 이케니아 군은 고갈되어 갈 수밖에 없었다. 아르제스가 전투에서의 희생을 최소화하려고 노력한 것도 이런 이유에서였다.

팔라미쿠스는 여드레 동안의 강행군을 통해 사멘티아에 도착했다. 하지만 그는 하루가 늦고 말았다. 3필의 말로 3일 동안 쉬지도 않고 달려온 전령이 아르제스의 퇴각 명령을 메텔로에게 전달했기 때문이다. 얼마나 서둘렀던지 전령의 허벅지 안쪽은 울혈이 맺혀 온통 시커멓게 변했을 정도였다.

메텔로는 명령을 받자마자 은밀하게 짐을 챙겨 해가 뜨기 직전에 사멘티아를 떠났다. 사멘티아의 병사들은 해가 뜨고 나서야 메텔로가 퇴각했음을 알아차렸다. 하지만 함정일 것임을 우려해 감히 추격에는 나서지 못했다. 이케니아 군이 퇴각하는 이유를 몰라서였다. 그러다 다음날 아누이 왕국의 군대가 도착하자 그제야 도시 전체가 안도감에 휩싸였다.

하지만 팔라미쿠스는 약이 바짝 올랐다. 산맥을 넘어온 지벌써 보름도 더 지났지만 적의 꽁무니조차 잡지 못했기 때문이다. 그가 하루의 휴식만을 허락한 뒤 다음날 다시 이케니아군을 추격하기 시작하자, 암포도릭스가 이끄는 5천 명의 카나이 족 군대도 그의 뒤를 따랐다.

*　　　*　　　*

켈리 족의 족장 오도릭스는 비브오락테스가 지시한 대로 브로타를 공략하기 위해 떠났다. 그가 브로타 외곽에 도착했을 때는 3월이 다 지나 있었다. 그는 4만 5천에 이르는 대군을 이끌었는데, 이는 켈리 족이 동원할 수 있는 전력의 7할에 해당하는 병력이었다. 다만 오도릭스는 해군은 동원하지 않았다. 그 이유는 두 가지였다. 하나는 켈라바르의 정기 무역 선단을 자극하지 않기 위해서였다. 혹시나 지난번의 브로타 해전처럼 양측이 충돌하게 된다면 켈라바르 전체가 전쟁에 뛰어들까 우려되었기 때문이다. 또 하나의 이유는 해상 봉쇄의 효용성이 의심되었기 때문이다. 브로타 항구가 크지는 않아도 천혜의 항구라 평가받는 이유는 수비하기에 용이했기 때문이다. 항구의 입구가 100여 미터로 좁은 데다 이케니아 군이 주둔하면서 보강된 곳의 요새가 바다 쪽에서부터의 공격을 어렵게 만들고 있었다.

켈리 족이 브로타 외곽을 포위했을 때, 브로타의 수비는 칼쿨루스 혼자 담당하고 있었다. 라인 본국의 무관심을 참다못한 섹티우스가 에레냐드 속주의 총독을 만나기 위해 떠났기 때문이다. 하지만 그가 데려간 것은 100여 기의 기병대뿐이어서 병력이 줄어든 것은 아니었다.

"후후."

탑에 올라 적들의 진영을 바라보며 칼쿨루스는 나지막하게 웃었다. 그러나 적들이 우습게 보여서는 아니었다.

"무엇이 우스우십니까?"

옆의 장교가 이유를 물었다.

"역사는 반복된다지만, 길지도 않은 내 인생도 반복되는 것 같아 웃었다. 지금 우리가 처한 이 상황 말이다. 익숙하지 않으냐?"

"하! 그러고 보니 그렇군요. 세노아 공방전 때도 비슷한 상황이었군요."

세노아 공방전에서 칼쿨루스와 함께 싸웠던 장교는 옛날이 떠오른다는 표정으로 고개를 끄덕이며 말했다.

"하지만 그때의 압박감에 비하면 왠지 시시할 정도로 마음이 편하군."

"저도 그렇습니다."

두 사람은 마주 보며 웃음을 주고받았다. 세노아 공방전은 해상까지 봉쇄당한 상황에서 식량난에 시달리며 벌인 싸움이었다. 그에 비해 지금은 해상으로의 보급로가 뚫려 있는 상황이었다. 그리고 이케니아 연맹의 추가 병력을 기대할 수도 있었다.

그렇다고 방어 준비를 소홀히 할 수는 없었다. 수비하는 쪽은 브로타 족의 병사들을 합쳐도 8천 명 정도에 불과했다. 어쨌든 병력 차이는 5배 이상이었다.

이케니아 군의 수를 얕잡아 본 켈리 족의 병사들은 브로타에 도착한 다음날 한차례 공격을 가해왔다. 하지만 제대로 된 준비도 하지 않고 실행된 공격은 손쉽게 격퇴되었다. 적들은 수백 구의 시체만 남긴 채 물러서야 했다. 그 후로는 거의 일주일 동안이나 공격을 가해오지 않았다. 그러다가 일주일이 지나자 갑자기 분주하게 움직이며 본격적인 공성을 준비하기 시작했다.

이유가 궁금해진 칼쿨루스는 200여 기의 기병대를 동원해 야간에 기습을 가했다. 주진문과는 별도로 만들어놓은 은밀한 비밀 통로를 통해 이루어진 기습은 성공적으로 이루어졌다. 기습의 목적은 심문할 포로를 얻기 위한 것이었다. 포로를 통해 칼쿨루스는 좋은 소식 하나와 나쁜 소식 하나를 알 수 있었다. 좋은 소식은 아르제스가 전투에서 큰 승리를 거두었다는 소식이었고, 나쁜 소식은 아누이 왕국의 군대가 산맥을 넘어와 아르제스가 큰 곤경에 빠졌다는 소식이었다. 칼쿨루스는 그제야 켈리 족의 행동을 이해할 수 있었다. 일주일 동안이나 공격을 가하지 않았던 것은 비브오락테스의 패배 소식을 듣고 어떻게 해야 할지 몰랐기 때문일 터였다. 그러다 아누이 왕국의 군대가 도착하고 아르제스가 퇴각하자 다시금 용기를 얻은 것이 분명했다.

칼쿨루스는 이 사실을 심각하게 받아들였다.

*   *   *

에레냐드 속주의 총독이 있는 곳은 루마카 족의 수도인 하바리둠이었다. 브로타에서 하바리둠까지는 말을 타면 불과 일주일 거리에 불과했다.

라인 제국이 정한 남에레냐드와 북에레냐드의 기준은 아바나 강이었다. 아바나 강은 모르사 강에서 남쪽으로 120킬로미터 정도 떨어져 동서로 나란히 흐르는 강이었고, 이 아바나 강만 건너면 80킬로미터 정도밖에 떨어지지 않은 곳에 하바리둠이 있었다. 아바나 강 중류에는 북에레냐드와 남에레냐드를 연결하는 석교가 건설되어 있었다. 이곳에 석교가 건설된 이유는 강 중간에 섬이 있어 다리를 건설하기 용이했기 때문이다. 이 석교의 양쪽은 각각 2개 대대의 라인 군단이 지키고 있었다. 그러나 섹티우스의 발걸음은 이 석교에서 멈췄다.

"무슨 말인가!! 왜 내가 건널 수 없다는 말인가!"

수비대의 책임자인 대대장에게 섹티우스는 노성을 터뜨렸다.

"죄송합니다. 지금은 총독 각하가 내린 통금령이 내려져 있습니다."

대대장은 부동자세로 서서 곤란한 표정으로 말했다. 섹티우스는 일이 심상치 않게 돌아간다고 느꼈다. 자신이 통금의 대상이 될 이유는 전혀 없었기 때문이다.

"섹티우스님의 도착을 전령을 통해 바로 총독님께 알리겠습니다. 오래 걸리지는 않을 테니 그때까지만 기다려 주십시오. 그때가 되면 분명 섹티우스님의 의문도 풀릴 것입니다. 저에게 물으셔도 저는 아는 게 없습니다."

이렇게 말한 대대장은 군례를 올리며 입을 다물었다. 섹티우스도 마지못해 고개를 끄덕이고 말았다.

      *   *   *

그날도 시스코스곽 왕은 대전 한구석에 앉아 있었다. 넓은 데다 기물이라곤 왕좌와 대전 구석에 있는 서탁이 고작이고, 게다가 미리 알현을 허락받지 않고서는 왕비라도 들어올 수 없는 곳이었기에 대전은 적막하기만 했다.

왕이 왕좌에 앉아 있는 일은 드물었다. 그는 대부분의 시간을 서탁 위에서 보내고 있었다. 한때 정복왕이라고 불리었던 그임을 생각하면 무척이나 아이러니한 일이었다. 침대만큼이나 넓은 서탁 위에는 수많은 두루마리들이 차곡차곡 쌓여 있었다.

그때 대전에 쩔그럭거리는 소리를 동반한 무거운 발걸음이 울려 퍼졌다. 대전을 지키는 경비병도 그의 출입을 막지 않았다. 그는 바로 왕의 오른팔이라 불리는 인물이었기 때문이다.

"폐하."

왕의 옆에 선 그는 가만히 고개를 숙였다.

"요즘 밖의 날씨는 어떤가? 그러고 보니 외출한 지도 참 오래되었군."

시스코스곽 왕은 사내를 쳐다보지도 않은 채 말했다.

"무척이나 화창합니다."

사내는 낮은 목소리로 대답했다. 사내는 수도경비대의 책임자였다. 그는 본명인 '아이길레스' 보다 '스파타' 라는 별명으로 더 유명했다. 스파타는 한쪽 날만 세운 날카로운 칼을 의미한다. 하지만 막상 왕은 그를 언급할 때 '그는 나의 방패이다' 라고 말하곤 했다. 두 평가 모두 틀린 것은 아니었다.

"화창하다니 다행이구나. 번제(燔祭)를 올리기에는 더없이 좋겠구나."

왕은 사내를 올려다보며 태연한 표정으로 말했다. 그에 아이길레스는 침을 꿀꺽 삼켰다. 혹시나 그 소리가 왕에게 들릴까 걱정될 정도였다. 동시에 그의 거구가 순간 가볍게 떨렸다. 대전이 서늘하긴 했지만 그가 추위를 느낄 정도는 아니었는 데도 말이다.

"받아라."

굳은 표정으로 서 있는 아이길레스에게 왕은 서탁 한편에 있던 봉인된 두루마리를 건네주었다. 왕이 말했다.

"제례가 얼마 남지 않았다. 거기 적힌 대로 차질없이 진행하도록 해라."

아이길레스는 두 손으로 왕이 건네는 두루마리를 받아 들었다. 하지만 감히 꽉 쥘 생각은 못하고 계란을 쥐듯 조심스럽게 다루었다. 두루마리의 겉에는 '번제에 쓸 양과 황송아지와 숫염소'라고 적혀 있었다.

왕은 다시 읽고 있던 서책으로 시선을 옮기며 말문을 닫았
다. 아이길레스는 깊이 고개를 숙여 인사한 다음 대전 밖으로
발걸음을 옮겼다. 들어올 때보다 더 무거운 소리가 났다.

일 년 중 아누이 왕국의 가장 큰 행사는 4월의 첫 번째 보
름달이 뜬 다음날 아침에 신에게 지내는 제례였다. 그때가 되
면 각 도시에서는 제단에서 번제(짐승을 태워 그 연기로 하늘에
제사를 지내는 의식)를 올리며 한 해의 평안을 기도했다.

아누이 왕국의 수도인 데모라둠에도 많은 유력자들이 몰
려들었다. 특히 이번 제례에는 왕이 직접 칙령을 내려 유력한
귀족들은 빠짐없이 참석하도록 일렀기 때문에 보기 드문 성
황을 이루었다. 많은 귀족들은 의아함 속에서도 기대감을 품
고 있었다. 근래 들어 칩거에 가까운 생활을 계속하던 왕이
귀족들을 불러 모으는 이유를 후계자 문제와 연관 지어 생각
했기 때문이다. 팔라미쿠스가 유일한 적통 계승자인 상황에
서 왕위 계승이 분쟁으로 치달을 일도 없었기 때문에 더욱 그
랬다.

국왕이 직접 제례를 올리는 제단은 성소라고 불리었는데,
그 성소는 데모라둠 성곽에서 북쪽으로 멀지 않은 언덕에 위
치하고 있었다. 언덕의 넓고 평평한 마루 위에는 돌로 다져진

226

광장이 있었다. 광장의 넓이는 가로 50미터, 세로 100미터 정도로, 광장 북쪽 편에는 계단 모양으로 쌓여진 제단이 있었고, 그 제단 꼭대기에 번제단이 있었다. 왕은 그 제단 아래에 서서 모든 의식을 집전하도록 되어 있었다.

왕을 중심으로 귀족들은 좌편과 우편으로 나뉘 서 있었다. 우편(右便)에 선 사람은 100여 명이 조금 안 되었고, 좌편에 선 사람은 200여 명에 가까웠다. 의식이 시작되자 사제 하나가 제물로 쓰일 황송아지에게 칼을 들고 다가갔다. 잡털 하나 없는 금빛의 털을 가진 송아지는 화려한 장식으로 꾸며져 있었고, 제물을 잡는 데 쓰는 별도의 제단 위에 올려져 있었다. 제단에 올라 송아지의 옆으로 다가간 사제는 칼로 송아지의 목을 그었다.

음모오오~

구슬픈 울음소리와 함께 발작했지만, 온몸이 밧줄에 묶인 송아지는 서서히 무릎을 꿇고 쓰러졌다. 제물에서 흘러내린 피는 홈을 따라 흘러내려 단상 아래에 놓인 은 대야에 담겼다. 이 피가 바로 번제에 쓰일 제물이었다.

사제는 그 피를 번제단에 쌓여 있는 장작 위에 부었다. 시스코스곽 왕은 제례복을 입고 엄숙하게 기도를 올렸다. 기도가 끝나자 번제단에 불이 놓였다. 불은 한 시간 가까이 타올랐는데, 그때까지도 기도는 계속되었다. 불길이 수그러들자 대제사장이 앞으로 걸어나왔다. 번제가 끝나면 대제사장이 신탁을 내리는 것이 보통이었기 때문이다. 신탁의 내용은 그저 길흉을 말하는 것 정도였는데, 지금까지는 항상 '신께서는 만족하셨다' 라고 말하는 것이 보통이었다.

하지만 그날은 달랐다.

"신께서는 제물이 합당치 못하다고 하십니다."

대제사장에게서 나온 말은 좌중을 술렁거리게 했다. 이런 불길한 신탁은 한 번도 내려진 적이 없었다. 그때 시스코스퐉 왕이 앞으로 나서며 말했다.

"나는 그 이유를 알고 있다."

그의 목소리는 연설가에 어울릴 만큼 명료하게 전달되었다. 웅성거림이 멈추고 모든 시선이 왕에게로 모였다.

"신께서는 이 자리에 있는 불경하고 반역하는 마음을 품은 자들에게 노여움을 품고 계시기 때문이다."

순간 제단에 모인 수백 명의 귀족들은 가슴 한구석이 싸늘하게 식어옴을 느꼈다. 지금 시스코스퐉 왕이 풍기는 분위기는 정복왕의 칭호를 한참 드날리던 시기의 그것이었기 때문이다. 그때는 그의 주위에 피가 마를 날이 없었던 시기였다.

"왕이시여! 그게 무슨 말씀입니까? 어찌 이 자리에 불경한 자가 있다고 하십니까?!"

한 귀족이 나서며 외쳤다. 그는 왕의 좌편에 서 있던 자 중

하나였다.

"너는 그 더러운 입을 다물어라!"

왕은 엄한 음성으로 말했다. 그리고서는 제례용 지팡이로 바닥을 쾅! 하고 내려쳤다. 그것이 신호였다. 번제가 거행되는 도중 은밀하게 이동한 병사들이 함성을 지르며 성전 전체를 포위했다. 그들은 모두 아이길레스가 이끄는 수도경비대의 병사들이자 왕에게만 충성을 맹세한 병사들이었다.

"와, 왕이시여!"

귀족들은 저마다 크게 당황하며 광장을 빠져나가기 위해 이리저리 움직였다. 하지만 이미 광장은 무장한 병사들이 장막처럼 둘러싸고 있었다.

당황하는 귀족들에게 왕이 말했다.

"내가 과거에 그 수많은 싸움을 치렀던 것은 내가 피에 굶주린 정복자이어서가 아니다. 다만 시민들이 경작할 땅을 마련하고, 영토의 경계를 뚜렷이 하여 국가의 안전을 도모하기 위해서였다. 하지만 너희 귀족이란 자들은 자신들의 치부에만 혈안이 되어 이런 나의 큰 뜻을 훼파했다. 게다가 나의 후계자를 미혹해 너희들의 더러운 욕심으로 끌어들이려 했다. 나는 이런 너희들의 사악함을 진작부터 알고 있었다. 하지만 나는 참았다. 그대들에게 마음을 고쳐먹을 시간을 준 것이다. 그런고로 나의 인내는 참으로 오래된 것이다. 하지만 더 이상의 인내는 없다. 신성한 번제의 제단에서 죄악된 너희들을 모두 심판할 것이다."

왕은 손가락을 들어 좌편에 서 있는 귀족들을 가리켰다. 그러자 병사들이 그들을 일일이 무릎 꿇게 했다. 순식간에 통곡과 원성이 터져 나왔다. 우측 편에 서 있던 자들은 겨우 가슴을 쓸어내렸지만, 뒤이어 벌어진 살육극에 차마 눈을 뜨지 못하고 두려움에 떨어야 했다.

일전에 왕이 아이길레스에게 건넨 두루마리는 살생부였다. 이날 왕의 좌편과 우편으로 사람을 나눈 것도 이 살생부에 기록된 대로 행한 것이었다. 대제사장이 불길한 신탁을 내놓은 것도 왕이 지시했기 때문이다. 처형당한 사람 중에는 왕이 지목한 죄목에 관해 무죄인 사람도 있었지만, 사실 그것이 중요한 것은 아니었다. 그의 이번 살육은 팔라미쿠스에게 온전하고 강력한 왕권을 계승하기 위한 정치적 숙청이었기 때문이다.

왕은 아누이 왕국이 더 이상 영토와 영향력을 넓히는 것을 원하지 않았다. 유지할 수 없는 넓이의 영토는 국가의 영속성을 위협하는 큰 적이 된다. 그는 아누이 왕국의 역량을 정확하게 가늠하고 있었다. 하지만 일부 귀족들의 생각은 달랐다. 그들은 왕국의 역량을 과대평가하고 있었고, 더 많은 땅과 더 많은 부를 원했다. 라인 제국의 국경을 위협하는 원인이 된 토르카 부족의 남하도 따지고 보면 왕의 뜻이라기보다는 이들 귀족들의 소행이었다.

한 대(代)에 너무 커져 버린 국가는 그 덩치에 맞는 내실을 다지기까지 후유증을 겪기 마련이다. 왕은 이 후유증을 고치기 위해 일부러 노쇠해진 척하며 오랫동안 기회를 노려왔던 것이다.

그날, 번제의 제단은 가축들을 대신해 200여 명의 피가 제물로 바쳐졌다. 죽임을 당한 사람들 중 상당수는 왕비의 친척들이었다. 그들 중에는 왕비의 두 동생도 포함되어 있었다.

그리고 같은 시각, 왕비는 침소 앞 정원에 있는 나무에 목이 매달렸다. 피를 흘리지 않게 한 것은 시스코스팍이 남편으로서 해준 마지막 배려였다.

                    *   *   *

4월 17일. 사멘티아에서 퇴각한 지 9일 만에 메텔로가 이끄는 병력은 아르제스의 본대와 합류했다. 그들이 합류한 지점은 비브오락테스와 싸웠던 전장에서 동쪽으로 100킬로미터나 떨어진 곳이었다. 이로써 아르제스는 악소나 공방전의 승리로 얻었던 에레냐드에서의 기반을 전부 잃어버린 셈이 되었다. 암브로스 족이 있긴 했지만 이런 상황에서 카바리노스는 믿을 만한 인물이 아니었다.

일단 손실없이 병력이 합류하게 되어 한숨은 돌렸지만, 앞으로의 일이 더 문제였다. 남동쪽에서는 팔라미쿠스의 군대가 아르제스를 추격하고 있었고, 오메론에 있는 비브오락테스도 팔라미쿠스가 온 이상 가만히 있을 리가 없었다. 그리고 우르손에 있던 나머지 병력들도 한참 남하를 개시하는 중일 것이다. 하지만 나쁜 소식은 그것에 그치지 않았다. 아르제스가 브로타로 급파한 전령이 브로타가 켈리 족 군대에 포위되어 있음을 알려왔던 것이다. 이로써 아르제스는 3면에 적을 둔 꼴이 되었다.

발가르를 비롯한 휘하 장수들은 물론이고, 팔라미쿠스나 비브오락테스도 아르제스가 브로타로 퇴각할 것이라고 믿었다. 그렇게 해서 브로타를 켈리 족의 포위에서 구하는 것이다. 모든 정황이 그것을 강요하고 있었다. 처음에는 아르제스도 그 방법밖에 없다고 생각했다. 하지만 그는 현실을 냉정하게 볼 줄 아는 현실주의자이면서도 승부사적인 본능을 가진 사람이었다. 그리고 무엇보다 사물의 양면을 보는 데 타고난 재능을 가진 인물이었다.

아르제스는 행군 속도를 줄이고 후방으로 정찰대를 풀었다. 그리고 정찰대가 가져온 보고를 듣고서는 그날 저녁 회의를 소집했다.

퇴각을 시작한 후 처음으로 소집되는 지휘관 회의였다. 지휘관들의 시선은 모두 아르제스의 입을 향하고 있었다.

"우리는 추격해 오는 아누이 왕국의 군대를 친다."

적들은 먼 곳에서 이케니아 군을 포위하듯 둘러싸고 있고 다 합치면 그 수가 10만도 훨씬 넘었지만, 각기 지휘권이 분리된 채로 곳곳에 흩어져 있었다. 그리고 이케니아 군과의 거리와 행군 속도도 제각각이었다. 아르제스가 노리는 것은 그 시간 차를 이용한 각개격파였다.

아누이 왕국의 군대가 표적이 된 것은 가장 가까이에 있고, 또 가장 싸우고자 하는 의지가 강하다고 생각되었기 때문이다. 시간 차 공격은 말 그대로 시간이 생명이다. 손뼉도 마주쳐야 소리가 난다. 적이 싸우고자 하는 의지가 없으면 곤란하다.

아르제스의 말에 반대 의견은 나오지 않았다. 아르제스를 따르면 승리할 수 있다는 믿음이 있었기 때문이다. 하지만 우려되는 점이 아주 없는 것은 아니었다.

메텔로가 말했다.

"라인 제국과 아누이 왕국은 아직 선전 포고를 주고받지 않은 상태가 아닙니까? 혹시나 아누이 왕국과의 전면전이 되지는 않을까요?"

아르제스는 피식 웃으며 대답했다.

"비브오락테스가 일으킨 전쟁은 반란에 불과하지만, 아누이 왕국이 산맥을 넘어온 것은 명백한 침략이다. 이미 전면전은 시작된 거야. 하지만 비브오락테스의 반란이 확실시된 시점에서부터 이미 이런 사태는 예측이 가능했어. 그런데 아티아 족과의 분쟁에서는 황제가 직접 나설 정도로 적극적인 라인 제국이 아직도 침묵하고 있는 이유는 뭐라고 생각하나?"

그에 발가르가 말했다.

"처음부터 북에레냐드를 지킬 생각 따윈 없었을지도 모르지."

"설마 그렇겠습니까?"

메텔로가 정색하며 말했다. 그럴 이유가 없다고 생각했기 때문이다. 하지만 아르제스는 심각한 표정으로 고개를 저었다.

"아니야. 충분히 가능성있는 이야기다. 그 이유가 아니면 티투스의 지금 태도를 설명할 다른 이론도 없어. 하지만 확실히 그게 전부는 아니야. 지킬 여력이 있는 데도 지키지 않는 것은 더 큰 것을 노리고 있다고밖에 생각할 수 없다."

"문제는 '더 큰 것' 이 무엇이냐, 이거군."

발가르의 말에 아르제스도 고개를 끄덕였다.

"하지만 티투스의 연극도 이제 클라이막스인 것은 확실합니다. 아누이 왕국이 움직인 이상, 티투스나 원로원도 가만히 있지는 못할 것입니다. 일단 우리가 할 일은 이 연극에서 확실한 주연이 되는 것입니다. 그래야 몸값이 올라갈 테니까요."

아르제스는 이틀을 더 행군한 뒤, 회전을 벌이기 좋은 평야에서 멈추었다. 그곳에서 팔라미쿠스의 군대를 기다리기로 한 것이다.

*　　　*　　　*

연맹으로 보낼 보고서를 작성하는 것도 아르제스의 주요 임무 중 하나였다. 하지만 상황이 유동적인 전장에서 이런 보고서를 정기적으로 작성하는 것은 힘들다. 같은 이유로 정기적인 발송도 힘들다. 따라서 에레냐드의 전황에 관한 대부분의 소식들은 이케니아 군을 따라온 종군 상인들을 통해 알려지는 것이 보통이었다.

그런데 문제는 이 종군 상인들이 이케니아 민족답게 배를 이용하여 본국과 에레냐드를 왕래하고 있었다는 것이다. 배는 육로를 이용하는 것보다 빠르지만 날씨의 영향을 많이 받는다. 마침 4월 초부터 보름간이나 이어진 악천후와 역풍으로 배들의 발이 묶이는 사태가 발생했다. 때문에 아르제스가 비브오락테스와의 싸움에서 대승을 거두었다는 소식이 본국에 전해지기도 전에 이케니아 파병군이 고립되어 버렸다는 소식이 먼저 상인들에게 알려졌다. 결국 날씨가 풀린 후 연맹으로 전해진 소식에는 아르제스의 승리는 묻혀 버리고 위기만이 부각되어 있었다.

이 소식을 접하자마자 가장 적극적으로 움직인 사람은 카시우스였다. 토르피우스에게 잇단 패배의 쓴잔을 마신 후 의기소침해 있던 그에게 이것은 큰 낭보였다. 멀리서 전해지는 소식, 그것도 간접적으로 전해지는 소식은 듣는 사람에 의해 가공되고 재해석된다. 이케니아 군이 어려운 상황에 처했다는 소식은 실제보다 훨씬 확대되어 버렸다.

때마침 4월의 귀족의회 정기 회의의 주요 안건은 에레냐드로의 추가 파병안이었다. 진작에 회의를 통과했어야 할 이 안건이 4월까지 미뤄진 것은 재정적 문제 때문이었다. 파병안 상정에 앞서 그에 필요한 재원과 일전에 통과된 임금 인상의 재원 확보를 위한 방안에 대해 각 도시국가들 간의 이견이 있었던 것이다.

정기 회의에서는 격론이 벌어졌다. 카시우스의 주장은 파병군을 당장 철수하자는 쪽이었다. 그가 내세운 이유는 다음과 같았다.

먼저 아르제스가 훌륭히 싸워준 것은 인정하지만, 그 덕에 이케니아 병사들의 희생이 적은 지금이 퇴각의 적기라는 주장이었다. 이렇게 된다면 아르제스는 명예를 지키고, 병사들은 목숨을 건질 수 있다고 말했다.

또 다른 이유는 파병의 의무가 사라졌다는 것이었다. 카나이 족이 일으킨 반란을 진압하는 것은 협약에 명시된 이케니아 파병군의 의무이지만, 아누이 왕국이 개입한 것은 라인 제국 스스로가 책임져야 할 부분이라는 것이 그의 주장이었다.

그의 이러한 주장은 상당한 설득력을 얻었다. 많은 귀족 의원들의 가슴속에서는 이케니아가 겪었던 오랜 전쟁의 고통이 고개를 들고 있었다. 비록 세노아 전쟁 최고의 영웅은 아르제스였지만, 그렇다고 해서 그가 수행하는 모든 싸움이 지지를 받을 수는 없는 노릇이었다. 일부 과격파 의원들은 아르제스는 단순히 피에 미친 전쟁광일 뿐이라고 혹평하기까지 했다.

토르피우스도 강경했다. 먼저 이 문제로 라인 제국과 외교적 마찰을 빚고 싶지 않았다. 그리고 아르제스가 곤경에 처해 있다지만 그의 재능은 항상 곤경 속에서 빛을 발해왔었다. 섣부른 판단으로 그에게서 승리를 빼앗고 싶진 않았다. 그리고 무엇보다 아르제스는 토르피우스에게 있어서 가장 중요한 정치적 파트너였다. 자칫 파트너의 실각으로 이어질지도 모르는 카시우스의 주장을 그는 결코 받아들일 수 없었다.

표결에서도 이런 양측의 팽팽함이 반영되었다. 에레냐드로의 추가 파병안은 불과 5표 차이로 부결되어 버렸다. 파병군을 철수시키자는 제안에 대한 투표의 결과는 아주 근소한 차로 카시우스의 손을 들어주었지만, 그 즉시 토르피우스가 거부권을 행사했다. 다음날 재개된 회의에서도 결과는 마찬가지였다. 이렇게 며칠이 반복되자 이제는 아예 표결 자체가 연기되는 사태가 발생했다. 그리고 가장 큰 문제는 이러한 혼란으로 그달에 치러져야 할 연맹 왕 선거마저 실행 여부를 장담할 수 없게 되었다는 것이었다.

이케니아의 법 체계상 이런 법률 대립은 결론이 날 수가 없는 싸움이었다. 결국 사람들의 관심은 4월 이후에도 토르피우스가 가지는 대리인의 권한이 유효한가에 대한 논쟁으로 집중되었다. 하지만 이 문제에 대해서도 명확한 정답은 없었다. 연맹 왕 선거가 치러지지 못하는 것에 대한 실질적인 책임은 토르피우스와 카시우스 모두에게 있었다. 그리고 법률적인 딜레마도 있었다. 법률상 선거가 치러지는 달은 4월이어서 4월이 지나가면 연맹 왕의 권리가 사라진다고 해석할 수 있다. 하지만 다른 법조문에는 연맹 왕의 권리는 선거가 치러져 차기 왕이 선출될 때까지 유지된다는 조항이 있었다. 결국 이중적인 해석이 가능한 것이다. 전례가 없었던 이런 혼란은 법 조항의 모순마저 드러내고 있었다.

논쟁을 거듭하던 중, 토르피우스와 카시우스는 겨우 한 가지 조항에 합의했다. 그것은 라인 제국으로 특사를 보내 에레냐드 사태에 대한 책임감있는 대처를 촉구한다는 것이었다. 하지만 이것은 시민들의 불안을 의식한 선전용에 불과했다. 둘 다 시민들의 불만을 사고 싶진 않았기 때문이다. 사태의 근본 문제는 조금도 나아진 것이 없었다.

사람은 논리적으로 결판을 낼 수 없는 문제가 생기면 감정에 의존하게 된다. 그리고 감정이 격앙되게 되면 문제가 되었던 본질 따위는 중요치 않게 된다. 그때부터는 이미 자존심 싸움이 되어버리기 때문이다.

그들의 정치권력 싸움은 점점 시민들에게도 영향을 주기 시작했다. 술집에서는 싸움이 늘어갔고, 가정에서도 형제끼리 언성을 높이는 일이 잦아졌다. 정치적 혼란이 시민들의 불안감을 부추기고 있던 것이다.

하지만 카시우스는 이런 시민들의 불안마저 무기로 삼으려고 했다. 민심의 동요에 대한 일차적인 책임은 어디까지나 집권하고 있는 토르피우스에게 있었기 때문이다.

그리고 5월 초. 두 사람의 협약에 따라 그달은 어떠한 귀족회의도 소집하지 않기로 했다. 작년 말부터 이어진 정치 투쟁으로 지방 도시국가의 의원들이 반년이 다 되도록 귀향하지 못했기 때문이다. 이 협약이 성립된 후, 카시우스는 일부 측근들과 함께 카라카스를 몰래 떠나 우티카로 향했다. 그는 토르피우스를 압도할 수 있는 최후의 카드를 준비하려 하고 있었다.

5월을 휴식월로 하자는 제안은 카시우스가 먼저 한 것이었다. 토르피우스도 카시우스의 이 제안이 다른 의도를 품고 있음을 짐작하였다. 다만 그 의도가 무엇인지는 알 수 없었다. 하지만 그가 내세운 이유가 타당하였기에 반대하지는 않았다. 그리고 토르피우스 자신도 시간이 필요하긴 마찬가지였다. 우연하게 양측의 필요가 맞아떨어진 것이다.

5월 7일. 토르피우스는 자신의 측근들과 지지자들을 집으로 불러들였다. 대부분은 30대 초반에서 40대 후반의 사내들이었다. 사람 만나기를 좋아하는 그는 평상시에도 많은 젊은 이들을 자신의 집으로 초대하곤 했지만, 이렇게 많은 사람을 한꺼번에 불러 모으기는 이번이 처음이었다.

토르피우스는 그들 앞에서 평소와는 다른 엄숙한 표정으로 입을 열었다.

"강국에 둘러싸인 이케니아가 오랫동안 명맥을 이어오며

부흥할 수 있었던 것은, 따지고 보면 민족의 단합된 힘 때문이었네. 그런 의미에서 연맹은 이케니아 민족의 단합을 상징하고 있지. 하지만 새로운 시대에는 새로운 힘이 필요하다네. 근래의 혼란도 새로운 시대에 걸맞은 새로운 힘이 부재(不在)하기 때문에 일어난 사태라네. 오늘날 연맹의 가장 큰 문제점은 크게 두 가지라네. 하나는 각 도시국가들의 이권 다툼이 연맹에서 통제할 수 없을 정도가 되어버렸다는 것이고, 다른 하나는 권력의 소유가 너무 오랫동안 정체되어 있었다는 것이네. 사실 나와 카시우스와의 갈등도 깊게 바라보면 바로 이것들이 원인임을 자네들도 알 수 있을 것이야. 그래서 나는 이 문제를 해결하고자 하네. 문제가 두 가지이니 해결책도 두 가지이네. 하나는 이케니아 연맹을 하나의 국가로 통합시키는 일일세. 사실 이케니아의 모든 도시국가들은 이를 위한 완벽한 조건을 갖추고 있네. 민족과 언어가 동일하니 정서적인 일체성을 갖추었고, 통화(通貨)로 사용되는 화폐의 단위가 동일하니 경제적 일체성도 갖추었네. 가만히 생각해 보면 진작에 통합되지 않은 게 이상할 정도로 말이지. 이케니아 연맹이 하나의 국가로 거듭날 수만 있다면 도시국가 간의 많은 갈등은 자연스럽게 사라질 것이네. 두 번째 해결책은 3왕가를 없애는 것일세. 다시 말하자면, 연맹 왕 선거에 대한 독점 출마권을 가진 3왕가의 특권을 없애자는 이야기이지. 대신 모든 귀족들에게 연맹 왕 선거에 대한 출마권을 주는 것일세. 이로써 통합 국가에 어울리는 통치 체계를 가질 수 있게 되는 것이지. 이것은 나의 오래된 꿈이라네. 그대들은 강대국의 조건을 무엇이라고 생각하나? 라인 제국처럼 넓은 영토와 강력한 군사력을 가져야 한다고 생각하나? 아니면 론 제국처럼 강력한 전제 왕권이 뒷받침되어야 한다고 생각하나? 물론 그것들이 틀린 말은 아니네. 하지만 사실 그 정의는 각 국가가 처한 상황에 따라 달라진다고 생각하네. 라인 제국이 넓은 영토를 가진 강대국일 수 있는 이유는 그에 어울리는 강력한 군사 전통과 다른 민족 및 문화에 대한 포용성 때문이네. 하지만 이케니아의 입장에서 강한 나라는 '작지만 오래도록 자주권을 지키며 영속할 수 있는 나라'라고 생각하네. 강대국에 둘러싸인 이케니아의 상황에서 그것이 가장 현실적인 길이기 때문이지. 진정으로 나의 진심을 이해하는 사람이라면 나의 이런 생각이 메디아와의 평화 조약에도 담겨 있음을 알 것이네. 작은 국가는 근본적으로 강대한 군사력을 가지는 데 한계가 있네. 그런 국가가 영속성을 유지하려면 상대방이 나를 적으로 두는 것보다 친구로 두는 것이 훨씬 이익일 수 있는 '그 무언가'를 가져야만 하네. 이케니아는 그것을 이미 가지고 있지. 바로 경제력과 찬란한 문화라네. 하지만 이케니아의 통치 체제는 그런 번영을 유지하고 발전시키기에는 이미 낡아버렸네. 마치 낡은 자루에 금은보화를 담아놓은 꼴이랄까? 지난 수십 년간 벌어졌던 메디아와의 전쟁이 그것을 말해주고 있네. 생각해 보게, 과연 저 아르제스라는 인물이 등장하지 않았던들 지금의 평화를 장담할 수 있었겠나. 감히 장담하는데 세노아 전쟁에서의 승리는 이케니아의 승리가 아니라 아르제스의 승리였네. 이제는 이케니아의 내실에 어울리는 외형이 필요하네. 안팎으로 혼란스럽지만 이런 때야말로 혁명이 어울리지 않겠는가? 자네들도 이런 나의 뜻을 이해하겠는가? 그렇다면 부디 나와 함께해 주게."

낮고 담담하게 울려 퍼진 토르피우스의 목소리는 자리에 모인 사람들의 마음 또한 울렸다. 그의 말에는 이케니아에 대한 걱정과 고심이 배어 있었다. 이케니아가 가진 많은 문제점을 느끼면서도 그 원인과 해결책에 대해서는 명확한 답을 내지 못했던 사람들에게 토르피우스의 말은 마음의 안개를 걷어주는 태양과도 같았다. 더구나 토르피우스의 말에 더욱 무게가 실린 이유 중 하나는 스스로 3왕가의 특권을 포기하는 희생정신이었다.

"토르피우스님과 함께하겠습니다."

"정말로 옳은 말씀입니다."

그의 지지자들은 저마다 결연한 목소리로 대답했다.

"고맙네."

토르피우스는 지지자들에게 깊은 감사를 표시했다. 사실 그의 생각은 기득권층에서 바라보면 상당히 위험한 발상일 수도 있었다. 이런 토르피우스의 의도가 공개된다면 분명 아르펜 가 내부에서도 심한 반발이 일어날 것이었다. 그런 의미에서 이 자리에 모인 인물들은 토르피우스의 든든한 밑천이었다. 이들이야말로 장래의 이케니아를 이끌어갈 재원들이었기 때문이다.

토르피우스는 그들과 함께 자신의 꿈을 실현시키기 위한 준비 작업에 들어갔다. 이 정도로 엄청난 일을 안건으로 상정하려면 그에 걸맞은 준비 작업이 필요했다. 다만, 이 일은 비밀리에 진행되어야만 했다. 언젠가는 공개되어야겠지만 아직은 때가 아니었기 때문이다.

*   *   *

이케니아 군과 그를 추격하는 팔라미쿠스 간의 거리는 불과 30여 킬로미터에 불과했다. 이케니아 군이 행군을 멈춘 지 하루 만에 팔라미쿠스는 목표물을 가시권에 두게 되었다. 처음에는 그도 적이 행군을 멈춘 이유가 의문스러웠다. 자포자기했다거나 강화를 제안해 올 의도인가 하고도 생각했지만 그러기엔 이케니아 군의 진영에서 뿜어져 나오는 군기(軍氣)

가 너무나도 흐트러짐이 없었다. 그렇다면 이유는 한 가지였다.

아르제스의 의도를 짐작한 팔라미쿠스는 유쾌하게 웃었다.

"하하하! 재미있는 놈이군!"

한참을 그렇게 웃던 팔라미쿠스는 옆에 있던 발카자르에게 명령했다.

"상대 진영으로 전령을 보내라. 대장들끼리 회담이나 한번 갖자고 말이다."

"네?! 회담 말씀입니까?"

팔라미쿠스가 이처럼 적을 추격해 온 것은 전투를 위함이지 교섭 때문이 아니었다. 그리고 전투 전에 상대와 회담을 갖는 것은 팔라미쿠스의 방식이 아니다. 그것을 잘 아는 발카자르였기에 반문을 할 수밖에 없었던 것이다.

"그렇다. 저처럼 재미있는 자와는 꼭 한 번 이야기를 나누어보고 싶다. 전투가 끝나고 나서 시체가 되어버리면 이야기를 할 수 없지 않느냐?"

왕자의 말에 발카자르는 그제야 '알겠습니다' 라고 말했다.

팔라미쿠스의 회담 제의에 아르제스도 처음에는 의외라는

표정을 지었다.

"강화를 제안하기 위해서일까요?"

메텔로의 물음에 아르제스는 엄지로 턱을 매만지며 말했다.

"모르지. 하지만 만나지 못할 이유는 없지. 싸움을 하더라도 상대 장수를 알아두는 편이 좋으니까."

적의 함정일지도 모른다고 만류하는 부하들도 있었다. 하지만 아르제스는 '그걸 막는 게 너희들의 임무가 아니냐? 급료 값은 해야지 않겠나?' 라는 농담 비슷한 말로 웃어넘겼다. 하지만 사실은 팔라미쿠스의 성격에 대해서 미리 들은 바가 있었기에 함정은 아니라고 확신하고 있었다.

회담은 당사자를 제외하고 각각 기병 10기씩만 대동하여 양 진영의 중간쯤 되는 낮은 언덕에서 두 장수 모두 말에서 내리지 않은 채 진행되었다.

"가이우스 가문의 아르제스라고 한다."

공직자로서의 접두사인 '이케니아 파병군 사령관이자 에레냐드 속주의 총독 대행관' 이란 수식어는 떼어버린 채 아르제스는 담담하게 자기소개를 했다.

"젊군. 그리고 상당한 미남이군. 나는 팔라미쿠스다."

그는 이목구비가 뚜렷한 얼굴로 환하게 웃으며 말했다. 그

웃음은 마치 오랜 친구를 대하는 것 같았다.

"그래, 나를 보고자 한 이유가 무엇인가? 명백한 이유도 없는 부름에 응해주었으니 만족할 만한 대답을 해줬으면 좋겠군."

"아! 그래, 이유. 그저 그대가 시체가 되기 전에 이야기나 나눠보고 싶었다. 영광으로 생각해도 좋을 것이다. 수많은 전투를 치르면서 시체가 아닌 살아 있는 적장과 이야기를 나눠본 것은 이번이 처음이니 말이야. 어떤가, 만족할 만한 대답이 되었나?"

팔라미쿠스는 여전히 웃는 얼굴이었다. 아르제스를 호위하던 게릭토스의 얼굴은 모욕감으로 심하게 달아올랐다.

하지만 아르제스는 가볍게 입꼬리를 말아 올리며 말했다.

"그대는 입이 10만의 군사보다 무섭군. 만약 그대가 전투 중에 내게 들리도록 소리를 지를 수 있다면 나는 반드시 시체가 되고 말겠어."

아르제스의 말에 팔라미쿠스의 얼굴에서 미소가 사라졌다. 두 사람은 서로를 노려보며 침묵을 지켰다. 한참 후 아르제스가 말했다.

"어떤가? 좀 싸워볼 만한 의욕이 생기셨는가?"

팔라미쿠스는 가볍게 고개를 끄덕였다.

"충분히."

그 말을 마지막으로 두 사람은 말고삐를 틀었다. 아르제스로서는 충분히 만족할 만한 성과였다. 저 자신만만한 왕자에게 충분한 전의를 불러일으켰기 때문이다. 하지만 그 어느 때보다 긴장되는 것도 사실이었다. 훌륭한 장수에게는 직감이라는 것이 있는 법이다. 아르제스는 팔라미쿠스에게서 저 아쿠타 정도의 위압감을 느꼈다. 쉬운 싸움이 될 리 없었다.

다음날 아침, 아르제스와 팔라미쿠스는 저마다 군대를 이끌고 평원에서 대치했다. 다만 거리는 1킬로미터나 둔 상태였다. 그들은 병사들을 훈련시키듯 부산하게 움직였지만, 막상 회전을 위한 본격적인 포진을 갖추지는 않았다. 그들의 행동은 마치 카드놀이를 하기 전에 패를 섞는 것과 마찬가지였다. 그러나 카드놀이와 다른 점이라면 패가 보이게 뒤집어서 섞는다는 점이었다. 병사의 질과 수가 동일하다면 회전의 승부를 결정짓는 요인은 병력의 구성과 배치, 그리고 전투 시의 임기응변이다. 아르제스와 팔라미쿠스는 서로에게 병력의 수와 구성을 모두 보여주고 있었다. 아르제스가 이렇게 한 이유는 적의 공격을 유도하기 위해서였고, 팔라미쿠스가 같은 방식으로 응수한 것은 순수한 지휘관의 능력으로 전투를 결판 짓기 위해서였다. 그렇게 반나절 동안 서로에게 시위를 한 양측 진영은 정오가 되자마자 숙영지로 물러가 버렸다.

그날 저녁, 왕자는 '내일 결전을 벌일 터이니 모든 준비를 철저하게 하라' 고 명령을 내렸다. 이런 일에 익숙한 듯 아누이 왕국의 병사들은 동요없이 움직였지만, 시아노 족의 병사들과 끌려오다시피 한 카나이 족의 병사들은 크게 당황했다.

암포도릭스는 당장 팔라미쿠스를 찾아가 간절한 목소리로 충고했다.

"아누이의 왕자이시여, 진정 내일 당장 결전을 벌이실 작정입니까?"

그의 말에 팔라미쿠스는 눈을 부릅뜨며 대답했다.

"그렇다. 불만이라도 있는 것인가, 암포도릭스?"

"그것은 아닙니다. 하지만 이케니아 군이 지금 싸움을 거는 것은 교활한 함정입니다. 이미 승기를 잡은 마당에 모험을 할 필요가 있겠습니까? 이제 곧 대족장님의 병력도……."

팔라미쿠스는 소리를 질러 암포도릭스의 말을 끊어버렸다.

"그만! 그대는 내가 정말 아르제스의 속셈을 몰라 함정에 빠졌다고 생각하느냐?!"

"네?!"

"너는 적들이 함정을 파고 있다고 생각하지만, 그것은 너의 마음속에 이케니아 군에 대한 두려움이 가득 차 있기 때문이다. 눈이 있다면 똑똑히 보거라! 이케니아 군의 도발은 함정이 아니라 모험이다. 내가 아니라 그가 도박을 걸어온 것이란 말이다. 그리고 나는 걸어오는 싸움을 피한 적이 없다. 또한 8년 동안 40번이 넘는 전투를 치르면서 단 한 번도 승리를 놓친 적이 없다. 비겁자의 생각으로 나를 평가하려 들지 말라."

"으음."

팔라미쿠스의 말에 암포도릭스는 얼굴을 붉히며 입을 다물 수밖에 없었다. 그를 비겁자라 부른 것은 악소나 공방전에서 가장 먼저 도망친 행동을 가리키는 것이었다. 결국 암포도릭스는 힘없이 물러나오고 말았다.

자신만만하다고 이기는 것이 아니라, 이길 수 있는 확신이 있기 때문에 자신만만한 것이다. 그 어느 때보다 자신만만해 보이는 왕자를 발카자르는 무심한 표정으로 바라보고 있었다. 하지만 그의 마음속은 착잡하게 가라앉아 있었다. 그의 주인은 왕자의 승리를 원하지 않았기 때문이다.

*　　　*　　　*

다음날, 4월 24일. 전날 저녁은 서로 약속이나 한 듯 조용하게 지나갔다.

이케니아의 병사들은 아침부터 병기들을 손질하며 다가올 전투를 준비하고 있었다. 연이은 전투와 강행군의 반복은 병사들을 강하게 단련시켰고, 작년까지만 해도 신병의 티를 벗지 못했던 병사들도 이제는 모두 고참병에 어울리는 얼굴을 하고 있었다. 그리고 가장 큰 수확은 병사 개개인이 사령관에 대한 깊은 신뢰를 품었다는 것이었다. 그 힘든 상황 속에서도 종군 거부는 고사하고 탈영병조차 손에 꼽을 정도로 적었다는 것이 그 증거였다.

아침 안개가 낮게 깔린 숙영지의 연병장으로 병사들이 집결해 있었다. 전투를 시작하기 전 으레 있는 사령관의 훈시를 듣기 위해서였다.

병사들은 사령관의 막사에서 주진문으로 이어지는 대로를 마주 본 채 아르제스의 좌우에 도열해 있었다. 아르제스는 사열대에 오르지 않고 말을 탄 채 대로를 따라가다가 가운데에서 멈추었다. 그리고 말했다.

"전우들이여! 우리들은 또 한 번의 싸움을 앞두고 있다. 그리고 이번 전투는 여러분이 치러왔던 그 어떤 전투보다 어려운 싸움이 될 것이다. 더구나 조국은 이런 우리의 싸움을 인정해 주지 않을지도 모른다. 그래서 나는 그대들에게 조국을 위해, 연맹을 위해 싸우자고 말할 수 없다. 하지만 감히 이렇게 말하겠다. 이번 전투는 나를 위해서 싸워 달라고, 서로를 자랑스럽게 여겨왔던 그대들과 나의 신뢰를 위해 싸워 달라고 말이다."

아르제스는 짧은 연설을 마친 후 말을 타고 그대로 주진문으로 향했다. 그의 뒤를 발가르와 마르쿠서스가 따랐다. 그리고 게릭토스와 메텔로가 뒤따랐다.

"부대! 앞으로!"

대로에서 가까운 대대에서부터 대대장과 백인대장들의 명령이 터져 나왔다. 이케니아의 병사들은 오른쪽 어깨에 창을 멘 채 긴 행렬을 이루며 주진문으로 향했다. 누구도 신발을 바닥에 끄는 사람은 없었다. 발걸음에 따라 출렁이는 그들의 잿빛 망토는 웅장한 그림을 만드는 모자이크 조각이 되었다.

같은 시각, 팔라미쿠스의 진영에서도 출진 연설이 이루어지고 있었다.

"너희들에게는 별다른 충고나 격려가 필요하지 않음을 알고 있다. 너희들은 수년간 나의 지휘를 옆에서 지켜보아 왔고, 나 또한 너희들의 용맹을 익히 보아왔기 때문이다. 우리들은 이길 것이다. 항상 그래왔듯이 말이다. 전쟁의 목적은 오직 승리뿐이라는 것을 절대 잊지 말아라. 자, 나가자! 우리들의 역사에 또 한 번의 승리를 추가시키기 위해!"

"와아아아!!"

아누이의 병사들은 저마다 긴 창을 들어 올리며 함성을 질렀다. 6미터가 넘는 창은 하늘을 찌를 듯한 기세였다. 그들도 곧 진지를 나서 결전의 장소로 이동하기 시작했다.

이케니아 군의 포진은 빠르게 이루어졌다. 이것도 군단 체계가 가지는 장점이었다. 하지만 상대편의 병사들도 능숙하게 포진했다. 전투 경험으로 따지자면 이케니아 군보다는 팔라미쿠스의 병사들이 한 수 위였다.

팔라미쿠스의 병사들은 다양한 병종들로 구성되어 있었다.

먼저 창병들은 아주 고전적인 병기들로 무장하고 있었다. 그들의 창은 길이가 약 6미터가량이었다. 이 정도로 긴 창은 개별 전투에서는 아무런 위력을 발휘하지 못하기 때문에 당연히 집단 방진을 구성하기 위한 창이었다. 중앙해 지방에서는 다루기 쉬운 4미터의 창이 보편화되어 있었고, 아르제스의 군단병들은 2미터 길이의 창을 사용하고 있음과 비교해보면 전통적인 형태의 창이라는 말을 이해할 수 있었다. 보병들의 창은 점점 짧아지는 쪽으로 진화하고 있었기 때문이다. 창병들의 방패는 길이 1.6미터, 폭 70센티미터 정도의 타원형이었다. 방패의 길이가 이렇게 긴 이유는 무거운 방패를 항상 들고 있을 수 없기 때문에 땅에 세워 고정시켜도 온몸을 가릴 수 있어야 했기 때문이다. 그래서 피나세아 산맥을 넘어올 때도 가장 고생한 것은 무거운 장비를 휴대해야 하는 이들 창병이었다. 이들의 수는 7천 명가량이었다.

암포도릭스가 이끌고 온 사멘티아의 병사들은 아누이의 창병들과는 달리 경장보병에 속했다. 카나이 족의 방어구는 투구와 흉갑, 완갑 정도가 전부여서 군단병들이나 아누이의 병사들과 비교해 보면 부실하다고 할 수 있었다. 하지만 그들이 비교적 가벼운 장갑을 선호하는 이유는 전술의 핵심을 방어력보다 돌파력으로 삼고 있었기 때문이다. 가벼운 방어구일수록 움직이는 데 필요한 체력 소모는 줄어들고 속도도 높아지기 마련이다. 이들의 수는 모두 5천이었다.

기병은 아누이 기병대 800과 시아노의 기병 2천을 합해 모두 2천800이었다.

그리고 나머지 1만 2천의 병사들은 주력인 중장보병들이었다. 같은 중장보병이면서도 이들을 창병들과 구별해야 하는 이유는 사용하는 무기와 전술이 확연하게 달랐기 때문이다. 이들의 방어구는 방패를 제외하면 창병들과 거의 동일했다. 이들의 방패는 같은 타원형이면서도 창병들의 것에 비해 2/3 정도의 크기였다. 무기는 2개의 투창과 양날검이었다. 투창은 1미터 길이의 가느다란 목재에 철제 촉을 붙여 놓은 형태여서 크기가 큰 화살과 비슷했다. 그들이 쓰는 양 날검은 이케니아 군의 글라디우스에 비하면 조금 긴 칼이었다. 이케니아 군의 칼이 검신의 폭이 일정하며 끝 부분만 뾰족한 데 비해, 그들의 검은 손잡이에서부터 검신의 폭이 부드럽게 부풀어 올라 끝 부분에서 날렵하게 모이는 것이 특징이었다.

팔라미쿠스는 다음과 같은 형태로 군대를 포진시켰다.

먼저 중앙의 선두에는 암포도릭스가 지휘하는 5천의 중장보병이 선다. 그리고 그 100미터 뒤에는 팔라미쿠스가 지휘하는 중장보병 1만이 위치했다.

우익에는 창병들을 배치시켰다. 하지만 창병들의 대형은 전통적인 것과는 달랐다. 원래라면 7천 명 전체가 16열로 정렬한 다음, 서로의 방패가 겹칠 만큼 밀집하여 진형을 짜는 것이 밀집 방진의 교과서적인 모습이었다. 그러나 이들은 500명씩, 14개 대대로 나누어져 독립적인 형태로 방진을 유지하고 있었다. 진형의 두께도 얇아 16열이 아닌 6열로 정렬했다. 여섯 열은 6미터 길이의 창이 모두 전방을 향할 수 있는 최대의 수였다.

좌익의 선두에는 기병 전부를 배치시켰다. 기병의 지휘는 발카자르에게 담당시키고, 기병대 후위에는 2천의 중장보병을 배치시켜 기병대의 전투를 돕도록 했다.

회전의 포진이라는 것은 동시에 카드를 내미는 것과 같다(물론 키톨리 평원 전투는 조금 예외이긴 했지만, 확실히 정석이 아닌 것은 사실이었다). 생각한 카드를 내밀어 그 자리에서 승부를 가리기 때문이다.

아르제스도 미리 생각한 카드를 내밀었다.

중앙은 아르제스와 발가르가 각각 1군단과 3군단을 이끌고 위치했다. 좌익은 메텔로가 지휘하는 4군단, 그리고 극좌익은 바르바나에게 기병 1천 기를 맡겨 포진하게 했다. 나머지 기병들은 전부 우익에 배치했다. 그 수는 2천5백 기였다.

이케니아 측의 총 병력은 기병 3천5백, 보병 1만 6천5백을 포함해 2만가량이었고, 팔라미쿠스의 병력은 모두 다해 2만 7천가량이었다.

지금까지 치러왔던 전투에 비하면 병력 차이는 크지 않았다. 게다가 기병 전력에서는 아르제스 쪽이 위였다. 하지만 그가 이번 싸움을 어렵게 생각한 이유는 적병이 가진 전투력의 질이 높았기 때문이다. 전투는 시간과 공간의 제약 속에서 싸우는 역동적인 활동이다. 병력의 수가 지나치게 많으면 명령이 제대로 전달되지 않고, 한정된 공간에서는 포진할 수 있는 병사의 수도 한정되어 있다. 따라서 아르제스는 회전에서

질 높은 전술을 구사하기 위한 병력의 최대점을 약 3만으로 생각하고 있었다. 3만에 가까운 병력을 보유한 것은 팔라미쿠스였다.

양측의 포진이 끝나자 전장에서는 어울리지 않는 고요함이 흘렀다. 아르제스에게 키톨리 평원 전투 이후로 자신의 운명이 걸려 있다고 느낀 싸움은 이번이 처음이었다.

아르제스가 말했다.

"진군 신호를 올려라."

나팔 소리가 울려 침묵을 깨뜨렸다. 그리고 이에 화답이라도 하듯 팔라미쿠스의 군대 쪽에서도 음색이 다른 나팔 소리가 울려 퍼졌다.

"전군 앞으로!"

"진군!"

모두 합쳐 5만에 가까운 병사들이 일제히 발을 내딛자 묵직하면서도 리듬감있는 소리가 울려 퍼졌다.

양측의 거리는 점점 좁혀지고 있었고, 사람 하나하나의 모습이 식별되는 위치까지 들어오자 병사들의 얼굴은 긴장감으로 굳어갔다. 어느 쪽에서도 돌격 신호는 내려오지 않았다. 적에게 먼저 돌격해 들어가면 돌파력을 얻을 수 있다는 장점은 있지만, 그 돌격 거리가 너무 길면 가다가 지쳐 버리기 때문이다. 특히 팔라미쿠스 군의 우익은 창병으로 이루어진 밀집 방진이어서 달려서 하는 돌격에는 어울리지 않았다. 그는 최대한 적을 가까이 끌어들일 작정이었다.

서로 간의 거리가 200여 미터로 좁혀지자 아르제스가 먼저 명령을 내렸다.

"기병대 돌격!"

나팔 소리와 함께 붉은 기가 요란하게 휘날렸다. 신호를 받은 게릭토스와 바르바나는 휘하의 기병들과 함께 적진으로 쇄도하기 시작했다. 이것이 전투의 시작이었다.

바르바나는 우측의 4군단을 앞질러 적의 우익을 향해 달려나갔다. 그가 가진 기병은 1천 기에 불과했지만, 기병의 장점을 살리기에는 적은 병력이 아니었다. 게다가 눈앞의 적은 창을 든 밀집 방진, 즉 팔랑크스였다. 아르제스와 발가르에게 배운 것도 있어 그도 팔랑크스의 약점이 느린 기동력과 유연성의 부족, 그리고 측면 공격에 대한 약점이란 것을 알고 있었다.

"우회하여 적의 배후를 노린다!"

그때, 적의 팔랑크스에서 진형 변화가 일어났다. 적의 우측 전열이 길어지기 시작한 것이다. 이것이 가능했던 것은 14개로 나누어진 창병 대대가 마치 라인 군단의 3열 전투 방식처럼 대대끼리 무리지어 3열로 배치되어 있었기 때문이다. 바르바나가 측면을 노리고 오자 3열에 있던 병사들이 오른쪽으로 나와 길게 늘어선 것이다.

이것은 바르바나를 당황케 하기에 충분했다. 그것은 바르바나의 좌측에 있는, 언덕들로 이루어진 능선 때문이었다. 원래는 이 능선과 적 사이로 우회하려 했던 것인데 그 공간이 막혀 버린 것이다.

"정지!!"

바르바나는 급히 기병대를 정지시켰다. 아무리 보병에게 강한 것이 기병이라고 해도 6미터나 되는 창을 전면에 내세운 밀집 방진의 전면을 1천의 기병으로는 돌파할 수 없었다. 결과적으로 이쪽 전장에서의 기병의 역할이 사라져 버린 것이다.

그러는 사이, 메텔로가 이끄는 4군단이 적의 창병을 전투 거리에 두었다. 4군단의 병사들은 투창을 던지기 시작했다.

"던져라!"

팔랑크스는 양손에서 창과 방패를 놓을 수 없기 때문에 투척 공격을 할 수 없다는 것이 약점이었다. 앞도적인 위압감을 자랑하는 밀집 방진과 맞서려면 원거리 무기를 통한 기선 제압은 필수였다.

"크악!!"

의외로 많은 비명이 터져 나왔다. 투척 무기를 창으로 막아 줄 6열 이후의 병사들이 없었기 때문이다. 고전적인 팔랑크 스가 16열이나 되는 병사들을 늘어 세웠던 것은 후방의 병사 들이 창을 세워 투척 무기로부터 앞의 병사들을 보호해 주기 위한 이유도 있었다.

하지만 상당한 창병들이 쓰러지긴 했어도 팔랑크스의 전 면(前面)은 조금도 무너지지 않았다. 결국 이케니아의 병사들 도 칼을 뽑아 들었다. 하지만 누구도 섣불리 팔랑크스를 향해 돌진할 수는 없었다. 측면을 공격할 수도 없는 상황에서 좀처 럼 빈틈을 찾을 수 없었기 때문이다.

"진형을 지켜라!!"

지휘관들은 병사들을 통제하며 최대한 진형을 유지했다. 싸움이라면 이골이 날 만큼 겪은 군단병들도 그때만큼은 마 음속에서 두려움이 움트고 있었다.

중앙을 담당한 1, 3군단을 막아선 것은 암포도릭스가 지휘 하는 카나이 족 병사 5천이었다. 병력에서도 앞서고 개개인 의 전투력도 높은 이케니아의 군단병들이 질 싸움은 아니었 다. 하지만 문제는 그게 아니었다. 아르제스는 팔라미쿠스의 의도를 간파했다. 전체 병력 중 가장 약한 카나이 족의 병사 들을 최선두에 내세운 이유가 이케니아 중장보병들의 체력을 소모시키기 위한 것임을 말이다. 분명 저 뒤에는 아누이의 정예병들이 기다리고 있을 것이었다.

"전열을 교체한다! 3열 앞으로!!"

아르제스는 적의 선두를 확인하자마자 3열의 병사들을 선두로 내세웠다. 3열은 체력은 부족하지만 경험 많은 노련한 병사들이 배치되어 있었다. 카나이 족 병사들을 격파하는 데 주력인 1, 2열 병사들을 동원하지 않으려는 의도였다.

하지만 암포도릭스가 지휘하는 카나이 족 병사들도 쉽게 물러설 수 없었다. 어차피 뒤에서는 팔라미쿠스의 1만 병력이 노려보고 있었다. 후퇴한다고 해도 기다리는 것은 죽음뿐이었다.

"와아아!!"

카나이 족 병사들은 맹렬하게 부딪쳐 왔다. 그러나 이케니아의 군단병들도 조금도 뒤지지 않았다. 3열 병사들에게 주어진 임무는 오로지 눈앞의 카나이 족을 격파하는 것이었다. 체력을 안배할 이유 따위는 없었다. 카나이 족의 분전에도 불구하고 승부는 20분도 안 걸려 갈렸다. 바닥이 미끌거릴 정도의 피를 남기고, 카나이 족의 모든 병력은 죽거나 도망쳐 버렸다. 그리고 그들이 사라지자 팔라미쿠스가 이끄는 진정한 본대가 모습을 드러내었다.

아르제스와 팔라미쿠스의 본대 사이의 거리는 불과 100여

미터에 불과했다. 하지만 노련한 이케니아의 병사들은 곧바로 돌격하지 않았다. 그들은 일사불란하게 걸음을 멈춘 다음 전열을 정비했다. 그리고 분전했던 3열의 병사들이 제자리로 돌아가고, 1열의 병사들이 다시 선두로 나왔다.

이 광경을 지켜보는 팔라미쿠스의 미간은 불쾌함을 그대로 드러내며 찌푸려졌다. 카나이 족이 예상보다 너무 쉽게 무너진 이유도 있었지만, 적들이 지나치게 침착해 보였기 때문이다. 적들이 당황하는 모습을 즐기는 그로서는 무척 불쾌한 광경이었다.

"중군 앞으로!!"

팔라미쿠스는 진군을 명령했다. 어쨌든 적은 아군보다 지쳐 있었다.

"승리를 위하여!!"

적이 움직이자 이케니아 군도 즉시 앞으로 나가기 시작했다. 굶주린 파도가 서로를 삼키려는 듯한 기세였다.

아르제스는 이 회전의 승부처를 기병대 간의 전투라고 생각하고 있었다. 기병 전력의 대부분을 지형이 평평한 우익에 배치시킨 것도 그런 이유였다. 아르제스의 기대에 보답이라도 하듯 기병 간의 전투 초반은 이케니아 측에 유리하게 전개되었다. 기병의 숫자는 비슷했지만, 적의 주력인 시아노 족의 기병에 비해 최근에 많은 실전 경험을 쌓은 이케니아 측의 기병들이 더 노련했기 때문이다.

하지만 기병대 뒤에 있던 2천의 아누이 병사들이 가담하면서 상황은 일변하였다. 이케니아 기병들의 시야가 적 기병대에 가려 있는 사이, 그들이 이케니아 기병대의 우측으로 우회하여 공격을 가해왔기 때문이다. 결과적으로 이케니아의 기병들은 기동성을 잃어버리게 되었다.

이 순간적인 상황에서는 경험 많은 게릭토스도 적지 않게 당황해 버렸다. 그러나 다행스럽게도 그것이 이케니아 기병대의 괴멸로 이어지지는 않았다. 뜻하지 않은 도움을 받았기 때문이다.

"돌격!!"

이미 쉬어버린 목으로 악을 쓰며 다가오는 사람은 바르바나였다. 좌익에서 기병대를 활용할 여지가 사라지자 지체하지 않고 게릭토스가 있는 우익까지 달려온 것이다. 결과적으로 그의 판단은 정확했다.

"오!! 바르바나!!"

애송이처럼 느껴지기만 했던 그가 더없이 반가운 게릭토스였다. 아르제스가 이번 싸움에서 바르바나에게 기병대의 일부를 맡긴다고 하자 조심스럽게 반대했던 그였지만, 지금은 아르제스의 발에 입맞춤이라도 하고 싶은 심정이었다. 바르바나의 기병대가 합류하자 다시금 상황은 반전되었다. 바르바나의 기병대가 측면의 보병들을 물리치는 사이 게릭토스의 기병대도 전열을 다시 가다듬을 수 있었고, 나아가 다시금 공세로 돌아서기 시작했다.

전투 개시 한 시간이 지났지만 승부의 윤곽은 드러나지 않았다.

하지만 부분별로 우세는 갈리고 있었다. 이케니아 군 좌익과 팔라미쿠스 군 우익의 싸움은 팔라미쿠스 군 우익의 창병들이 주도권을 쥐고 있었다. 창병들은 4군단을 50미터나 후퇴시켰다. 하지만 더 이상은 밀어붙이지 못했다. 그것은 4군단 병사들의 노련함과 메텔로의 효율적인 지휘 덕분이었다. 메텔로는 바르바나의 기병대가 물러서는 순간 눈앞의 싸움에서 이기겠다는 생각을 포기했다. 대신 그는 지지 않는 지휘를 하기 시작했다.

일단 그는 적이 밀고 들어오는 기세에 맞추어 아르제스의 본대를 중심으로 원을 그리듯 서서히 병력을 물렸다. 결과적으로 이케니아 군의 좌익은 둥근 반원형을 이루게 되었다. 하지만 팔랑크스는 전적으로 직선 진형이다. 14개 대대로 분리했다고 해서 곡선에 완벽하게 대응할 수는 없었다. 직선이 곡선으로 바뀌면서 무적 같아 보였던 팔랑크스에도 균열이 나타나기 시작했다. 그 틈을 이케니아 병사들은 놓치지 않았다. 측면이 드러난 팔랑크스는 근접전에 강한 군단병들을 이기지 못했다. 그런 식으로 몇 개에 팔랑크스 대대가 공격을 당하자 적의 전진이 더디어질 수밖에 없었다. 게다가 이런 결과에는 대대로 나눠진 팔랑크스가 가지는 태생적 약점도 한몫을 했다. 그것은 단위가 쪼개지다 보니 돌파력과 지구력이 약해졌다는 점이었다.

기병들 간의 전투는 이케니아 군이 우위를 점하고 있었다. 그러나 압도하진 못했다. 바르바나의 기습으로 위기에 처한 보병들은 발카자르가 잘 수습했다. 그리고 보병들로 하여금 공격보다는 아군 기병대의 측면을 지키도록 했다. 사실 기병들 간의 전투에 보병들이 활약하기란 여간 어려운 일이 아니다. 기병들에 비해 시야가 낮은 보병들은 전황을 파악하기도 힘들고 기동력의 차이 때문에 적재적소로 이동하기도 힘들기 때문이다. 그렇기에 발카자르의 이런 지휘는 대단한 것이었다. 전투에서는 밀리고 있었지만, 지휘관의 역량은 발카자르가 게릭토스보다 위였다.

본대끼리 붙은 중앙은 그야말로 접전이었다. 좌우가 막힌 중앙은 계략을 쓰기 힘든 위치다. 따라서 중앙의 싸움은 순수한 힘으로 결판나는 경우가 많았다. 그런데 그 힘이 막상막하였다.

이런 상황이다 보니 양측이 맞붙어 이룬 두 개의 긴 띠는 중심을 기준으로 뒤집어진 'S' 자 모양이 되었다. 장수에게 있어 이런 전개는 난감하기 이를 데 없었다.

팔라미쿠스는 분노가 머리끝까지 치솟았다. 그는 듣지도 못할 것이 분명한 병사들을 다그쳤다. 하지만 스스로도 자신의 병사들이 못 싸운 것이 아니라는 것은 알고 있었다. 아니, 오히려 오늘의 병사들은 그 어느 때보다도 분전하고 있었다. 문제는 이케니아 군이 너무 잘 버티고 있다는 점이었다.

"젠장!! 꼴사납구나."

팔라미쿠스는 분에 찬 한마디를 내뱉었다.

그러나 난감하기로는 아르제스도 그 못지않았다. 무엇보다 당황스러운 점은 아군의 기병대가 적의 좌익을 돌파하지 못하고 있다는 점이었다. 벌써 회전이 시작한 지 1시간 반이 지나고 있었다. 보통 때 같으면 승부의 향방이 가려졌어야 할 시점이었다.

"전령!!"

아르제스는 큰 소리로 외쳤다.

"네! 사령관님!"

"3열의 대대장들에게 전해라! 즉시 좌익으로 우회해 4군단을 도우라고 말이다!"

초반에 많은 체력을 소비한 3열의 병사들이지만, 지금 동

266

원할 수 있는 병력은 그들이 유일했다. 아르제스에게 이것은 승부수였다.

아르제스의 이 작전은 의외로 효과를 보았다. 동원된 병사들도 힘든 상태였지만, 6미터나 되는 창과 10킬로그램에 가까운 방패로 무장한 창병들의 체력 소모가 훨씬 빨랐기 때문이다.

"승기를 잡았다! 물러서지 마라!"

지휘관들은 저마다 목이 터져라 외치며 병사들을 독려했다. 하지만 장교라고 해서 후방에서 소리만 치는 사람은 없었다. 그들은 모두 군단병들과 어깨와 방패를 나란히 하고 있었다. 아르제스는 조금만 더 버티면 이길 수 있다고 생각했다. 좌익의 전세가 호전된 이상, 아군의 전열이 붕괴될 일은 없었기 때문이다. 그리고 수적으로 우세한 아군의 기병대가 결국은 상대의 기병대를 제압할 것임을 믿어 의심치 않았다.

하지만 그때 전혀 예상하지 못한 일이 일어났다. 돌풍에 가까운 바람이 불더니 갑자기 하늘이 어두워지기 시작한 것이다. 구름 한 점 없는 맑은 날이었다. 갑작스런 괴변에 병사들은 전투를 잊을 정도로 놀랐다. 점점 어두워지던 하늘은 결국 서서히 흑암에 잠겨 버렸다.

바람은 이맘때 이 지역에 가끔 부는 돌풍이었고, 하늘이 어두워진 것은 개기일식 때문이었다. 하지만 이 두 자연현상이 합쳐지자 병사들은 그것을 태연하게 받아들이지 못했다. 병사들은 크게 동요했다. 태양은 어느 민족에게든 인격신의 형상이든 자연물로서의 대상이든 간에 종교적 숭배의 대상이었다. 때문에 일식은 큰 흉조나 신의 분노를 나타내는 징조로 여겨지고 있었다.

병사들은 저마다 칼을 거두고 물러서기 시작했다. 일부 병사들은 도주하기도 했다. 아르제스 측이나 팔라미쿠스 측이나 상황은 다르지 않았다.

아르제스와 팔라미쿠스는 당황하는 병사들을 수습하기 위해 안간힘을 썼다. 이런 상황에서 가장 위험한 것은 외부의 적이 아니라 내부의 혼란이었다.

이케니아 군을 혼란에서 구한 것은 기수(旗手)들의 적절한 대처였다. 원래 기수는 어떠한 상황에서도 정해진 위치를 떠나지 못하게 되어 있었다. 하지만 기수들은 원칙을 어기고 뒤로 물러섰다. 만약 기수들이 그 자리에 서 있었다면 병사들은 진형을 이탈하는 것이 되지만, 병사들을 따라 기수병들끼리 나란히 물러서면 부대 기를 따라 병사들이 물러나는 것처럼 보이기 때문이다. 사소한 일 같지만 갑작스러운 어둠으로 위치를 가늠할 수 없는 병사들에게 부대 기가 주는 존재감은 절대적인 것이었다.

"부대 기를 떠나지 마라! 이탈하는 자는 탈영죄로 다룰 것이다!"

장교들의 결사적인 통제로 병사들은 겨우 안정을 찾기 시작했다. 때마침 일식이 지나가면서 다시 태양이 드러나고 있었다. 그리고 태양이 온전한 모습을 찾았을 때는 전장의 분위기가 완전히 바뀌어 있었다.

양측의 병사들은 무기를 든 채 어찌해야 할지 모르겠다는 표정으로 서 있었다. 한참 끓어올랐던 투지와 적대감, 그리고 긴장감이 일순간 사라졌기 때문이다. 게다가 다시 전투를 시작하자니 양측의 진형 모두가 상당히 흐트러져 있었다. 회전에서는 거의 보기 드문 기묘한 광경이 연출된 것이다.

"하아, 신이 나를 돕지 않는구나."

아르제스는 탄식 섞인 한숨을 내뱉었다. 승리의 여신은 아르제스에게 미소를 보냈지만, 행운의 여신은 그에게서 등을 돌려 버린 꼴이었다.

"진형을 유지하면서 군대를 물린다."

결국 그는 군대를 뒤로 물리게 했다. 다행이라면 일사불란한 퇴각이 아르제스 휘하 군단병들의 특기였다는 점이었다.

아누이 병사들의 사정도 마찬가지였다. 그들도 스스로의 진형을 정비하기에 바빴다. 그리고 일단 긴장이 풀려 버리자 급속한 피로감이 몰려왔다.

이 순간 아르제스도 팔라미쿠스도 더 이상의 회전은 불가능함을 직감하였다.

다시금 600미터 간격을 두고 물러선 양측 군대는 정오 무렵까지 대치하다가 결국 각자의 진영으로 귀환하고 말았다. 그 누구도 원치 않았던 결말이었다.

진영으로 돌아온 아르제스는 상대편으로 사절을 보내었다. 시간대를 나누어 각자 병사들의 시신을 수습하자는 제안을 전하기 위해서였다. 그는 국가와 자신의 명예를 위해 싸우다 죽어간 병사들이 타국 땅에 쓸쓸이 방치되는 것을 원치 않았다. 하지만 아르제스의 사절을 접견한 것은 팔라미쿠스가 아닌 발카자르였다. 발카자르는 왕자를 대신해 아르제스의 의견을 받아들였다. 어차피 부상자들을 치료하는 데에도 시간이 필요했다. 그리고 왕자에게도 시간이 필요했다.

진지로 돌아오자마자 부대의 지휘를 발카자르에게 넘겨 버린 팔라미쿠스가 개인 처소에 틀어박혀 식음을 전폐한 것이다. 발카자르는 이런 왕자의 모습을 일전에도 딱 한 번 본 적이 있었다. 하지만 그때는 시스코스팍 왕과의 갈등이 원인이었지, 전투의 패배가 원인이 된 적은 이번이 처음이었다. 그만큼 왕자가 받은 충격은 컸다. 겉보기에는 무승부가 되었지만, 그것만으로도 왕자의 자존심은 갈기갈기 찢어진 것이다. 그리고 팔라미쿠스 스스로도 잘 알고 있었다. 인정하기는 싫었지만, 만약 전투가 계속되었으면 결국은 자신들이 패배했을 것임을.

팔라미쿠스가 개인적 자존심에 상처를 입었다면, 아르제스는 운명의 변덕스러움에 씁쓸해하고 있었다. 공교롭게도 팔라미쿠스와 아르제스, 두 사람 모두가 전투에서 졌다고 생각하고 있었던 것이다. 이제 아르제스는 더 이상 상승의 장수도 아니고 불패의 장수도 아니었다.

그리고 팔라미쿠스와의 재대결은 없었다. 팔라미쿠스와 비브오락테스가 합류하기 전까지 아르제스가 가졌던 기회의 시간은 모두 지나가 버렸다. 이번에는 정말로 브로타를 향해 퇴각해야 했다.

*　　　*　　　*

남에레냐드로 들어가는 경계에서 발이 묶인 채 총독의 연락을 기다리는 섹티우스의 심정은 답답하기만 했다. 예상보다 일정이 지체되자 브로타로 사정을 알리기 위해 보낸 전령이 브로타가 켈리 족의 공격을 받고 있다는 사실과 아르제스가 처한 위기 상황을 알려왔기 때문도 있었다. 하지만 무엇보

271

다 그를 괴롭힌 것은 모든 일이 그가 이해할 수 없는 방향으로 움직이고 있다는 점이었다. 그는 총독이 보낸 사절, 혹은 총독이 직접 와서 이런 그의 답답함을 풀어주기를 기대하고 있었다. 당장 브로타 주둔지로 귀환해야만 할 그가 이렇게 인내하고 있는 것도 그런 이유였다.

6일이 지나서야 총독이 보낸 사절이 도착했다. 아니, 정확하게 말하면 총독이 보낸 사절이 아니라 원로원이 보낸 사절이었다.

"아니, 헤르마니쿠스 의원님!"

사절은 너무나도 의외의 인물이었다. 황제의 측근으로 라인에 있어야 할 인물이 이 먼 에레냐드까지 와 있었던 것이다.

"섹티우스, 고생이 많군!"

헤르마니쿠스는 노안에 미소를 띠며 반가움을 감추지 않았다.

"그렇지 않아도 자네를 보기 위해 이곳까지 온 것이었네. 마침 자네가 이곳에 있다는 소식을 듣고 내 빠르게 달려왔지만, 내가 말을 타는 솜씨가 영 시원치 못해서 말이야. 생각보다 이렇게 시간이 걸려 버렸군."

"저를 보러 오셨다는 말입니까?"

섹티우스는 헤르마니쿠스의 말이 단순한 인사치레가 아님

을 직감했다. 원로원 의원이 직접 올 정도면 보통 용무가 아닐 터였다.

"일단 앉지."

헤르마니쿠스는 자리를 권했다. 귀빈용으로 세워진 막사 안에서 두 사람은 주위를 모두 물린 채 마주 앉았다.

헤르마니쿠스가 말했다.

"자네가 보내었던 보고서들은 잘 읽어보았네. 물론 폐하께서도 친히 읽어보셨고, 누구보다도 에레냐드의 반란에 대해서 걱정하고 있으시네."

"하지만 반란이 시작된 지 1년이 다 되어가도록 본국에서는 아무런 조치도 취하지 않았습니다."

"물론 이해되지 않는 부분이 많을 것이라고 생각하네. 사실 나도 폐하의 의중을 모두 아는 것은 아닐세. 하지만 이것이 많은 의문들을 해결해 주리라 믿네."

헤르마니쿠스는 작은 두루마리를 꺼내어 섹티우스에게 건넸다. 문서는 황제의 직인으로 봉인되어 있었다. 의심할 여지가 없는 티투스의 친서였다. 섹티우스는 온몸을 타고 흐르는 긴장감을 억누르며 두루마리를 펼쳤다.

"······!!"

칙서를 읽어 나가는 섹티우스의 눈은 점점 경악으로 얼룩졌다. 이곳에서 황제가 있는 그라나디아 사이의 거리는 국가

전용 연락망을 통해서라도 20일은 걸리는 거리다. 가도를 따라 이동하는 전령이 하루에 100킬로미터를 갈 수 있는 것을 고려하면 정말 엄청난 거리이다.

그런데 놀라운 것은 아누이 왕국의 군대가 피나세아 산맥을 넘어오기 이전에 작성된 것이 분명한 이 칙서에, 그들의 침공에 대한 대응 지시가 세세하게 기록되어 있었다는 점이다.

'황제께서는 처음부터 아누이 왕국이 에레냐드를 침입할 것을, 게다가 그 시간과 규모까지도 알고 계셨다?!'

섹티우스가 내릴 수 있는 결론은 그것이었다. 하나의 의문이 풀리자 더 많은 의문이 떠올랐다.

"의원님, 이……."

하지만 헤르마니쿠스는 손을 내밀어 섹티우스의 말을 끊었다.

"나도 그 칙서의 자세한 내용은 모른다네. 이미 자네는 나보다 많은 걸 알고 있어. 다만 내가 말해줄 수 있는 것은 모든 것은 폐하의 뜻대로 이루어지고 있다는 것일세. 일단은 그 뜻을 그대로 따르게."

그는 자리에서 일어서며 섹티우스의 어깨를 가만히 쥐어 주었다. 그가 막사를 나간 뒤에도 섹티우스는 한동안 움직이지 못했다. 복잡한 생각에 머리가 어지러웠다. 그러나 그의

274

충성심은 조금도 흔들리지 않았다.

황제가 섹티우스에게 명령한 첫 번째 과제는 하바리움으로 가서 2개 군단을 인수하라는 것이었다. 에레냐드 사태에 대해 그동안 방관으로 일관하던 티투스가 드디어 군사개입을 명령한 것이다. 군단 지휘권은 전직 법무관 이상에게만 허락된 권리였기에, 섹티우스에게는 전직 법무관의 칭호가 주어졌다. 원래는 법무관을 지낸 경력의 사람을 부르는 말이었지만, 이제는 '전직 법무관'이라는 말 자체가 하나의 관직처럼 되어 있었다.

그가 인수할 군단은 15군단과 16군단으로, 원래는 에레냐드 속주의 방어를 담당하던 총독 휘하의 군단들이었다. 이들의 빈자리를 대체하기 위해 이미 본국에서는 새로운 2개 군단을 파병한 상태였다.

2개 군단이라고는 하지만 군단병과 경장보병, 그리고 기병을 합쳐 모두 1만 8천이나 되는 병력이었다. 게다가 15, 16군단은 베테랑 군단이다. 병사들의 경험과 전투력은 아르제스의 직속 군단인 이케니아 군 1군단에도 전혀 뒤지지 않았다.

군단을 인수하자마자 섹티우스는 강행군으로 북상하기 시작했다. 브로타를 켈리 족의 위협에서 구해야만 했다. 마음속을 무겁게 누르는 의혹들은 일단 접어두었다. 모든 의혹들은 에레냐드의 전쟁이 끝나는 날 자연스럽게 드러나리라고 믿었다.

*   *   *

티투스가 수도를 떠나 마리우스 진지에 머문 지 벌써 1년이 되었다. 그러나 황제가 수도를 비웠음에도 국사가 소홀히 취급되는 일은 없었다. 그것은 황제가 황제의 일과 원로원의 일을 분리시켰기 때문이다.

제정으로 접어든 이후 원로원의 영향력은 최고 의결 기관에서 보좌 기관으로 점점 위상이 낮아져 왔다. 그러던 것을 티투스가 황제에게 귀속되어 있던 권한의 일부를 원로원에게 위임하면서 다시 위상이 살아나기 시작했다. 티투스가 양도한 권한은 주로 내정의 실무와 통상적 우호 관계에 있는 국가와의 외교권이었다. 이런 조치로써 티투스는 적대 국가에 대한 군사 문제와 외교 문제에 모든 역량을 집중할 수 있었다.

6개나 되는 군단을 이끌고 원정이라는 명목으로 수도를 떠난 황제였지만 본격적인 전투는 일어나지 않았다. 하지만 티투스가 버티고 있는 것만으로도 아티아 족의 세력은 더 이상

확대되지 못했다. 티투스가 외교와 군사 양면에서 그들의 세력 결집을 집요하게 방해했기 때문이다.

티투스는 참고 있었다. 사실 아티아 족의 봉기를 토벌하려면 이미 작년에 할 수 있었다. 하지만 그들을 무력으로 토벌하면 그것뿐이고, 그때뿐이다. 정치적 불안과 외교적 신뢰성의 결여는 토르카의 부족들을 말할 때 빠지지 않는 평가였다. 그런 부족들을 상대하려면 무력 진압이 가장 좋은 방식이지만, 토르카 지방과 면하고 있는 라인 제국의 그 넓은 국경 지방을 전부 그런 식으로 제패할 수는 없는 일이다. 그래서 황제는 다른 방법을 모색했다. 아이러니하게도 그 방법은 가장 공화정다운 방법이었다.

북쪽으로 갔던 아비아노가 되돌아온 것은 5월 2일이 되어서였다. 그가 갔던 북쪽은 다름 아닌 아누이 왕국의 수도 데모라둠이었다. 라인 제국에 있어 아누이 왕국은 1순위의 가상적국이었다. 그랬기에 티투스의 이런 외교적 손길은 원로원조차 모르게 은밀히 진행되었고, 아비아노도 공식 사절이 아닌 상인으로 위장한 채 아누이 왕국을 드나들었다.

토르카의 많은 부족들이 라인 제국의 국경을 위협할 때부터, 티투스의 관심은 그들이 아닌 아누이 왕국에 집중되어 있었다. 그리고 비밀리에 많은 사절이 파견되었다. 적대감과 두려움은 상대를 알지 못함에서 비롯된다고 믿는 티투스였기에 그는 상대의 의도와 실체를 파악하고 싶었던 것이다. 그러던 중 아누이 왕국이 상당한 내분에 시달리고 있으며, 그것이 시스코스팍 왕의 의도와는 전혀 상관없다는 것을 알게 되었다. 그때부터 티투스의 손길이 시스코스팍 왕에게 뻗치기 시작했다.

두 사람의 이해관계는 정확히 맞아떨어졌다.

아누이 왕국이 가진 두 가지 큰 과제는 비옥한 경작지와 대형 항구의 확보였다. 아누이 왕국의 강경파들이 남부의 토르카 부족을 몰아내려고 한 것은 경작지의 확보를 위해서였고, 에레냐드 지방에 관심을 가진 것은 카나이 족과 켈리 족이 가지고 있는 항구 도시 때문이었다. 아누이 왕국의 강경파 귀족들은 그 지역에 대한 완전한 지배를 원했다.

하지만 시스코스팍은 달랐다. 그의 대에 이르러 아누이 왕국의 영토는 더없이 넓어졌지만, 오히려 그 때문에 영토 확장이 가지는 부정적 의미를 그는 누구보다 잘 알고 있었다. 에레냐드 지방을 노리든 토지가 비옥한 아누이 왕국 남부의 땅을 노리든 간에, 그렇게 되면 라인 제국과 국경을 접하게 된다. 시스코스팍 왕은 그것만은 피하고 싶었다.

그에 비해 티투스가 원하는 것은 토르카 지방과 접한 북쪽 국경의 안정이었다. 오랫동안 이것을 어렵게 만들어온 것은 이 지역의 토르카 민족들을 대표할 수 있는 단일 대상이 없었기 때문이다. 열 개의 국가와 모두 교섭하는 것은 하나의 국가와 교섭하는 것보다 열 배가 아니라 백 배 이상 힘들다. 교섭 당사자끼리의 이해관계뿐만 아니라 주변 국가들과의 이해관계까지 따져야 하기 때문이다. 그런 면에서 아누이 왕국의 부상은 긍정적인 면을 가지고 있었다. 아누이 왕국이 주변 토르카 부족들에 대한 영향력을 확보한다면, 라인 제국으로서도 아누이 왕국을 교섭 대상으로 삼아 외교 과정을 단순화할 수 있는 것이다. 교섭 창구가 단일화되면 의사 결정이 빨라지고 교섭에 필요한 정치적 비용도 절약된다. 국가 전체적으로 보았을 때 이것은 엄청난 이익이었다.

티투스가 오랫동안 기다려 온 것은 시스코스팍 왕의 결단이었다. 그리고 아비아노가 티투스가 원하는 소식을 가져왔다.

"시스코스팍 왕이 움직이기 시작했습니다. 아마 지금쯤이면 숙청을 끝내고 군대를 소집하고 있을 것입니다."

"좋아! 잘되었군."

티투스는 한쪽 입꼬리를 올리며 양주먹을 마주 쳤다. 확실히 군대를 이끌고 이렇게 앉아만 있는 것은 그의 성격이 아니었다.

그는 휘장을 걷고 막사 밖으로 나가서 외쳤다.

"전군에 출정을 알려라! 내일까지 모든 준비를 마치고, 모레 아침이면 출발할 것이다!"

*   *   *

병사들의 시신을 수습하고 장례를 치른 후, 아르제스는 미련없이 진영을 걷고 서쪽으로 물러났다. 하지만 팔라미쿠스는 그런 아르제스를 추격하지 않았다. 의기소침해져서가 아니었다. 거처에 틀어박혀 있었던 것도 하루에 불과했다. 지금의 그는 오히려 냉정해져 있었다. 아르제스를 추격한다고 해도 이제는 회전에서 승리하리라는 보장이 없었다. 물론 적을 뒤따르면서 행군 속도가 늦어지도록 물고 늘어질 수는 있겠지만, 그런 끈질긴 전법은 팔라미쿠스의 성격에 전혀 맞지 않았다.

대신 그는 비브오락테스와의 합류를 기다리기로 했다. 이틀 후, 비브오락테스의 2만 병력과 합류한 그는 그제야 아르제스를 추격하기 시작했다.

비브오락테스가 켈리 족으로 하여금 브로타를 공격하게 한 판단은 옳았다. 다만 문제는 한 달이 넘도록 공략에 성공하지 못하고 있다는 것이었다. 가장 큰 이유는 해상 보급로를 완전히 차단하지 못했다는 점이다. 오도릭스가 우려했던 켈라바르 인들과의 충돌은 일어나지 않았지만, 문제는 막상 해상을 봉쇄하려 해도 기점이 될 만한 장소가 없었다. 이 일대의 바다는 거칠기로 유명했기 때문에 기점이 될 만한 항구가 없이는 오랫동안 봉쇄를 유지할 수 없었던 것이다.

그에 비해 육지 쪽 방어에서는 이케니아 군도 상당히 애를 먹었다. 켈리 족이 라인 제국의 것을 본뜬 공성탑과 사다리차 등을 만들어 공격해 왔기 때문이다. 더불어 땅굴을 파서 침투하려고 하거나 방책을 무너뜨리려고까지 시도했다. 덕분에 수비 병력들은 제대로 된 잠조차 잘 수 없었다. 밤에도 방책을 따라 안쪽으로 길게 파놓은 참호에 들어가 적들이 땅굴 파는 소리를 감시해야 했고, 언제 밀려올지 모르는 공성탑을 주시하며 긴장을 늦출 수 없었던 것이다.

그래도 수비를 책임지고 있는 칼쿨루스는 지켜낼 자신이 있었다. 아직 추수철이 되려면 3달 이상 남았다. 켈리 족은 그전에 식량 부족을 겪지 않을 수 없을 터였다.

각개격파를 통해 전세 역전을 노린 시도마저 실패로 끝난 상황이었다. 하지만 아르제스는 절망하거나 포기하거나 운명을 원망하지 않았다. 그가 포기한 것은 전쟁을 올해 안으로 끝내겠다는 구상뿐이었다.

5월 3일. 아르제스는 브로타 외곽 20킬로미터 지점까지 도달했다. 켈리 족도 척후병을 통해 이 사실을 알았다. 이럴 경우 보통은 행군 속도를 늦추며 유리한 지형을 골라 진지부터 건설하는 것이 정석이다. 하지만 아르제스는 그렇게 하지 않고, 오히려 행군 속도를 높여 브로타에서 4킬로미터 떨어진 곳까지 진군해 들어갔다. 아르제스의 예상치 못한 행동에 오도릭스는 즉시 브로타에 대한 포위를 풀고 병사들의 방향을 반전시켰다. 그러나 아르제스는 싸울 생각이 아니었다. 켈리 족이 방향을 바꾸자 그 즉시 5킬로미터 정도 퇴각해 유리한 지형에다 진지를 구축해 버렸다. 그의 이런 행동은 자신이 도착했음을 칼쿨루스에게 알리고 싶었기 때문이다.

아르제스의 도착이 확인되자 브로타의 병사들은 크게 기뻐하며 사기가 높아졌다. 한 달간의 분투가 보상을 받는 순간이었다. 그에 비해 아르제스는 마냥 기뻐할 수 없었다. 이제 곧 팔라미쿠스와 비브오락테스가 대군을 이끌고 이곳으로 올 것이 분명했다. 그는 그전에 켈리 족의 병력을 격파하고 싶었다. 하지만 켈리 족의 족장인 오도릭스는 고지에 진지를 구축한 채 틀어박혀 아르제스의 그 어떠한 도발에도 응하지 않았다. 지금껏 아르제스와 싸워왔던 에레냐드의 장수들은 하나같이 패배를 맛보았음을 그는 잘 알고 있었다. 승부에 대한 절대적인 자신감이 생기지 않는 한 그는 결코 전투를 벌일 마음이 없었다.

　결국 이 때문에 아르제스의 시도는 실패로 돌아갔다. 하지만 켈리 족이 알아서 포위를 풀어준 덕분에 아르제스는 무사히 브로타로 입성할 수 있었다.

제6장

모든 것은 황제의 뜻대로

브로타에 들어온 후에도 아르제스는 전혀 쉴 수가 없었다. 병사들에게도 단 하루의 휴식만이 허락되었다. 팔라미쿠스와 비브오락테스가 도착하기 전에 미리 해두어야 할 공사가 있었다.

아무리 회전에 자신있는 아르제스라도 아누이, 카나이, 켈리 족이 연합한 대군과는 결전을 치를 생각이 없었다. 우선은 추가적인 정세 변화가 있을 때까지는 브로타를 지키며 지친 병사들을 회복시킬 작정이었다. 하지만 브로타를 지키기 위해서는 브로타 안에만 있으면 안 되었다.

그는 브로타 남쪽의 언덕에 새로운 진지를 구축했다. 그리고 그 진지와 브로타 사이를 해안선을 따라 방책을 세워 연결하려고 했다. 공사에는 군단병들뿐 아니라 브로타의 주민들까지 동원되었다. 최대한 빠른 시간 안에 공사를 마칠 필요가 있었기 때문이다.

그가 이렇게 한 것은 브로타가 4개 군단의 병력이 주둔하기에는 너무 비좁았기 때문이다. 그리고 도시 외곽에 따라 진지를 구축해 두면 적이 도시를 완전히 포위하는 것을 막을 수 있고, 나아가 수비에서 공격으로 전환할 때도 유리한 것이다.

하지만 진지 공사가 끝나자마자 모든 상황이 바뀌어 버렸다. 아르제스가 예상했던 '정세 변화'가 예상치도 못한 시점에 일어났기 때문이다. 그것은 섹티우스가 이끌고 온 1만 8천의 라인 군단이었다.

라인 제국군이 출현하자 켈리 족은 물론이거니와, 뒤늦게 도착한 비브오락테스와 팔라미쿠스마저 경악하고 말았다. 비브오락테스가 반란을 일으킬 수 있었던 이유 중 하나도 라인 제국이 북에레냐드에 대한 지배권 행사를 포기했다고 판단한 까닭이다.

전장은 교착 상태에 빠졌다. 비브오락테스는 감히 공격할 엄두를 내지 못했다. 지난해부터 이어진 아르제스와의 전투로 그는 5만이 넘는 연합군을 잃어버렸고, 그런 손실이 단기 간에 채워질 리 없었다. 이케니아 군만 상대한다면 몰라도 라인 제국군까지 상대할 전력은 아니었다.

그에 비해 아르제스 역시 공격을 못하고 있었다. 다름 아닌 섹티우스를 통해 전해진 티투스의 명령 때문이었다. 그 명령은 다름 아닌 팔라미쿠스와의 강화 체결이었다.

"자세히 말해주시오, 섹티우스. 도대체 이런 명령을 내린 황제 폐하의 진의가 무엇이오?"

티투스에게 숨겨진 속셈이 있다는 것은 진작부터 알고 있었다. 그리고 언젠가는 그 의도를 간파할 수 있으리라 자신하고 있었던 그였다. 하지만 이제는 자신이 없었다. 아르제스는 도저히 티투스의 속셈을 알 수 없었다. 하지만 섹티우스라고 그것을 알 리 없었다. 그도 그저 고개를 저을 뿐이었다.

그리고 이런 처지에 놓은 사람은 아르제스만이 아니었다.

"그게 무슨 소리냐!! 강화라니!"

팔라미쿠스는 발카자르의 멱살을 잡았다. 거친 말투 속에서도 왕자로서의 품행만은 잃지 않았던 그가 그만큼 흥분했다는 증거였다.

"따르십시오. 왕의 명령이십니다."

발카자르는 멱살이 잡힌 상태에서도 가볍게 고개를 숙이

며 최대한 예의를 갖춰 말했다.

"빌어먹을!!"

왕자는 멱살을 놓으며 발카자르를 밀쳤다. 그의 몸은 막사 구석에 놓여 있던 기물들과 함께 쓰러졌다. 왕자는 칼을 뽑아 들었다. 하지만 칼로 발카자르를 치는 대신 서탁 모서리를 내려쳤다. 그리고는 칼마저 구석으로 던져 버렸다. 그리고는 거칠게 숨을 몰아쉬며 한참 동안 아무 말도 하지 않았다. 발카자르는 쓰러진 몸을 일으키지 않았다.

이윽고 팔라미쿠스가 입을 열었다. 그의 말투는 냉소적으로 변해 있었다.

"그래, 그래. 그 건강하신 분이 병을 핑계로 칩거 생활을 할 때부터 무언가 속셈이 있다고 느끼긴 했다. 자, 이젠 속 시원히 말해다오. 도대체 그 위대하신 아버지의 뜻이 무엇인지를 말이다!"

발카자르는 쓰러진 상체를 일으켰다. 하지만 일어서는 대신 바닥에 무릎을 꿇었다.

"지금부터 제가 하는 이야기들은 전부 왕께서 직접 왕자님에게 전하라 하신 말씀입니다. 왕께서는 오래전부터 큰 고민에 빠져 계셨습니다. 그 고민은 정복 전쟁에서 왕을 도와 많은 공을 세운 귀족들에 관한 것이었습니다. 그들이 자신들의 공적에 도취되어 국정을 어지럽히고 있었기 때문입니다. 하지만 왕께서는 그들의 부정을 눈감아주셨습니다. 그들 대부분의 자신에게 충성을 바치던 신하였고, 또 그들 중에는 왕자님의 외삼촌들도 있어서였습니다. 하지만 그들은 왕의 자비를 감사하게 여기지 않고 오히려 점점 더 오만해졌습니다. 그들은 더 나아가 왕자님까지 자신들의 권력욕으로 끌어들였습니다. 왕자님도 그들의 속셈은 잘 알고 계실 것입니다. 다만 왕자님은 '정복왕'이라고 불리신 부왕의 명성을 뛰어넘기 위해 그들의 탐욕을 눈감아주신 것이겠지요. 하지만 왕께서는 더 이상 참을 수 없으셨습니다. 그들이 더 득세하게 되면 왕자님께 온전한 왕권을 물려주지 못할 것이라는 걱정 때문입니다. 그래서 왕께서는 칩거하시며 심복들을 통해 그들의 비리를 캐내었습니다. 아주 조심스럽고 신중하게 말입니다. 그래서 3년이라는 긴 시간이 필요했지요. 그리고 드디어 결심하셨습니다. 이번 번제 때 그 모든 귀족들을 숙청하시기로 말입니다."

이야기를 듣는 팔라미쿠스는 주먹을 쥐고 온몸을 가늘게 떨고 있었다.

"모두 말인가?"

이 물음에 발카자르는 한동안 대답을 하지 못했다. 팔라미쿠스가 다시 물었다.

"모두 말인가?"

"…네, 모두입니다."

"아…….."

왕자는 왕이 외삼촌들은 물론이고, 그의 아내이자 자신의 어머니인 왕비까지 숙청의 대상으로 삼았음을 알았다. 부왕을 볼 때마다 느꼈던 불안감과 답답함의 정체를 이제야 알 것 같은 왕자였다.

"그럼 부왕이 이번 에레냐드 침공을 허락한 것도 나를 수도에서 떨어뜨려 놓기 위해서였나?"

"그렇습니다. 더불어 귀족들을 안심시키기 위한 목적이기도 했습니다."

진실을 알게 된 왕자는 입술을 다문 채 아무런 미동도 하지 않았다. 부왕을 존경했기에 그를 넘어서는 사람이 되고 싶었다. 부왕의 것을 물려받는 입장이 아닌, 자신만의 것을 만들고 싶었다. 부왕의 그늘에서 벗어나려고 그토록 애쓴 것도 그 때문이었다. 하지만 결국 부왕은 그것을 용납하지 않았다. 그는 아들에게 정복왕의 칭호가 계승되지 않게 한 것이다.

왕자도 정치권력의 본질이 얼마나 잔인한지 잘 알고 있었다. 왕이 한 행동들은 전부 자신을 위한 희생임도 알 수 있었다. 하지만 가슴으로는 받아들여지지 않았다. 그는 평생 아버지를 이해할 수 없을 것 같은 기분이 들었다.

팔라미쿠스가 말했다.

"일어나라."

발카자르가 몸을 일으키자 팔라미쿠스는 주먹을 휘둘러 그의 얼굴을 쳤다. 발카자르의 고개가 왼쪽으로 돌아갔다. 하지만 이번에는 쓰러지지 않았다.

"지금까지 나를 속인 벌이다."

발카자르는 말없이 고개를 숙였다.

"지휘와 교섭은 네게 일임하겠다."

이 말을 끝으로 왕자는 몸을 돌려 침실로 향했다. 그에겐 잠이 필요했다. 빌어먹을 현실을 한동안 잊어버리는 데는 잠이 최고였다.

발카자르는 왕자의 뒷모습이 사라진 뒤에도 한참 동안 서 있다가 막사를 나섰다.

그날 밤, 발카자르는 대담하게도 직접 이케니아 군 진영으로 찾아갔다. 밤을 택한 것은 비브오락테스에게 강화의 의도를 들키지 않기 위해서였고, 그가 직접 찾아간 것은 협상의 빠른 진전을 위해서였다.

그의 방문은 아르제스에게도 큰 놀라움이었다. 티투스에게 강화 협상 명령을 전달받은 것이 불과 며칠 전이다. 그런데 마치 그것을 알고나 있었다는 듯, 적의 지휘관 중 한 명이 직접 찾아온 것이다. 이런 것은 우연이 아니다. 그리고 티투스는 신이 아니다. 이 순간 아르제스는 팔라미쿠스의 침공마저 티투스가 써놓은 각본에 있는 것인가 하는 생각에 몸을 떨었다. 정말 그것이 사실이라면 아르제스는 티투스에게 철저히 시험당하고 이용당한 꼴이 되는 것이다. 만약 티투스가 이 광경을 보고 있다면, 멋진 연기를 해준 배우들에게 열띤 박수갈채를 보낼지도 몰랐다.

"공교롭군요. 막상 이쪽도 강화를 체결하라는 명령을 받았는데 말입니다. 그쪽도 왕이 강화를 지시했소?"

아르제스는 눈앞의 인물을 쏘아보며 냉소적으로 말했다. 하지만 발카자르는 대답하지 않고 말했다.

"강화가 성립된다면 저희는 더 이상 에레냐드의 반란에 가담하지 않고 본국으로 물러날 것입니다. 사령관님이 보장해주셔야 할 것은 퇴각 시의 안전 보장과 한 달치의 식량뿐입니다. 단, 식량에 대한 대금은 지불될 것입니다."

발카자르가 내세운 강화 조건은 지극히 단순하였다. 쉽게 말하면 아무 일도 없었던 것처럼 물러나겠다는 뜻이었다. 군대를 일으키는 것은 쉬운 일이 아니다. 따라서 군대를 일으킨 자는 싸워서 많은 것을 얻기를 원한다.

궁금한 마음에 아르제스가 물었다.

"제멋대로 들어왔다 나가겠다니 조금은 괘씸하군. 하지만 현실적으로 봤을 때는 무척 고마운 조건이군요. 그런데 한 가지 묻겠소. 지금 그대들이 이대로 군대를 물린다면 아무것도 얻는 것이 없지 않소?"

그 말에 발카자르는 희미한 미소를 지으며 짤막하게 답했다.

"얻을 것은 이미 다 얻었으니 걱정하지 않으셔도 됩니다."

"…알겠소."

아르제스는 더 이상 묻지 않았다.

강화 협상은 그 자리에서 성사되었다. 그것이 가지는 의미에 비해서 너무나도 쉽게 말이다.

다음날, 팔라미쿠스의 진영은 새벽부터 진지를 떠나 동쪽으로 떠날 준비를 시작하였다. 비브오락테스에게는 본국의 문제로 되돌아가겠다는 짧은 내용의 서신을 보냈다.

정신이 달아날 정도로 놀란 비브오락테스는 옷도 제대로 걸치지 않은 채 팔라미쿠스의 진영으로 뛰어왔다.

"이게 다 무엇이오?! 적이 눈앞에 있는데 어째서 퇴각한단 말입니까!!"

퇴각 준비에 한창인 아누이 병사들을 바라보며 비브오락테스는 정신 나간 사람처럼 외쳤다. 그가 대면하고 있는 사람은 발카자르였다. 팔라미쿠스는 아예 그를 만나려고 하지조차 않았다.

발카자르가 감정이 실리지 않은 목소리로 말했다.

"서신에서도 밝혔다시피 본국에 좋지 않은 일이 생겨 더 이상 머물 수 없게 되었소. 양해해 주시오."

비브오락테스는 어이가 없었다.

"인정할 수 없소! 우리들 간의 약속은 어떻게 할 것이오?! 나를 도와 이 전쟁을 승리하게 되면 오르바나를 아누이 왕국에 넘기겠다는 약속 말이오! 제대로 된 항구의 확보는 아누이 왕국의 오랜 숙원이 아니었소?!"

"아아, 그 약속 말이오? 아쉽지만 없었던 일로 해야겠지요."

"이이……"

비브오락테스는 온몸에서 힘이 빠지는 것 같았다. 라인 제국의 군대가 개입한 마당에 팔라미쿠스까지 돌아가 버린다면 이 전쟁에서는 더 이상 승산이 없었기 때문이다.

"왕자님, 왕자님을 직접 만나봐야겠소!"

비브오락테스는 발악하듯 외치며 발카자르를 지나치려 했다. 그런 그를 발카자르의 왼팔이 가로막았다. 그리고서는 낮게 으르렁거리는 사자처럼 말했다.

"왕자님은 만날 수 없소. 그리고 이미 왕자님은 나에게 전권을 위임하셨소. 나의 말이 곧 왕자님의 뜻이오."

발카자르의 오른손은 이미 칼의 손잡이를 잡고 있었다. 엄청난 위압감에 비브오락테스는 저도 모르게 뒷걸음질쳤다. 상황이 이렇게 되자 증오가 치밀어 올랐다.

"그대들이 돌아갈 수 있는 길은 시아노 족의 루트를 넘는 것뿐이오. 내가 켈틸에게 명령해 길을 막게 한다면, 과연 그 산맥을 무사히 넘어갈 수 있을 것 같소?"

하지만 비브오락테스의 협박에도 발카자르는 싱긋 웃었다.

"걱정해 주셔서 감사하지만, 이미 그 문제에 대해서는 네모 가이우스 사령관이 암브로스 족의 루트로 길을 터주겠다고 약속했소."

"뭐, 뭣이!!"

이 말은 충격, 그 자체였다. 비브오락테스는 그제야 일이 어떻게 돌아가는지를 깨달았다.

"이케니아 군과 강화를 맺었단 말이오!! 이런 저주받을 배반자!!"

객관적인 관점에서 보았을 때, 지금 팔라미쿠스 군이 하고 있는 행동은 비난받아 마땅했다. 동맹을 맺은 비브오락테스의 의견은 완전히 무시한 채 적과 단독으로 강화를 맺었기 때문이다. 하지만 발카자르는 그런 비난 따위는 아무렇지도 않았다.

"자, 이제 이야기는 끝나셨소? 더 할 말이 없다면 돌아가

주시오."

축객령이었다. 비브오락테스는 분노로 한참 동안 몸을 떨었다. 하지만 그런 그에게 그 누구도 시선을 주지 않았다.

"왜… 왜……."

모든 것이 완벽하다고 생각했었다. 자신감으로 충만하여 일으킨 전쟁이었다. 하지만 지금 그에게 닥친 현실은 동맹의 배반과 뒤에 남기고 온 수많은 부족민들의 주검뿐이었다.

그리고 눈앞에는 이케니아 · 라인 연합군 5만이 버티고 있었다.

*　　　*　　　*

티투스의 지휘 아래, 라인 군의 진군과 도하 작전은 전격적으로 이루어졌다. 먼저 기병대 전체가 상류 쪽으로 우회하여 강을 건넌 다음, 강 너머에 있던 아티아 족의 경계 초소를 습격했다. 1년 이상 평화 아닌 평화를 누리다가 갑자기 당한 공격에 그들은 제대로 된 대응조차 하지 못했다. 그리고는 곧바로 도하를 위한 가교가 건설되었다. 폭 5미터, 길이 120미터의 다리 2개가 건설되는 데 걸린 시간은 불과 사흘에 불과했다.

강을 건넌 티투스는 거침없이 아티아 족의 수도로 진군해

갔다. 허겁지겁 지금까지 끌어모은 6만의 병력을 이끌고 나온 둠노게릭스는 티투스와 일전을 벌였다.

결과는 그의 참패였다. 그의 가장 큰 실책은 넓은 평원에서 너무도 정직한 싸움을 벌였다는 것이었다. 군단 체계가 가장 큰 힘을 발휘하는 전투는 뭐니 뭐니 해도 평원에서 벌이는 회전이다. 그에 비해 국지전에는 이상하게도 약한 면모를 보인다. 하지만 패배의 원인을 둠노게릭스의 실책으로만 돌릴 수는 없었다. 전격적인 진군으로 적이 국지전을 벌일 시간과 공간을 주지 않은 티투스의 작전이 둠노게릭스가 정직한 회전을 벌일 수밖에 없도록 만든 원인이었기 때문이다.

둠노게릭스는 1만이 겨우 넘는 패잔병을 이끌고 부족의 수도인 벨라노눔으로 도망치는 데 성공했다. 패배에도 불구하고 그는 라인 제국에 대한 저항을 멈추지 않았다. 항복이든 패배든 자신에게 주어진 운명은 이미 정해져 있었기 때문이다. 또한 벨라노눔은 예로부터 난공불락의 요새라고 평가되어 온 도시였고, 1년치 식량이 비축되어 있었다. 이런 점들이 그에게 희망을 품게 한 것이다. 그러나 불과 며칠 후, 그의 희망은 산산조각이 나버렸다.

시스코스팍 왕이 5만 대군을 이끌고 벨라노눔으로 진군해 온 것이다. 그리고는 둠노게릭스에게 다짜고짜 라인 제국군에 대한 무조건적인 항복을 요구했다. 이로써 둠노게릭스는

남쪽에는 티투스, 북쪽에는 시스코스팍으로 이루어진, 모두
10만의 군대에게 포위당한 것이다. 10만이라는 병사는 벨라
노눔을 3겹으로 포위하고도 남는 병력이다. 이 현실감없는
병력 앞에 둠노게릭스는 저항을 포기할 수밖에 없었다. 도시
를 둘러싸는 포위망 공사가 시작되자마자 둠노게릭스는 사자
를 보내어 항복의 뜻을 밝혔다. 티투스는 둠노게릭스를 포함
한 부족의 지도자 300여 명을 라인으로 압송한다는 조건으로
항복을 받아들였다. 이로써 1년 이상 라인 제국의 근심거리
가 되었던 아티아 족의 반란은 티투스가 진격한 지 보름도 못
되어 끝나고 말았다.

하지만 이제는 누구나 눈치 채고 있었다. 티투스가 정말로
노린 것은 아티아 족이 아니었음을. 둠노게릭스가 항복한 다
음날, 티투스와 시스코스팍 왕이 정식으로 대면했다. 두 인물
은 서로의 얼굴을 보자마자 친근한 웃음을 지으며 포옹과 악
수를 나누었다. 정치적 약속을 지켜준 상대방에 대한 호의였
다. 1년이 넘도록 수면 아래 가려져 있던 두 인물의 밀약이
수면 위로 부상하는 순간이었다.
　그 자리에서 티투스와 시스코스팍은 양국 간의 우호 조약
을 체결했다. 조약의 내용은 다음과 같았다.

1. 양국은 양국의 국경선 밖에 있는 토르카 지방 부족들의 정치적 독립을 유지시킨다.

 2. 트릴리스 강과 엔트 강을 기준으로 삼아 양국은 그 이상으로 세력의 확장을 꾀하지 않는다.

 3. 야누이 왕국의 국왕에게는 라인 제국의 제1시민권을 부여하고 세습을 허락한다.

 4. 야누이 왕국은 에레냐드 속주 침공에 대한 벌금으로 2,000렐룸을 10년간 분할 배상한다.

 1, 2번 조항의 의미는 간단했다. 토르카 지방의 부족들로 두 국가 사이에 완충 지대를 형성하고자 하는 의도인 것이다. 대신 그 완충 지대를 완전히 중립으로 놓아두면 또다시 분쟁을 일으킬 우려가 있으니 트릴리스 강과 엔트 강을 기준으로 삼아 분할하여 관리하자는 뜻이었다. 트릴리스 강은 토르카 중부에서 발원하여 켈라 해 남부로 흘러들어 가는 강이었고, 엔트 강은 토르카 중부에서 발원해 티스팔라 해로 흘러가는 강이었다. 이 두 강을 이으면 라인 제국과 아누이 왕국 사이에 긴 선이 그어지는 것이다.

 3번 조항은 양국의 우호 관계를 상징함과 동시에 라인 제국이 아누이 왕국의 패권을 공식적으로 인정한다는 뜻이었다.

4번 조항은 얼핏 보면 아누이 왕국에 대한 책임을 묻는 것 같지만 사실은 그렇지 않았다. 2천 텔룸은 환산하면 4백만 데르이다. 아누이 왕국의 세력이나 라인 제국의 자존심에 비하면 그리 큰 금액은 아니다. 게다가 10년 분할이라면 아누이 왕국에게는 전혀 부담이 되지 않는 액수이다. 이런 조건으로 에레냐드 속주 침공이 무마된다면, 이것은 사실상의 면죄부나 다름없었다. 따라서 이것은 티투스가 단독으로 협정을 맺은 것에 대해 제기될 수 있는 원로원의 반발을 무마하기 위한 형식적 조항에 불과했다.

이 조약으로 티투스는 북부 국경을 위협하던 토르카 인의 위협을 한번에 잠재웠다. 그리고 시스코스팍 왕은 라인 제국의 인정하에 스칼디스 호수 이남의 비옥한 토지에 대한 실질적인 지배권을 행사할 수 있게 되었다. 동시에 국가를 확장 노선에서 안정 노선으로 변경할 시간적 여유도 얻게 되었다.

이 조약으로 모든 것이 분명해졌다. 티투스나 시스코스팍 왕 모두 진정으로 관심을 둔 곳은 에레냐드가 아니었다. 에레냐드가 전쟁터가 된 것은 사람들의 주의를 그쪽으로 쏠리게 하기 위해서였다. 비브오락테스가 반란을 일으키도록 방치한 것도, 그것을 알면서도 이케니아를 끌어들인 것도 모두 티투스의 의도된 바였다.

아르제스도, 토르피우스도, 팔라미쿠스도, 섹티우스도, 그리고 원로원도 결국은 모두 조연 배우에 불과했던 것이다.

*　　　　*　　　　*

팔라미쿠스가 퇴각하자 카나이 족과 켈리 족의 진영은 눈에 띄게 동요하고 있었다. 탈영자가 속출하여 매일 수십 명씩 이케니아 진영으로 투항하는 형편이었다.

하지만 아르제스는 서두르지 않았다. 한번에 적의 몸통을 물기보다는 팔다리를 먼저 떼어내기로 한 것이다.

그는 켈리 족의 수장인 오도릭스에게 다음과 같은 편지를 보내었다.

당신도 알겠지만 이미 승부는 결정난 것이나 마찬가지이오. 내일이라도 내가 전군을 움직인다면 누가 나를 막을 수 있겠소? 하지만 나는 자애롭고, 관용을 소중히 여기는 사람이오. 나는 이런 상황에서도 피를 흘리고 싶지 않소. 그것이 설령 나에게 칼을 들이밀었던 사람의 피라도 말이오.

그래서 제안하겠소. 나는 그대에게 강화를 제안하오. 비브오락테스의 손을 놓으시오. 그것만이 그대와 그대의 부족이 파멸을 면할 수 있는 길이오. 라인 제국의 군대가 개입한 이

303

상, 어쩌 **나**의 재량권도 어떻게 될지 모르오. 내일이면 이런 제안조차 거두고 그대를 향해 칼을 들어야**만** 할지도 모르오. 전쟁 포로에게 주어지는 것은 죽음 아니면 자손들에게까지 이어질 비참한 노예 생활뿐이오. 부디 잘 생각해 보시오. **다만**, 생각할 시간은 그리 많지 않소.

편지를 보낸 다음에도 아르제스는 대답을 기다리지 않았다. 다음날 곧바로 모든 군단을 동원해 켈리 족과 카나이 족 진지 앞에 포진시켰다. 효과는 바로 드러났다. 그날 밤, 오도릭스가 사자를 보내어 강화를 수락하겠다고 답해왔다. 이로써 카나이 족은 고립무원의 상태가 되어버렸다.

오도릭스의 변심을 알게 된 비브오락테스는 수도로의 퇴각을 결심했다. 하지만 이미 그의 마음속에는 희망이 사라져 가고 있었다.

하지만 아르제스는 거기서 만족하지 않았다. 카나이 족이 고립되었으니 이젠 비브오락테스를 고립시키기로 한 것이다. 퇴각하는 비브오락테스를 추격하면서 그는 항복해 온 카나이 족 병사들에게 자유와 큰 보상을 약속하며 각자 자신들의 도시로 돌아가 아르제스의 뜻을 전하게 했다.

비브오락테스가 일으킨 반란은 실패하였으며, 다른 부족들도 전부 그에게서 등을 돌렸다. 이제 이케니아 군과 라인 군은 카나이 쪽 영토로 진군해 응징을 버려야 마땅하다. 하지만 나는 이 모든 반란의 원인이 비브오락테스와 그의 아우인 아리시오투스에게 있음을 알고 있다. 따라서 그들에게 성문을 열지 않는 도시에 대해서는 반란에 대한 죄를 묻지 않을 것이요, 그들의 목숨을 취하는 자에 대해서는 막대한 부와 권력을 허락하겠다.

아르제스의 이런 심리전은 큰 효과를 거두었다. 비브오락테스의 행군 속도보다 훨씬 빠른 속도로 퍼진 아르제스의 선언은 수많은 도시들을 갈등에 빠뜨렸다. 결과적으로 비브오락테스 앞에서 성문을 닫는 도시와 마을들이 속출했다. 그렇게 되자 비브오락테스는 보급난에 시달리게 되었다. 하지만 성문을 닫은 도시들을 공격할 수는 없었다. 부하 병사들 중에는 그 도시를 고향으로 삼고 있는 사람도 있어서 병사들의 마음이 돌아설 우려가 있었다. 그리고 불과 이틀 거리를 두고 이케니아 군과 라인 군이 그를 추격하고 있었다. 그에게는 공성을 실시할 시간이 없었다.

아르제스는 그런 그들을 공격하지 않고 일정한 거리를 유지한 채 추격하기만 했다. 그것만으로도 비브오락테스와 그의 병사들은 점점 지쳐 갔다. 쫓기고 있다는 강박관념 때문에 식사는커녕 제대로 된 수면조차 취하지 못했다.

이케니아의 병사들은 당장이라도 추격해 결전을 벌이자고 주장했다. 사령관의 명령만 떨어진다면 자신들은 언제든지 준비가 되어 있다고 말했다. 하지만 아르제스는 허락하지 않았다. 먼저 이미 승부가 갈린 상황에서 조금이라도 병사들의 희생을 줄이고 싶었다. 그리고 또 한 가지 이유는, 이런 식으로 조금씩 적을 고사(枯死)시키는 방법이 비브오락테스에게 더 잔인한 형벌이었기 때문이다.

퇴각 6일째가 되자 비브오락테스도 모든 희망을 버렸다. 그는 행군을 멈추고 아르제스에게 강화를 제의하는 사절을 보내었다. 사절을 통해 전달한 편지에는 이렇게 적혀 있었다.

나는 나의 신념과 명운을 걸고 이 전쟁을 일으켰소. 하지만 신은 나에게 승리를 허락하지 않았고, 이제 나의 운명은 그대의 손에 달려 있게 되었소. 그대는 이제 승자로서의 기쁨을 누려도 좋소. 하지만 부디 부탁하건대 승자로서의 잔인한 권리만은 행사하지 말아주시오. 나와 우리 부족은 이미 수많은 피로 뼈아픈 대가를 치르지 않았소?

그대가 나의 강화를 수락해 준다면, 나는 모든 병사들과 함께 무기를 버려놓고 투항할 것이오. 그대의 관용을 기대하겠소.

이에 대한 아르제스의 답변은 다음과 같았다.

그대가 말했듯이 이 전쟁을 시작한 것은 당신이오. 하지만 당신이 시작했다고 해서 당신이 끝낼 수 있는 전쟁은 아니오. 당신이 카나이 족이 일으킨 전쟁에 대한 모든 책임을 지지 않는 한 이 전쟁은 끝나지 않을 것이오. 전쟁을 일으키는 것은 죄가 되지 않아도 전쟁에서 지는 것은 죄가 되기 때문이오.

충고하건대 그대의 칼날을 무뎌지게 방치하지 마시오. 나를 향해 칼을 들든 그대의 목을 향해 칼을 들든 간에 칼날은 날카로운 쪽이 좋지 않겠소?

아르제스의 답장을 받은 비브오락테스는 동생인 아리시오투스를 불렀다. 그리고 서로가 서로를 찌르는 것으로 형제는 죽음을 택했다. 그들의 짧은 꿈은 이렇게 끝났다.

다음날, 카나이 족의 장로들은 비브오락테스와 아리시오투스의 시체를 들고 아르제스에게로 찾아왔다. 그들의 시신을 보고서야 아르제스의 분노는 가라앉았다. 그는 카나이 족 병사들에게 무장을 해제하고 각자의 고향으로 돌아갈 것을 명령하고는 장로와 판관들은 모두 볼모로 잡았다. 그리고 비브오락테스와 아리시오투스의 시신은 카나이 족의 전통대로 장례를 치르는 것을 허락했다. 죽은 자의 육신에까지 화풀이를 할 생각은 없었던 것이다.

이 모든 절차가 끝나자 아르제스는 전쟁에서의 승리를 선포했다. 그리고 병사들에게 연회를 허락했다. 그리고 연맹으로는 사절을 급파해 이 승전보를 전하도록 했다.

그러나 막상 아르제스는 연회를 즐기지 않았다. 대신 그는 잠을 잤다. 다음날 오후까지 말이다. 감히 아무도 곤히 자는 그를 깨우지 못했고, 덕분에 군단 전체가 오후까지 휴식을 취할 수 있었다.

*　　　*　　　*

아티아 족이 일으킨 반란이 진압되고, 티투스와 시스코스 팍 왕이 우호 협정을 맺었다는 소식이 라인으로 전해지자 시민들은 크게 기뻐하며 티투스의 업적을 칭송했다. 더구나 이 영광스러운 승리와 복수가 군사들의 피로써 이루어진 것이 아니라는 점이 더욱 시민들을 기쁘게 했다. 하지만 원로원은 마냥 기뻐할 수 없었다. 아누이 왕국과의 협정에서 원로원이 완전하게 배제되었기 때문이다.

사실 티투스가 원로원을 배제한 것은 일종의 의도된 선언과도 같았다. 황제의 권한이 원로원에게 주어진 의결권보다 상위에 있음을 천명한 것이다. 제위에 오른 뒤로 원로원에게는 오직 당근만을 주었던 티투스가 이번에는 채찍을 휘두른 것이었다. 원로원은 씁쓸해하면서도 티투스의 공적을 기리기 위한 보름간의 감사제를 결의했다. 또한 길일을 택해 개선식을 거행할 수 있도록 결의했다. 이 결의가 발표되자 라인 제국의 수도 라인은 축제 분위기에 휩싸였다.

　티투스도 마리우스 진지로 돌아오자마자 원로원의 이런 결의를 전해 들었다. 하지만 티투스는 곧바로 수도로 귀환하지 않았다. 그라나디아 속주 주둔군을 제외한 군단은 전부 수도로 돌려보내 개선식 때까지 휴식을 취하도록 지시한 후, 그자신은 근위대를 이끌고 서쪽을 향한 것이다. 수도를 벗어난 김에 지방 도시들의 시찰에 나서겠다는 것이 이유였다. 하지만 언제나 그랬듯 그의 진정한 의도를 아는 사람은 아무도 없었다.

*　　　*　　　*

　비브오락테스 형제의 자살로 전쟁은 끝났지만, 아르제스에게는 전후 처리가 남아 있었다. 사실 전쟁보다는 전후 처리가 더 중요한 문제였다. 때문에 아르제스는 행군을 멈추지 않고 카나이 족의 수도인 우르손으로 향했다. 아르제스는 그곳에서 전후 처리를 진행시킬 작정이었다.

우르손에 도착한 직후, 그는 전쟁에 개입하지 않은 베르티손 족을 포함해 북부 에레냐드의 모든 부족장들을 소집했다. 전후 처리를 위해서는 당연한 수순이었다. 동시에 전쟁에 소비된 비용을 정산하고 전리품의 목록을 정리하도록 일렀다.

이런 모든 조치들을 지시하고 나서야 아르제스는 휴식을 취했다. 소집된 부족장들이 모일 때까지 군사나 정치에 대한 생각은 완전히 접어버리기로 했다. 그리고 시간이 난 김에 처리해야 할 행사도 있었다.

아르제스는 발가르와 에르시아를 불러 대뜸 말했다.

"삼 일 후에 두 사람의 결혼식을 올리겠습니다. 그리 알아두십시오."

"험험……."

그 말에 발가르는 괜한 헛기침을 했고, 에르시아는 그저 가만히 고개를 끄덕였다. 그런 두 사람을 보며 아르제스는 기분 좋은 미소를 지었다.

평상시에는 세상 여자가 모두 제 것인 것처럼 구는 발가르도 에르시아 앞에서는 얌전한 강아지 꼴이 되곤 했다. 물론 처음에는 그녀를 대하는 태도가 무뚝뚝하기 이를 데 없었다. 그런 그가 에르시아와 함께 지내면서 그녀에게 반해 버린 것이다. 전쟁에 참여 중인 사람은 지위에 상관없이 여자와 동거하는 것이 금지되어 있다. 따라서 약혼이 결정된 이후로도 그들은 별도의 숙소를 써왔다. 하지만 발가르가 그녀의 성품을 사랑하게 되는 데에는 오랜 시간이 걸리지 않았다. 하루에도 수십 킬로미터씩 이루어지는 행군을 불평 한마디 없이 견뎌내고, 변변치 못한 식사에도 항상 웃음을 잃지 않은 그녀였다. 발가르의 찢어진 옷가지는 항상 그녀가 직접 수선했고, 발가르가 전투에 나설 때면 애절한 눈빛으로 신의 가호를 빌어주었다. 심장이 돌로 이루어진 남자라도 그런 여자를 사랑하지 않을 수 없다. 게다가 발가르의 심장은 돌이 아니었다.

두 사람의 결혼식은 많은 의미를 상징하고 있었다. 축제라면 자다가도 일어나는 이케니아 병사들에게 결혼식은 그야말로 축제였다. 그리고 라인 제국 출신이며, 지금은 이케니아의 관직을 가지고 있는 발가르와 에레냐드 부족민인 에르시아의 결합은 국가와 민족의 평화를 기원하는 상징과도 같은 의식이었다.

결혼식은 우르손 시내 중심에 있는 광장에서 치러졌다. 계엄령이 내려져 있던 도시도 이때만은 칼과 창이 치워졌다. 이케니아 병사들과 라인 병사들뿐 아니라 우르손의 주민들도 결혼식 참관이 허락되었다. 3일의 짧은 준비 기간에도 불구하고 결혼식의 준비는 완벽하게 이루어졌다. 식이 이루어질 단상으로 예복을 차려입은 에르시아가 등장하자 곳곳에선 부러움 가득한 환호성이 들려왔다. 그리고 흰색 토가에 화려한 어깨 천과 관을 쓴 발가르가 등장하자 이번에는 야유가 터져 나왔다. 보통은 엄숙해야 할 결혼식이지만, 이런 상황에서 병사들에게 엄숙함을 기대하기는 힘들었다. 결혼식의 집전을 맡은 아르제스가 손을 들어 진정시키기까지 병사들의 장난끼 가득한 야유는 끝나지 않았다.

"이제 그만들 하도록! 지금은 순한 양처럼 굴고 있지만 예복을 벗고 군복을 입으면 너희들의 상관이 아니냐? 아마 이 사람이라면 야유를 보낸 병사들의 얼굴을 하나하나 기억하고도 남을 것이다. 이래 봬도 상당히 뒤끝이 많은 사람이라서 말이다."

아르제스의 말에 병사들은 웃음을 터뜨렸다.

웃음이 잦아들자 아르제스는 손을 들어 나팔을 울리게 했다. 그것이 식의 시작을 알리는 신호였다. 군대 나팔이 결혼식에 어울리지는 않았지만, 이 많은 하객들(특히, 그 대부분이 군인이라면)을 통제하는 데는 더없이 좋은 것도 사실이었다.

나팔 소리가 멈추자 그나마 엄숙한 분위기가 되었다. 사제복을 입은 아르제스는 두 사람 앞에서 외쳤다.

"두 사람, 발가르와 에르시아여! 사랑과 지혜를 주관하는 여신의 이름으로 묻노라! 그대들은 서로를 아내와 남편으로 맞아 사랑하고 섬기며 기쁨과 슬픔을 함께 나누기를 맹세하겠는가?!"

아르제스의 물음에 동시에 '네' 라는 대답이 나왔다. 하지만 엄숙한 예식 중에서도 장난끼가 발동한 아르제스가 병사들에게 물었다.

"전우들이여! 무슨 소리가 들렸는가?!"

병사들이 일제히 대답했다.

"아무 소리도 들리지 않았습니다, 사령관 각하!"

병사들의 대답을 들은 아르제스는 '거 봐라' 하는 눈빛으로 발가르를 주시했다. 얼굴을 잔뜩 붉힌 발가르는 목청이 터져라 외쳤다.

"예!"

그리고는 고개를 돌려 병사들을 바라보며 외쳤다.

"이 빌어먹을 것들! 두고 보자!"

발가르의 외침에 다시금 병사들의 웃음소리가 터져 나왔다.

혼인 서약이 끝난 다음에는 간단한 예물이 교환되었다. 신랑과 신부 뒤에 서 있던 흰옷의 꼬마아이 두 명이 각자 발가르와 에르시아에게 작은 예물함을 건넸고, 그것을 건네받은 두 사람은 상대에게 예물을 전했다. 교환된 예물은 다시금 꼬마아이에게 전달되었다. 예물 교환이 끝나자 아르제스가 외쳤다.

"이제 두 사람은 부부가 되었다!"

혼인이 선포되자 우레와 같은 함성 소리가 터져 나왔다. 전통대로 발가르는 에르시아를 양팔로 안아 들고서는 단상을 걸어 내려갔다. 단상을 내려가는 그들에게 꽃잎이 뿌려졌다. 그리고 그때부터 축제가 시작되었다.

이 축제만은 아르제스도 사양하지 않고 즐겼다. 발가르는 신부와 오붓한(혹은 격렬한) 시간을 보내도록 배려한 채 남은 지휘관들끼리 모여 즐거운 시간을 보냈다.

결혼식을 축하하는 술자리이다 보니 당연히 결혼에 대한 이야기가 나왔다. 그리고 자리에 참석한 사람들 중에서 미혼자는 아르제스 혼자였다.

"아르제스님은 언제 결혼하실 겁니까?"

"그러게 말입니다. 고향에 두고 온 애인들을 너무 오래 내버려 두면 안 됩니다!"

그들은 저마다 한마디씩 거들며 아르제스의 대답을 재촉했다. 술기운이 오른 아르제스는 자리에서 일어나서 말했다.

"결혼? 해야지! 고향으로 돌아가면 그 빌어먹을 칭호를 받은 다음에 엘레나님에게 다시 청혼할 테다! 그리고 그 다음날은 세리아님에게 청혼할 테다! 그리고 두 마누라를 옆에 끼고 한 몇 년 동안은 정치고 전쟁이고 모두 잊고 즐겁게 살 테다!"

"오오오!!"

아르제스의 대답에 환호가 터져 나왔다. 환호에 보답하듯 그는 술잔을 들며 외쳤다.

"빌어먹을 전쟁의 끝과 지금쯤 한창 재미를 보고 있을 빌어먹을 발가르님을 위하여!"

"위하여!"

건배 후에는 다시금 웃음이 터져 나왔다. 이 순간만큼은 지휘관들도 병사들도 모든 시름을 잊고 고향으로 돌아갈 생각에 잔뜩 들떠 있었던 것이다.

연회가 무르익어 갈 무렵, 말을 탄 3명의 인물이 우르손의 성문에 도착했다. 성문의 경비병들에게 자신들의 신분과 목적을 확인시킨 그들은 경비병의 안내에 따라 연회가 열리고 있는 저택으로 안내되었다. 저택에서 그들을 맞이한 인물은 아드리오였다. 융이 본국에 가 있는 지금, 아르제스의 비서 역할은 그가 담당하고 있었다.

"본국에서 온 전령이라고 들었다. 무슨 일인가? 아주 급한

일이 아니라면 사령관님의 흥취를 방해하고 싶진 않다
만……."

아드리오의 말에 전령은 결연한 목소리로 대답했다.

"아주 중대한 일입니다. 융님께서 직접 보낸 서신이니 사
령관님을 뵙게 해주십시오."

융이 중대한 일이라고 보낸 서한이면 가볍게 넘길 수 없었
다. 아드리오는 사절들을 별관으로 안내시키고는 종종걸음
으로 연회장으로 향했다.

소란스러운 연회장을 가로질러 아르제스에게로 다가간 그
는 귓속말로 이케니아에서 온 서한의 도착을 알렸다. 다급한
내용인 것 같다는 말과 함께.

"잠깐 실례하지."

이렇게 말하며 몸을 일으킨 아르제스는 아드리오를 따라
별관으로 향했다. 그가 별관에 도착하자 서한을 가지고 온 사
내가 깊이 고개를 숙이며 인사를 해왔다.

아르제스가 말했다.

"급한 일이라고 들었다."

전령은 대답 대신 한 통의 서한을 건네었다. 초로 봉인된
서한의 모서리는 무척이나 해져 있었다. 급하게 배달되어 온
티가 역력했다.

몇 줄 안 되는 짧은 편지였다. 하지만 그 편지를 읽은 순간

술기운이 모조리 달아나며 온몸의 털이 바짝 섰다.

"흐으음."

아르제스는 침통함이 가득한 신음 소리를 내뱉었다. 일이 심상치 않음을 눈치 챈 아드리오가 말했다.

"지휘관들을 소집할까요?"

잠시 생각하던 아르제스는 고개를 저었다.

"아니다. 일단은 그냥 두어라. 대신 마르켈루스를 찾아서 불러오너라. 나는 집무실로 가 있겠다."

아르제스의 지시를 받은 아드리오는 급히 뛰어나가자 아르제스는 전령들에게 물었다.

"이곳에서 너희들과 나 말고 이 사실을 알고 있는 사람이 있나?"

"없습니다. 이케니아에서 이곳까지 조금도 쉬지 않고 달려와 사령관님에게 처음 알려 드린 것입니다. 하지만 브로타 항구에 있는 상인들에게는 이미 알려졌을 것입니다."

"알았다. 일단 너희들도 이 사실에 대해서는 함구(緘口)하거라. 가서 쉬어도 좋다."

전령은 그제야 임무를 완수했다는 표정이 되었다. 아르제스는 곧바로 임시로 마련된 집무실로 향했다.

10분 정도가 지나자 마르켈루스가 불려왔다. 한창 연회 중에 불려온 그의 얼굴에는 약간의 술기운과 함께 의아함이 가득했다.

"아르제스님, 부르셨습니까?"

술에 취했어도 그는 아르제스에 대한 정중한 예의를 잊지 않았다. 명문가 자손으로서의 품위가 온몸에 배어 있는 청년이었다. 그를 보자 아르제스의 마음 한구석이 아파왔다. 하지만 전해야만 하는 소식이었고, 누구에게도 대신 시킬 수 없는 아르제스 자신의 의무였다.

그는 최대한 담담하려고 노력했다. 그리고는 조심스럽게 말문을 열었다.

"놀라지 말고 대담한 마음으로 들어라. 네 부친, 토르피우스님이 돌아가셨다."

"네?"

청년은 잘 못 들었다는 듯이 되물었다. 너무나 현실감없는 말이었기 때문이다. 부친이 돌아가시다니? 한 번도 생각해본 적이 없는 일이었다. 멍한 표정으로 있던 마르켈루스는 한참 후에야 힘겹게 입을 열었다.

"왜, 어떻게 돌아가신 것입니까?"

아르제스는 잠시 대답을 망설였다. 사실을 말해주기에는 너무 잔인할 것 같았고, 거짓말을 하기에는 마르켈루스를 기만하는 것 같아서였다. 그래서 그는 그 중간을 택했다.

"불운한 사고가 있었던 것 같다. 자세한 내용은 나도 더 소식을 들어봐야겠구나."

아르제스의 말에 마르켈루스는 그제야 침통한 신음을 터뜨렸다. 흘러나오려는 울음을 억지로 참고 있는 그의 모습은 애처롭기도 하고, 의연해 보이기도 했다. 아르제스는 그에게 다가가 위로하며 어깨를 다독여 주었다. 그런 후, 마르켈루스를 아드리오에게 부탁하고는 정원으로 걸어나갔다.

하늘을 바라보는 그의 마음은 깊은 슬픔과 혼란, 그리고 분노로 가득 차 있었다.

아르제스는 많은 재능을 가진 사람이었다. 하지만 그 재능을 발휘하기 위해서는 목표가 필요했다. 사실 그가 처음 우티카에 장교로 지원한 것은 군인의 길에서 꿈을 찾고자 했다고 하기보다는 그저 좀 더 넓은 세상을 보려 했을 따름이었다. 그런 그에게 토르피우스는 꿈을 보여주었다. 이상주의자인 동시에 냉철한 현실주의자인 그에게서 아르제스는 자신의 마음과 공명하는 꿈과 목표를 본 것이다. 그래서 아르제스는 그를 통해 꿈을 이루고 싶었다. 그런데 이제 그가 죽었다.

마르켈루스는 아버지를 잃었지만, 아르제스는 꿈을 공유하던 동지를 잃은 것이었다.

때는 6월 10일, 아르제스의 나이 21세였다.

훗날 역사가들은 평가한다. 토르피우스의 죽음은 아르제스의 가치관과 인생을 바꾸어놓았다고. 그것은 한 시대의 끝을 알리는 동시에 새로운 시대의 시작을 알리는 서곡이 되었다고.

『아르제스 전기』 1부 완결

지금 유전자가 말하는 사랑과 성의 관한 솔직 대담한 진실이 펼쳐집니다!

남편의 후광을 등에 업는 것은 까마귀와 인간뿐…

모두에게 바보 취급받던 독신 암컷이 단번에 인생대역전을 해서
서열 1위인 수컷의 아내 자리를 차지하게 될 수도 있다는 말입니다.
모든 여성이 이상형의 남자와 결혼할 수 있는 것은 아닙니다.
적당한 선에서 타협하여 적당한 사람과 결혼하지요.
하지만 솔직히 말해서 당연히 멋진 남자가 더 좋지 않겠습니까?
따라서 여성은 생각합니다.
'그럼 어떻게 하지? 유전자만이라면 가질 수 있어!'
그리하여 장기계획형이나 단기승부형과 같은 여러 가지 방법의
외도가 생겨나는 것입니다.
물론 모든 여성이 이를 실행에 옮기지는 않습니다.

하지만 기회가 있다면 어떨까요?
다른 조건과 이미 타협을 봤다면?
남편이 사소한 일은 눈치 못 채는 둔한 남자라면?
뭔가 유전자의 음모가 느껴지지 않습니까?

실패를 모르는 남자 선택법!
「내 남자친구는 왼손잡이」 법칙

어째서 여성은 왼손잡이 남성에게 마음이 끌리는 걸까요?

여기서 기억해야 할 것은 몸의 좌우와 뇌의 좌우는 원칙적으로 반대 관계라는 점입니다.
따라서 왼손잡이 남성은 우뇌가 발달했습니다.
발달했다는 사실이 왼손잡이를 통해 반영된 것입니다.

그리고 두 번째로 생각해야 할 것은 우뇌는 남성 호르몬의 일종인 테스토스테론에 의해 발달한다는 점입니다.
요약하자면 왼손잡이 남성은 우뇌가 발달했는데, 그것은 테스토스테론 수치가 높기 때문입니다.
그것은 다름 아닌 생식 능력이 높다는 것을 의미하지요.

「내 남자 친구는 왼손잡이」에 감춰진 의미는… 내 남자 친구는 생식 능력이 높아… 인 것입니다.

입소문을 통해 아는 분은 다 알고 계십니다!
올 한해 공인중개사 최고의 화제작!

1~2권 합본 | 이용훈 지음
3~4권 합본 | 이용훈 지음
5~6권 합본 | 이용훈 지음
용어해설 | 이용훈 지음

수험생 기본 필독서
만화 공인중개사

제목 : 만화공인중개사 쓰신 분에게 감사드립니다.

학원을 두 달 다녔어요. 근데 과연 그 숫자 외우기 그런 게 몇 문제나 나올까 생각을 했어요.
아니라는 생각이 드네요. 학원강의를 뒤로하고 서점을 갔어요. 내 머리에 가장 이해될 수 있는
책이 없나 하구요. 거기서 만화를 발견했어요. 무조건 세 번 봤어요. 3개월 걸렸어요. 문제집을 보라고
했는데 그건 시행을 못했어요. 근데 합격을 했네요.
어떻게 감사의 말을 해야 될지……
도서관에서 만화책 들고 다니니까 사람들이 비웃더라구요. 만화책으로 공인중개사를 공부한다고
미친 사람처럼 보더라구요. 근데 그거 다 감수하고 했던 내가 자랑스럽습니다.
어떻게 감사의 말을 해야 할지… 정말 감사합니다.
부디 행복하세요. 제 나이 41살에 좋은 스승을 만난 것 같습니다.
엎드려 감사드립니다.

-본사 홈페이지에 독자분이 올린 메일 中에서 발췌-